Walter G. Pfaus
Kindstod

Walter G. Pfaus

Kindstod

Ein Baden-Württemberg-Krimi

Silberburg-Verlag

Walter G. Pfaus, Jahrgang 1943, verheiratet, drei Kinder, schrieb schon mit zwölf Jahren seinen ersten Roman. Er war Versicherungsvertreter, selbstständiger Buchhändler und Wirt einer Künstlerkneipe. Seit 1989 arbeitet als freier Schriftsteller. Pfaus hat etliche Kriminalromane und mehr als hundert Theaterstücke verfasst. Er lebt in Blaubeuren und ist Mitglied in der Krimiautoren-Vereinigung »Syndikat«.

1. Auflage 2013

Umschlaggestaltung: Christoph Wöhler, Tübingen.
Coverfoto: © fumumpa - iStockphoto.
Lektorat: Gertrud Menczel, Böblingen.
Druck: CPI books, Leck.
Printed in Germany.

ISBN 978-3-8425-1247-4

Motto

Anfang alles wertvollen geistigen Lebens ist der unerschrockene Glaube an die Wahrheit und das offene Bekenntnis zu ihr.

(Albert Schweitzer)

1

Jetzt ist doch noch was Schreckliches passiert. Ziemlich genau fünf Jahre bin ich nun Polizeichef hier im Dorf. Besondere Vorkommnisse hat es in der Zeit nicht gegeben. Vor meinem Antritt als Polizeikommissar im Ort ist allerdings schon mal ein Mord passiert. Da war ich noch Jungspund in Ehingen. Für Kapitalverbrechen war damals für unser Dorf die Kriminalaußenstelle Ehingen zuständig. Der Mordfall wurde ziemlich schnell aufgeklärt. Ich selbst hatte damit eher weniger zu tun. Eigentlich gar nichts.

Wie gesagt, besondere Vorkommnisse gab es in den letzten Jahren nicht. Was nicht heißt, dass mir langweilig gewesen wäre. Es gab genug zu tun. Streitende Betrunkene, kleine Ladendiebstähle, renitente Rathausbesucher, Störer bei Versammlungen, Streit unter Nachbarn, Verkehrsunfälle und noch einiges mehr. Nicht zu vergessen die Ehestreitigkeiten, die ein Polizist so im Laufe eines Jahres schlichten muss.

Ja, und dann war da noch die Hufnagel. Sie ist ungefähr so lästig wie Schnaken bei schwüler Hitze. Selbst der Pfarrer sagte mal seufzend: »Sie ist ein Prüfstein bei meiner Arbeit als Seelsorger dieser Gemeinde. Aber die Wege des Herrn sind halt unergründlich.«

Mich hat sie offensichtlich besonders ins Herz geschlossen. Sie sorgt ständig dafür, dass ich nicht von der Langeweile erschlagen werde. Eine Anzeige pro Woche ist die Regel. Oft gegen unbekannt. Allerdings gehe ich den wenigsten Anzeigen wirklich nach, weil, man kennt ja die Hufnagel. Die hat schon zwei Jungs angezeigt, weil diese sie erst freundlich gegrüßt und danach hämisch gelacht haben. Was soll man mit so einer Anzeige schon machen? Man wirft sie in den Papierkorb oder geht damit aufs Klo.

Am liebsten habe ich Streitigkeiten auf salomonische Art geklärt. Salomonisch deshalb, weil, die Oma Dodel behauptet immer, sie wäre mit dem Wilhelm Dodel verwandt, der von 1892 bis 1913 in dem schönen Städtchen Blaubeuren als Oberamtsrichter sein »Unwesen« trieb. Über die Landesgrenzen hinaus war der Dodel berühmt für seine salomonischen Urteile. In Juristenkreisen nannte man ihn sogar den »schwäbischen Salomon«, »Blautopfkretzer« und vor allem – wie er sich selbst nannte – »dr Dodel vo Blaubeure«. Weil zur damaligen Zeit das Vieh im Stall fast noch wichtiger war als die Ehefrau, erfand der Dodel auch den »Scharfen Eid«. So manchen Eidpflichtigen ließ er sagen: »Jetzt schwätzet Se mir noch: Wohr isch ond i lüg net. So wahr mir sonst mein ganzes Vieh verrecken soll.« Und weil meine Oma, Katharina Dodel, immer wieder davon erzählt hat, habe ich mir dann das Büchlein »Dodeldum« gekauft und die Geschichten über den schwäbischen Salomon gelesen. Das hat mir so gut gefallen, dass ich es unbedingt auch mal anwenden wollte. Der Erfolg war einfach umwerfend. So umwerfend gut, dass ich das zwischenzeitlich mindestens zehn oder gar schon zwölf Mal wiederholt habe.

Als Beispiel nehme ich mal am besten die Geschichte mit dem Richard und der Hufnagel. Die Hufnagel kümmert sich um das eine oder andere Grab auf dem Dorffriedhof, weil die Angehörigen des oder der Verstorbenen weit weg wohnen. Das macht sie, weil der Pfarrer ihr das geraten hat. Dafür bekommt sie von den Angehörigen ein bisschen Geld. Eines Tages kommt sie auf den Friedhof, um die Blumen der ihr anvertrauten Gräber zu gießen. Da sieht sie, wie der Richard Mager sich über das Grab der verstorbenen Frau Helfer beugt. In der Annahme, der Richard wolle Blumen klauen, hat sie ihm in ihrer furchtlosen Art aus ihrer Gießkanne Wasser ins Gesicht geschüttet. Nun sollte man annehmen, dass der Richard Anzeige erstattet hätte. Aber falsch. Die Hufnagel hat Anzeige gegen den Richard erstattet. Wegen Beleidigung. Ich habe die beiden in meine Amtsstube gebeten. Der Richard blieb bei seiner Aussage, er hätte die vom Regen herausgespülte Pflanze wieder in die Erde gedrückt. Plötzlich und völlig unerwartet wäre dann die Hufnagel neben ihm gestanden und hätte ihm Wasser ins Gesicht geschüttet. Daraufhin hätte er ganz anständig zu ihr gesagt, dass sie eine Sau sei.

Ich habe die Hufnagel in meiner salomonischen Art gefragt, ob sie glaubt, dass eine Sau eine Gießkanne halten und damit schütten könne. Was sie natürlich verneinte. Also habe ich ihr geraten, von der Anzeige Abstand zu nehmen. Weil, wenn eine Sau Wasser geschüttet hätte, könne man dagegen gar nichts machen. Wenn aber eine Frau einem Mann Wasser ins Gesicht schüttet, ist das ein tätlicher Angriff und das kann sogar mit Gefängnis bestraft werden. Das hat sie dann eingesehen. Sie ist aus dem Raum gestampft und hat die Tür so zugeschlagen, dass das Bild vom Polizeipräsidenten zu Boden gekracht ist. Noch Tage später habe ich Glassplitter vom Boden aufgesammelt.

Bei meinen Nachforschungen wegen der übrigen Hufnagel-Anzeigen kam nur wenig heraus. Auch nicht bei den Drohbriefen, die sie manchmal bekommt. Meistens wird sie darin nur beschimpft. Wobei Lompamensch, Planschkuah, Schnättergosch, Schnalle und Wetterhex noch die harmlosesten Ausdrücke sind.

Ansonsten geht es im Dorf im Großen und Ganzen recht gesittet zu. Da bleibt natürlich auch nicht aus, dass der eine oder andere schon mal bemerkt: »Du schiebst im Dorf doch eine recht ruhige Kugel.«

Alleine schiebe ich die »ruhige Kugel« allerdings nicht. Jedenfalls nicht immer. Aber meistens. Weil, mein Kollege Benno Holzer ist oft weg, auf Lehrgängen, Weiterbildungen und so. Er hat nicht vor, als Dorfpolizist zu versauern, sagt er immer. Er will weiterkommen, zur Kripo, und da am liebsten zur Mordkommission. Also bin ich doch oft alleine. Zur Verstärkung hole ich mir da sehr häufig und sehr gern eine Kollegin aus Blaubeuren. Die Marina Domino. Mit der arbeite ich am liebsten zusammen.

Das passt dem Kollegen Haberkorn natürlich gar nicht. Weil, so sagt er, wenn sie bei mir ist, fehlt sie bei ihm. In Kollegenkreisen munkelt man, wir beide, die Marina und ich, hätten was miteinander. Woher das Gerücht kommt, wissen wir nicht. Aber ich vermute sehr stark, dass der Haberkorn es in die Welt gesetzt hat. Dass das aber nicht der Wahrheit entspricht, wissen wir beide, die Marina und ich, wohl am besten. Freilich, ich mag sie sehr und sie mich auch. Das merkt man ja als Mann. Doch so richtig zusammen, also intim und so, waren wir noch nicht. Geküsst habe ich sie schon. Mehrmals. Eigentlich sogar sehr oft. Das bleibt ja auch nicht aus, weil, manchmal ist sie einfach zu süß. Mehr war aber noch nicht. Wenn es nach der Marina ginge, wären wir beide längst schon ein Paar. Irgendwann werde auch ich mal so weit sein, wenn ich meine Scheidung und das Trauma mit meiner Mutter verdaut habe. Aber im Moment traue ich mich noch nicht.

Ganz zum Leidwesen von Oma Dodel. Ich habe das Glück, in dem Dorf Polizist zu sein, in dem auch meine Oma wohnt. Oma Dodel ist die beste Köchin weit und breit. Gut, vielleicht liegt es auch daran, dass sie nur das kocht, was ihr Lieblingsenkel gern mag. Dass ich ihr einziger Enkel bin, wiegt natürlich doppelt, und dass sie ganz vernarrt in Marina ist, wiegt in dem Fall sogar dreifach.

Also so weit wäre alles in Ordnung. Nur das mit dem Telefon ist nicht in Ordnung. Es klingelt penetrant. Und das frühmorgens um zehn nach neun. Dabei habe ich mir vorgenommen, heute mal länger zu schlafen. Auch dem Polizeichef im Dorf steht das mal zu. Schließlich ist es gestern spät geworden. Sehr spät sogar.

Auch wenn ich gestern Abend nicht richtig im Dienst war. Ein bisschen Dienst war es doch. Weil nämlich der Siegfried Löhle, seines Zeichens erster Vorstand des Schützenvereins, mich gebeten hat, doch als zweiter Vorstand des Vereins zu kandidieren. Dass ich einstimmig gewählt werden würde, davon war er fest überzeugt.

Er konnte allerdings nicht verhehlen, welchen Zweck er mit meiner Wahl zum zweiten Vorsitzenden verfolgte. Obwohl er es nicht offen aussprach, war mir klar: Nicht der Privatmann Hanno Köberle, sondern der Polizist Köberle sollte in den Vorstand gewählt werden. Nach all den Amokläufen in der letzten Zeit sind die Schützenvereine bei einem Großteil der Bevölkerung ziemlich in Ungnade gefallen. Vor allem die Sache in Winnenden. Das hat die Menschen aufgewühlt, hat sie fast aggressiv gemacht. Aggressiv im Sinne von: Weg mit den Waffen! Tausende von Menschen im Ländle sind dem Aufruf auch gefolgt und haben freiwillig ihre Waffen bei der Polizei oder auf den Rathäusern abgegeben. Mit einem Polizisten als zweitem Vorsitzenden hofft der Verein nun, das unverschuldet ramponierte Image wieder aufpolieren zu können. Ich wünsche es dem Verein schon, weil ich ja selber schon seit vier Jahren Mitglied bin.

Die Hufnagel musste natürlich auch ihren Senf dazugeben. »Warum heißen Schützen Schützen, wenn sie nicht schützen, sondern schießen?«, hat sie gefragt. Ich habe das an den Löhle weitergegeben und der hat mir dann das Götz-Zitat an den Kopf geworfen, mit der freundlichen Aufforderung, es an die Hufnagel weiterzuleiten. Ich habe das aber nicht gemacht. Dafür habe ich sie bei ihrer nächsten Anzeige einfach ignoriert. Ich habe einen wichtigen Termin vorgeschoben und sie einfach stehen lassen. Das kann sie gar nicht leiden.

Gestern Abend bin ich also tatsächlich einstimmig zum zweiten Vorsitzenden gewählt worden. Danach habe ich viele Hände schütteln und auch viel Wein trinken müssen.

Trotz des viel zu viel genossenen Weines habe ich heute Morgen überraschenderweise einen klaren Kopf. Der Hiller hat mir das vorhergesagt. Der Hiller Manfred ist für den Einkauf beim Schützenverein zuständig. Er kauft nur guten Wein, hat er gesagt. Nur Württemberger Trollinger oder Trollinger mit Lemberger.

»Und nur von seinem Schwager in Heilbronn«, hat der Löhle grinsend erwähnt.

»Kannst du dich beschweren?«, hat ihn der Hiller fast beleidigt gefragt. »Erstens ist der Wein sehr gut und zweitens bekomme ich noch Rabatt.«

»Den Rabatt hast du uns ja noch gar nicht probieren lassen«, hat der Löhle darauf mit total ernstem Gesicht gesagt. Den Witz hat der Hiller dann nicht verstanden und ist einfach weggegangen. Er ist halt immer schnell beleidigt.

2

Alles wäre also an diesem Morgen wunderbar gewesen, wenn dieses blöde Telefon nicht so penetrant geläutet hätte. Und wenn ich nicht abgehoben hätte. Aber als pflichtbewusster Beamter nehme ich den Hörer halt doch aus der Station. Und damit war es endgültig vorbei mit der »ruhigen Kugel«. Von nun an würde im Dorf nichts mehr so sein, wie es einmal war.

»Köberle«, melde ich mich.

»Hab ich dich geweckt, Hanno?«, erkundigt sich der Störenfried. Die Stimme kommt mir zwar irgendwie bekannt vor, aber ich weiß im Moment nicht, wo ich sie einordnen soll.

»Und wer glaubt, mich geweckt zu haben?«, frage ich deshalb zurück.

»Ich bin es, Max.«

»Max? Max wer?«

»Na, Max.« Eine Weile war es still. Ich versuche mich zu erinnern, wie viele Leute mit Namen Max ich kenne. Da fährt er fort: »Max Hufnagel, der Stille mit der lauten Frau.«

»Ach, du bist es, Max! Tut mir leid, dass ich dich nicht gleich an deiner Stimme erkannt hab. Aber ich hab eine lange, feuchte Nacht hinter mir.«

»Ja, ich hab schon davon gehört, dass du dich zum zweiten Vorsitzenden des Schützenvereins hast wählen lassen. Du weißt ja, ›SIE‹ weiß alles und ›SIE‹ erzählt mir auch alles. Ich wette, du bist einstimmig gewählt worden.«

»Wette gewonnen. Aber deshalb holst du mich doch sicher nicht aus dem Bett. Und sag jetzt bloß nicht, dass deine Frau dich vorschickt, um eine Anzeige zu machen. Das würde ich dir dann schon sehr übel nehmen. Ich wollte mir nämlich heute mal einen freien Tag nehmen.«

»Den freien Tag wirst du dir ein anderes Mal nehmen müssen. Es liegt ein totes Kind in meiner Garage.«

»Ein totes Kind?«

»Ja. Sieht aus, als wäre es ein Neugeborenes. Ich habe mit so was zwar keine Erfahrung, aber ich bin mir ziemlich sicher, dass das Kind tot ist.«

»Und wie kommt ein totes Kind in deine Garage?«

»Das weiß ich doch nicht.« Es klang fast ein wenig ärgerlich. »Komm her und sieh es dir an.«

»Aber da muss ich doch erst die Kripo …«

»Das kannst du auch von hier aus machen«, drängte der Max jetzt. »Ich weiß nicht, wie lange ich die Leute noch von meiner Garage fernhalten kann.«

»Wieso wissen das schon andere Leute? Hat deine Frau wieder …«

»Sie hat doch das tote Kind in der Garage entdeckt. Und dann hat sie geschrien wie am Spieß. Das Geschrei hat schon die ganze Nachbarschaft angelockt und ich fürchte, es werden bald noch mehr kommen.«

»Halt die Stellung!«, befehle ich ihm. »Lass niemanden in die Garage. Ich beeile mich. Aber mit zwanzig Minuten musst du schon rechnen.« Ich warte erst gar keine Antwort ab, drücke das Gespräch weg und stelle mich kurz unter die Dusche. Dann wähle ich die Nummer der Kriminalaußenstelle Ehingen. Ich stelle auf Lautsprecher. Marion Meggle, die seit einigen Monaten die Anrufe entgegennimmt, meldet sich. »Köberle hier«, sage ich, während ich mich anziehe. »Kann ich den Chef sprechen?«

»Ist es dringend?«

»Sehr dringend. Wir haben ein unbekanntes totes Kind im Dorf.«

»Gut, ich verbinde.«

»Köberle!«, dringt kurz darauf die laute Stimme von Moosbauer aus dem Telefon. Moosbauer ist immer so laut. Als Chef muss man so laut sein, hat der Hirnbein mal gesagt. Und der Hirnbein muss es ja wissen, weil er mal Moosbauers Nachfolger werden will. »Was gibt es? Aber machen Sie es kurz. Ich bin gerade in einer wichtigen Besprechung.«

»Wir haben hier ein totes Kind. Jemand hat ein totes Neugeborenes in einer Garage abgelegt.«

»Sind Sie schon vor Ort?«

»Nein, noch nicht. Ich wurde eben erst benachrichtigt.«

»Von wem?«

»Von Max Hufnagel, dem Besitzer der Garage. Seine Frau Luise hat das Kind entdeckt.«

»Könnte sie selbst was damit zu tun haben?«

»Nicht direkt. Eher indirekt.«

»Geht das auch etwas genauer?«

»Das Ehepaar Hufnagel ist kinderlos. Er ist um die sechzig und Frührentner. Sie dürfte im selben Alter sein, also jenseits des gebärfähigen Alters. Dafür gebiert sie Klatsch in allen Variationen.«

»Dann meinen Sie also, jemand könnte ihr aus Rache das tote Kind in die Garage gelegt haben?«

Schnelle Auffassungsgabe hat er, der Chef, das muss man ihm lassen.

»Könnte durchaus sein«, sage ich. »Sie hat sich im Dorf eine Menge Feinde gemacht. Eine Anzeige pro Woche ist normal. Sie sieht anscheinend alles und weiß alles. Selbst wenn sie Hundescheiße auf dem Bürgersteig sieht, kann sie sagen, von welchem Hund die stammt.« Ich habe mich inzwischen in meine Uniform gezwängt.

»Na wunderbar«, sagt Moosbauer. »Dann wird sie doch auch wissen, wer ihr das tote Kind untergeschoben hat.«

»Ich fürchte, sie wird glauben, es zu wissen. Nur darf man ihr nicht alles glauben.«

»Köberle, Sie machen das schon.«

»Heißt das, ich kriege keine Unterstützung von euch oder so?«, erkundige ich mich.

»Ich schicke Ihnen die Spurensicherung aus Ulm. Mehr ist im Moment nicht drin. Ihr seid doch schon zu zweit.«

»Ich bin allein«, erkläre ich ihm. »Der Holzer liegt doch im Krankenhaus. Blinddarm.«

»Ach, so was hat der noch?«, witzelt Moosbauer.

»Ich habe so was auch noch«, sage ich.

»Dann müssen Sie eben vorerst ohne den Holzer klarkommen. Dafür haben Sie ja auch noch den Blinddarm.«

Hahaha. Es ist eine wahre Freude, so einen witzigen Chef zu haben. »Dann leihe ich mir die Domino aus.«

»Die hat Urlaub. Aber das wissen Sie doch.«

»Nein, das weiß ich nicht. Sie hat sich nicht bei mir abgemeldet. Muss sie ja auch nicht, oder?«

»Dann ist sie auch noch nicht weg«, höre ich den Moosbauer sagen. »Sie wird nicht in Urlaub fahren, ohne Ihnen Bescheid zu geben.«

»Dann glauben Sie also auch, was in Kollegenkreisen so herumfährt«, sage ich.

»Was fährt denn so herum?«, fragt Moosbauer. Es klingt, als wüsste er nichts. Aber ich weiß, dass er es weiß, und darum werde ich jetzt auch etwas lauter.

»Dass ich mit der Domino was hätte! Das ist durchaus nicht der Fall. Ich schätze sie als verlässliche Kollegin mit Spürsinn, Einfühlungsvermögen und Intuition. Und ich mag sie ja auch, das gebe ich gern zu. Mehr ist da aber nicht. Sollte jemals mehr daraus werden, informiere ich Sie.«

»Ich habe nichts anderes erwartet.«

»Ich wollte das nur mal gesagt haben. Vielleicht sollte man das mal an die Kollegen weitergeben.«

»Schon gut, Köberle. Darüber reden wir noch.«

»Falls die Domino noch zu Hause sein sollte, bin ich überzeugt, dass sie den Urlaub verschieben wird, wenn ich sie darum bitte. Aber vielleicht wäre es doch besser, wenn Sie mir …«

»Hören Sie, Köberle, wir haben im Moment wirklich einen personellen Engpass. Ich habe selbst Verstärkung aus Ulm angefordert. Ob ich welche kriege, entscheidet sich demnächst. Wir haben doch da den immer noch nicht geklärten Mord an dem Spielhallenbetreiber. Und dann ist da auch noch der Mann, der seine Frau mit einem Messer attackiert und schwer verletzt hat. Aber er streitet alles ab und die Frau ist noch nicht vernehmungsfähig. Es steht überhaupt noch nicht fest, ob sie durchkommt. Zwei Einbrüche sind auch noch zu klären und …«

»Gut, gut, ich mach's alleine. Bei der Domino fahre ich gleich vorbei. Aber Sie sagen dem Haberkorn Bescheid, sonst macht der wieder einen Aufstand wie beim letzten Mal.«

»Ich rufe ihn an. Köberle, Sie machen das schon. Halten Sie mich auf dem Laufenden.« Moosbauer hat aufgelegt. Ich rufe noch kurz Oma Dodel an, dann besteige ich mein fast nagelneues Dienstfahrzeug.

3

Ich bin schon kurz davor, auf die B 492 einzubiegen, als mir einfällt, dass die Marina ja umgezogen ist. Sie hat mir auf den Anrufbeantworter gesprochen. »Hallo, Hanno! Marina hier. Wohne jetzt in Ehingen-Berkach, Nelkenweg 28.« Fertig. Mehr nicht. Und das ohne Vorankündigung. Ich hätte ihr ja beim Umzug helfen können. Aber vermutlich wollte sie das nicht. Ich drehe eine Runde auf dem neuen Kreisverkehr, fahre den Weg zurück und benutze den Schleichweg.

Als ich vor dem Haus Nummer 28 aus dem Wagen steige, fällt mir doch noch ein, dass sie mal nebenbei erwähnt hat, irgendwann umziehen zu wollen. Sie hat aber nicht gesagt, wann, und auch nicht, wohin. Und jetzt wohnt sie so nah bei mir. Gerade mal drei Kilometer entfernt. Das gefällt mir ausnehmend gut.

Sie öffnet mir im Schlafanzug. »Oh Gott.«

»Hanno. Hanno reicht.«

»Was führt dich so früh am Morgen zu mir?«, erkundigt sich Marina.

»Ist es dir zu früh? Soll ich später wiederkommen?«

»Entweder du machst mir jetzt einen Heiratsantrag oder du raubst mich aus. Für was anderes bin ich noch zu müde.«

»Wie wäre es mit einem Drink?«

»Wenn du nichts Besseres zu bieten hast?«

»Ich lege noch einen Kuss drauf.«

»Nicht mehr?«

»Mittagessen bei meiner Oma.«

»Bei diesem Angebot kann ich nicht nein sagen.« Marina ist hellhörig geworden. Mein Wunsch nach einem Drink am frühen Morgen, mein unangekündigtes Auftauchen in der neuen Wohnung – es musste etwas passiert sein. Sie macht Platz und ich gehe an ihr vorbei ins Wohnzimmer.

Es ist größer und heller als das in ihrer vorhergehenden Wohnung in Schelklingen. Die Eckcouch ist ganz neu. Der Fernseher ebenfalls. Ein Bücherregal ist auch noch dazugekommen. Bis jetzt hatte sie ihre Bücher immer in Kartons aufbewahrt. Nur der schöne Wohnzimmerschrank ist noch derselbe. Marina steht schon vor dem Schrank und hat die Tür zum reichhaltig gefüllten Barfach geöffnet. »Trinkst du noch den schottischen Malt?«

»Immer noch.«

»Aber du bist doch nicht nur wegen dem Drink gekommen.«

»Nein, wegen dir. Ich wollte dich mal wieder sehen.«

»Lügner. Eigentlich sollte ich dir keinen Drink geben.« Sie macht die Schranktür wieder zu. »Du hast lange gebraucht, um mich zu besuchen.«

»Du bist umgezogen.«

»Das dürfte nicht neu für dich sein. Ich habe es dir auf den Anrufbeantworter gesprochen.«

»Ach, du warst das?«

»Wie viele Frauen kennst du, die Marina heißen?«

Ich zähle an den Fingern auf acht. »Eine. Dich.«

»Na, siehst du. Warum bist du nicht früher gekommen?«

»Du weißt auch, wo ich wohne.«

»Ich war noch nie in deiner Wohnung.«

»Ich in der hier auch nicht. Was ist mit dem Malt?«

»Was ist mit dem Kuss?«

Ich küsse sie sanft auf den Mund.

Sie sieht mich an und wartet darauf, dass noch mehr folgt. Nachdem von mir aber nichts mehr kommt, sagt sie: »Das ist aber nur einen kleinen Drink wert.«

»Mehr darf ich auch nicht. Ich bin im Dienst.«

»Ich nicht. Ich habe Urlaub.«

»Jetzt nicht mehr.«

»Was?«

»Ab sofort bist du im Dienst.«

»Wer sagt das?«

»Ich.«

Marina holt tief Luft. »Polizeioberkommissar Hanno Köberle, du wirst dir doch nicht schon wieder Schwierigkeiten einhandeln wollen.«

»Mit Schwierigkeiten dieser Art lebe ich recht gut.«

»Du brauchst mich wieder mal. Sehe ich das richtig?«

»Das siehst du richtig.«

»Ist Holzer wieder auf Schule?«

»Nein, Krankenhaus. Blinddarm.«

»Oh. Trotzdem ...«

»Falls du Bedenken wegen dem Haberkorn hast, das erledigt der Moosbauer.«

»Der Moosbauer ist einverstanden, dass du mich zur Verstärkung anforderst?«, erkundigt sich Marina ungläubig.

»Dem Moosbauer geht es zur Zeit gar nicht gut«, sage ich grinsend. »Viel zu wenig Leute. Urlaub, Krankenstand und einige ungelöste Fälle. Das mag er gar nicht.«

»Und was hast du, dass du mich brauchst?«

»Ein totes Neugeborenes in der Garage von Max Hufnagel. Seine Frau hat das tote Kind entdeckt.«

»Ach du lieber Himmel! Auch noch dieses Klatschmaul. Um den Fall bist du nicht zu beneiden.«

»Wir«, verbessere ich sie. »Wir sind nicht zu beneiden. Ich kann doch mit dir rechnen?«

»Und was ist mit meinem Urlaub?«

»Ich lass mir was einfallen, als Entschädigung. Und jetzt zieh dich schon an. Der Max hat Probleme, die Leute von seiner Garage fernzuhalten.«

Sie geht ins Schlafzimmer. Gleich darauf steht sie nackt im Türrahmen. »Und warum glaubst du, dass ich die Richtige für diesen Fall bin?«

Ich sehe sie einen Augenblick an. Dann halte ich mir die Augen zu und wende mich ab.

»Was ist los?«, fragt Marina harmlos.

»Sieh in den Spiegel, dann weißt du, was los ist.«

»Ich weiß, was ich sehe, wenn ich in den Spiegel schaue. Ein alterndes Weib mit Orangenhaut auf Hüften und Oberschenkeln und hängender Brust.«

»Wirf den Spiegel weg. Er gibt ein falsches Bild von dir. Ich sehe ganz was anderes.«

»Du siehst gar nichts. Du hältst dir die Augen zu.«

»Ich will nicht von deiner Schönheit geblendet werden.«

»Hanno, ich sag's noch mal: Du bist ein Lügner.« Ich höre, wie sie ins Schlafzimmer zurückgeht. »Aber du lügst immer an den passenden Stellen.«

»Was ist jetzt mit dem Malt?«, lenke ich ab. Das mache ich meistens, wenn ich mich aus einer für mich kritischen Situation herauswinden will. Natürlich wäre ich jetzt am liebsten zu ihr ins Schlafzimmer gerannt, hätte sie in den Arm genommen und hätte mich mit ihr in ihr noch warmes Bett gelegt.

Aber das kennt man ja. Dann ist nichts mehr so, wie es vorher war. Eigentlich wäre mir das ganz recht gewesen, und der Marina sicherlich auch, weil, sonst hätte sie sich mir ja nicht nackt unter der offenen Tür gezeigt. Wir zwei, die Marina und ich, ein Paar. Das wäre einfach wunderbar. Oma Dodel würde mir auch um den Hals fallen und die Marina noch mehr verwöhnen, als sie es ohnehin schon tut. Im Moment ist das aber nicht möglich, weil der Max Hufnagel sonst noch lange hätte auf uns warten müssen. Ich öffne die Schranktür zum Barfach und entdecke einen irischen Malt.

»Hast du schon gesehen?«, ruft Marina aus dem Schlafzimmer. »Ich habe eine neue Malt-Sorte, einen irischen. Tyrconnell.«

»Ich habe ihn schon entdeckt. Ich kenne ihn. Er ist hervorragend.«

»Ich wusste doch, dass du ihn mögen wirst.«

Ich schenke etwas von dem Whisky in zwei Gläser und warte. Nach knapp zehn Minuten kommt Marina angezogen aus dem Schlafzimmer. Sie sieht einfach umwerfend aus. Hübsches, rundes Gesicht, volle Lippen, schwarzes, schulterlanges Haar und braune Augen. Manchmal, wenn mich diese sanften braunen Augen ansehen, beginne ich sofort zu schmelzen. Ich muss dann immer sofort ablenken. Eines steht fest: Weit und breit kenne ich keine hübschere Polizistin. Wenn ich jetzt nicht in jeder Hand ein Glas gehalten hätte, wer weiß, was dann passiert wäre. Ich weiß nur: Irgendwann werde ich ihr zu Füßen liegen.

»Ist es dir recht, wenn ich in Uniform mitkomme?«

»Das machst du absichtlich«, sage ich fasziniert.

»Was?«

»So toll auszusehen.«

»Hanno, du bist ein Schmeichler. Aber ein lieber. Ich wünschte, es gäbe mehr Kollegen wie dich.«

»Ich bin froh, dass es nicht so viele gibt. Sonst würden eventuell meine Chancen bei dir sinken.«

»Die sinken auch, wenn du nicht bald über Nacht und zum Frühstück bleibst.«

»Jetzt trinken wir erst mal den kleinen Whisky und dann fahren wir zu der kleinen Leiche.«

Ich reiche ihr das Glas und wir trinken beide aus. Marina stellt die leeren Gläser auf den Tisch, legt die Arme um mich und küsst mich. Es wird diesmal ein etwas längerer Kuss.

»Los, komm jetzt«, sage ich. »Wir sind schon spät genug dran.« Wenige Minuten später fahren wir in den Hof von Max Hufnagel.

4

Eine Menge Leute stehen inzwischen vor dem Haus der Hufnagels. Einige halten Abstand, stehen am Straßenrand. Andere stehen im Hof herum und diskutieren. Max hat sich vor dem Garagentor aufgebaut und versucht, einen Mann daran zu hindern, das Tor zu öffnen.

Ich stelle mich neben Max. »Hat jemand die Garage betreten?«, frage ich ihn.

»Außer mir niemand«, sagt Max. »Aber der hier will unbedingt hinein.«

Es ist der Händele Martin, wie ich jetzt erst sehe. Er ist etwas größer als ich, schlank, Mitte vierzig, trägt einen speckigen Trainingsanzug, ist unrasiert und hat eine Säufernase. Ein ziemlich unangenehmer Zeitgenosse. Im Dorf nennt man ihn den Händelmate, weil er oft und gern Streit sucht.

»Warum wollen Sie unbedingt da rein?«, frage ich ihn. Er gehört zu den Leuten im Dorf, die ich nicht duze und die mich auch nicht duzen dürfen.

»Oifach so«, sagt er. »I will sehn, was da drin liegt. I bin halt neugierig wia de andere ao.«

»Dann gehen Sie jetzt da raus zu den anderen Neugierigen. Raus aus dem Hof.« Ich wende mich an die Leute im Hof. »Bitte machen Sie den Hof frei. Jeden Augenblick können die Leute von der Spurensicherung kommen. Die kommen meistens mit drei oder vier Autos. Es gibt ohnehin nichts zu sehen.«

Ein paar Vernünftige kommen meiner Bitte nach, andere nicht. Zusammen mit Marina gelingt es mir, den Hof freizuhalten. Nur der Händelmate braucht eine Extraaufforderung.

»Würden Sie sich bitte auch zu den anderen begeben«, sage ich überfreundlich.

»Wieso? Do isch doch Platz gnua.«

Für solche Fälle habe ich mir einen bestimmten, streng wirkenden Gesichtsausdruck zugelegt. Den habe ich so oft vor dem Spiegel und vor Marina geübt, bis er auf Anhieb sitzt. Dazu verleihe ich meiner Stimme einen Ton, der deutlich macht, dass ich keinen weiteren Widerspruch dulde. Und zur besseren Durchsetzung meiner polizeilichen Macht leihe ich mir eine Redewendung unserer Kanzlerin Angela Merkel aus, die diese benutzt, um glaubwürdig zu klingen.

»Sie wissen es vielleicht noch nicht, deshalb sage ich es Ihnen jetzt ›*in aller Deutlichkeit*‹: Ich sage ungern etwas zweimal!«

Es wirkte. Ich bin immer wieder überrascht, wie wirkungsvoll so ein Satz sein kann. Der Händelmate sieht mich einen Moment verblüfft an. Ein kurzes Aufflackern von Widerstand kommt dann doch noch. »I kann do stehn …«

»Habe ich mich nicht deutlich genug ausgedrückt?«, fahre ich ihn an. Diesmal trollt er sich tatsächlich.

Ich hebe das Garagentor ein Stück hoch. Drinnen ist der blaue Ford Focus von Max zu sehen. Daneben, schräg an die Wand gelehnt und angekettet, lehnt das Fahrrad seiner Frau. Dahinter befindet sich an der rechten Wand ein Werkzeugschrank. Zwischen dem Schrank und der hinteren Garagenwand ist noch ein halber Meter Platz für einen Spaten und eine Hacke. Zwischen Garagenwand und Fahrrad liegt ein in ein Tuch eingewickeltes Etwas auf dem Betonboden.

»Schlüpf mal kurz rein«, sage ich zu Marina. »Aber sei vorsichtig. Verwisch keine Spuren.«

Marina bückt sich, geht hinein und kommt sofort wieder zurück. »Da muss man kein Arzt sein, um zu sehen, dass das Kind schon seit ein paar Stunden tot ist. Ich vermute, dass es schon tot zur Welt kam. Es ist sehr klein, richtig winzig. Könnte ein Frühchen sein.«

»Außer dir war sonst niemand in der Garage?«, frage ich den Max.

»Nur ich. Ich war aber nur kurz drin. Ich wollte sehen, ob das Kind vielleicht noch am Leben ist. Das musste ich doch machen, oder?«

»Sonst niemand?«

»Nicht, seit Luise das Kind entdeckt hat.«

»Deine Frau war also auch nicht drin?«

»Nein, sie hat nur hier an dem Platz gestanden und geschrien wie am Spieß.«

»Sie hat also das Garagentor aufgeschlossen und …«

»Wir schließen das Tor nie ab.«

»Und warum nicht?«

»Es lässt sich nur sehr schlecht schließen. Man braucht viel Kraft dazu. Die Luise hat die Kraft nicht. Also lehnt sie das Tor immer nur an. Ich schließe mein Auto immer ab und sie kettet in der Garage ihr Fahrrad an.«

Ich hebe das Garagentor noch mal kurz an. Es quietscht nur leicht in den Angeln.

»Ich weiß, ich hätte es längst richten sollen …«, versucht sich Max zu entschuldigen.

»Schon gut«, winke ich ab. »Kannst du dir vorstellen, wer das Kind ausgerechnet hier abgelegt haben könnte?«

»Meine Frau denkt …« Er bricht ab.

»Ja?«

»Du hast doch auch gehört, dass die Carmen Langer wieder im Dorf ist.«

»Ich hab so was gehört. Aber keiner wusste so recht, ob es stimmt, dass sie schwanger ist.«

»Meine Frau ist sich sicher. Sie hätte die Carmen gesehen, sagt sie, und die Carmen wäre hochschwanger gewesen.«

»Die Carmen ist wieder da?«, fragt Marina überrascht.

»Noch ist es ein Gerücht«, sage ich. »Gesehen wurde sie bisher nur von der Frau Hufnagel.« Ich sehe Max an. »Das stimmt doch, oder?«

»Nein. Auch die Frau Meringer soll sie gesehen haben«, sagt Max.

»Kennst du die Carmen näher?«, erkundige ich mich.

»Näher? Na ja, was heißt da schon näher. Ich habe sie öfter mit ihrem kleinen Hund spazieren gehen sehen. Einmal haben wir uns kurz unterhalten. Über ihren Hund. Er heißt Goliath, weil, wenn er schon klein ist, soll er wenigstens einen großen Namen haben, hat sie mir erklärt. Mehr war nicht. Aber das ist wirklich schon sehr lange her. Sie ist ja auch schon fast ein Jahr weg.«

»Kennt deine Frau die Carmen näher?«

»Das musst du sie schon selber fragen.«

»Und wo ist sie? Im Haus?«

»Meine Frau im Haus? Wo denkst du hin? Wo es so viel zu erzählen gibt, bleibt meine Frau doch nicht im Haus. Das solltest du eigentlich wissen.«

»Ja«, seufze ich. »Ich kann es mir denken. Hat sie gesagt, wo sie hinwill?«

»Sie wollte zum Pfarrer. Aber ob sie da noch ist?« Er zuckt mit den Schultern. »Vielleicht ist sie ja auch noch gar nicht bis zu ihm gekommen. Wenn sie heimkommt, erfahre ich es.«

»Die Carmen ist doch damals mit irgend so einem Kerl abgehauen«, sagt Marina.

»Ja, ich weiß«, antworte ich. »Auf die Bitte ihrer Mutter habe ich den Kerl mal überprüfen lassen. Er heißt Fred Dobermann. Die Kollegen in Ulm haben dem Dobermann dann auch einen Besuch abgestattet. Eine junge Frau, die sich als Carmen Langer ausgewiesen hat, war bei ihm. Er hat den Kollegen versichert, dass er mit der Carmen seine große Liebe gefunden hätte. Richtig glauben konnten es die Kollegen in Ulm nicht. Aber nachdem die Carmen ihnen bestätigt hat, dass sie freiwillig bei dem Mann ist, mussten sie wohl oder übel abziehen. Dobermann ist in Ulm kein Unbekannter. Man verdächtigt ihn, mit Rauschgift zu handeln. Außerdem soll er sich an Autoschiebereien beteiligt haben. Und er stand schon unter Mordverdacht. Er soll einen Autohändler umgebracht haben. Aber man hat ihm nie was nachweisen können.«

»Das klingt ja ziemlich beunruhigend«, sagt Max erschrocken.

»Das fand ich auch. Aber offensichtlich wurde er in den letzten Wochen und Monaten nicht mehr auffällig, sonst hätten mich die Kollegen informiert.«

»Ich frag mal die Barbara«, schlägt Marina vor. »Vielleicht weiß die mehr. Sie und Carmen waren doch mal befreundet.«

»Gut, mach du das«, sage ich.

In diesem Moment fährt Pfarrer Gottwald mit dem Fahrrad in den Hof. Er lehnt das Rad an die Hauswand. Der Pfarrer ist ein groß gewachsener, kräftig gebauter Mann mit dunkelblondem, schon etwas schütterem Haar und sympathischer Ausstrahlung. Er trägt eine schwarze Hose und einen hellgrauen Pullover.

»Ist das Kind da drin?«, fragt er Max und deutet auf das Garagentor.

»Da können Sie jetzt aber nicht rein«, sage ich abwehrend. »Wegen der Spuren. Schließlich wollen wir ja herausfinden, wer das Kind da abgelegt hat. Und die von der Spurensicherung waren noch nicht da.«

»Das Kind ist tot, Herr Pfarrer«, sagt Marina. »Die letzte Ölung kommt da zu spät.«

»Haben Sie eine Ahnung, wer die Mutter des Kindes sein könnte?«, frage ich den Pfarrer.

»Ich könnte da jetzt das weitergeben, was mir die Frau Hufnagel erzählt hat …«

»Das wissen wir schon«, sage ich. »Sie kennen doch alle im Dorf. Wissen Sie, wer zurzeit schwanger ist?«

»Ich kenne nicht alle. Nur meine Schäfchen, also Katholiken. Und von denen sind nur die Helen Maurer und Christine Grassel schwanger. Die eine ist im sechsten, die andere im siebten Monat. Sonst wüsste ich im Moment keine. Sie kennen doch sicher mehr Leute, als Polizist.«

»Wir werden auf jeden Fall ein paar Besuche machen müssen«, sage ich.

»Könnte ich mich mal mit der Barbara unterhalten?«, wendet sich Marina an den Pfarrer. »Sie war doch mit der Carmen befreundet.«

»Ich weiß nicht«, sagt Pfarrer Gottwald zögernd. »Es geht ihr gerade nicht besonders. Sie hat wieder mal einen ihrer Migräne-Anfälle. Das nimmt sie immer ziemlich mit.«

»Ich werde sie nicht lange aufhalten.«

»Gut, wenn ich hier ohnehin nichts tun kann …« Er geht zu seinem Fahrrad. »Kommen Sie. Reden wir mit der Barbara. Ich fürchte nur, sie wird auch nicht mehr wissen.«

»Ich komme dann nach, wenn die von der Spurensicherung hier fertig sind«, sage ich.

Die beiden gehen weg. Pfarrer Gottwald schiebt sein Rad neben Marina her. Max und ich stehen jetzt blöd vor dem Garagentor herum. Der Händelmate ist schon wieder ein Stück näher gekommen. Aber so richtig traut er sich doch nicht.

Dann kommen sie endlich. Erst zwei Autos. Dann kommt noch ein weiteres hinterher. Die drei Autos spucken vier Männer und eine Frau aus. Ich kenne nur den Joachim Großmann. Kurz kläre ich ihn auf und ziehe das Garagentor hoch. Der Kollege, der zuletzt gekommen ist, hat eine Kamera dabei. Er macht eine Menge Fotos von dem toten Kind. Dann setzt er sich wieder in seinen Wagen und fährt weg.

»Mit Spuren ist da wohl nicht viel«, sage ich zu Großmann.

»Nein, Betonboden gibt nicht viel her. Wir werden uns auf das Kind und das Tuch beschränken müssen.«

»Wie hoch sind die Chancen, dass man herausfindet, wer die Mutter ist?«

»Das ist Arbeit der Kollegen in Ulm – und deine«, sagt Großmann.

»Vermutlich bleibt es an mir alleine hängen«, sage ich. »Die in Ulm haben im Moment Personalmangel.«

»Ich habe davon gehört. Aber ich denke, es ist ohnehin besser, wenn du das zunächst alleine machst. Du kennst doch die Leute hier. Und du weißt, wie du mit ihnen umgehen musst. Bisher hast du das doch immer gut hingekriegt. Außerdem, so viele Schwangere wird es sicher nicht geben.« Er deutet zur Garage. »Oder in diesem Fall: gegeben haben.«

»Könnte ja auch eine von auswärts sein«, vermute ich.

»Kann sein, kann auch nicht sein. Wenn du uns eine Verdächtige hast, können wir anhand der DNA schnell feststellen, ob sie die Richtige ist.«

»Was ist es denn? Mädchen oder Junge?«

»Mädchen. Vermutlich eine Frühgeburt. Näheres kann ich dir in zwei Tagen sagen.«

Ich verrate nicht, dass ich eventuell schon jemanden habe. Ich will nicht voreilig sein. Das ist nicht meine Art. Außerdem glaube ich grundsätzlich nichts, was von der Hufnagel kommt. Damit bin ich bisher recht gut gefahren.

Eine halbe Stunde später ist alles vorbei. Der Hof von Max Hufnagel ist wieder leer. Selbst der Martin Händele hat sich verzogen. Ich setze mich in meinen blau-weißen Dienst-Jaguar und fahre als Erstes zu Carmens Mutter.

5

Das Haus von Britta Langer steht am anderen Ende des Dorfes. Idyllisch gelegen an einem kleinen Bach. Es ist ein kleines, sehr altes Haus, das der Josef Haller immer wieder mal mit notdürftigen Reparaturen vor dem Zerfall rettet. Der Josef ist ein ortsansässiger Schreinermeister, der sich Chancen bei der Witwe Langer ausrechnet. Obwohl sie einige Jahre älter ist als er.

Die Britta Langer ist aber auch immer noch eine Augenweide. Sie ist dreiundfünfzig Jahre alt, wie sie mir mal sagte. Aber man sieht es ihr nicht an. Sie hat kastanienbraunes Haar und ist immer dezent geschminkt. Eine wirklich hübsche Frau.

Ich muss nicht klingeln. Sie öffnet schon die Tür, als ich auf das Haus zugehe. Natürlich ist sie wieder gestylt wie für einen Ball. »Sie ist nicht da«, empfängt sie mich, bevor ich was sagen kann.

»War sie denn da?«

»Das hat mich dieser … dieser Hund auch gefragt.«

»Sie meinen den Dobermann.«

»Sag ich doch, Hund!«

»Und?«

»Was und?«

»War sie da?«

»Nein. Seit sie damals mit dem Hund weggegangen ist, hab ich sie nicht mehr gesehen. Ein paar Mal hat sie angerufen, jedes Mal hat sie gesagt, dass es ihr gutgeht. Wenn Sie mir damals nicht erzählt hätten, dass sie in Ulm mit dem Hund zusammenlebt, wüsste ich nicht mal das.«

»Und warum sucht der Dobermann sie?«

»Fragen Sie ihn. Mir hat er es nicht gesagt.«

»Aber er sucht Ihre Tochter?«

»Fragen Sie den Hund. Ich weiß es nicht.«

»Die Carmen soll schwanger sein. Wussten Sie davon?«

»Nein … Das heißt ja. Ja und nein, also halb.«

»Die Hufnagel war bei Ihnen, stimmt's?«

»Sie hat gesagt, sie hätte die Carmen gesehen. Hochschwanger. Und jetzt liege ein totes, neugeborenes Kind in ihrer Garage.«

»Jetzt vermutet sie wohl, dass Carmen das tote Kind in ihre Garage gelegt hat?«

»Ach, tut sie das? Mir hat sie gesagt, sie wäre sich ganz sicher. Dieses elende Weib! Wer die zur Frau hat, braucht keine Feinde mehr.«

»Sie mögen sie wohl nicht?«

»Ich mag sie wie das Dreckfressen.«

»Aber Frau Langer.« Ich versuche, meiner Stimme einen vorwurfsvollen Klang zu geben, was mir aber nicht gelingt.

»Ich sage, was ich denke.«

»Den Dobermann mögen Sie dann vermutlich auch nicht?«

»Wie Scheiße fressen.«

»Frau Langer«, tadele ich und verkneife mir ein Lachen. »Was ist das für eine Ausdrucksweise?«

»Keine Ausdrucksweise. Seine Sprache.«

Ich wende mich ab, will gehen, weil, darauf kann ich ihr nicht antworten. Ich hätte ihr Recht geben müssen. Aber als Polizeibeamter muss ich mich da ein wenig zurückhalten. Ich bin noch keine zwei Schritte weg, da hält mich ihre Stimme zurück und diesmal klingt sie besorgt, fast weinerlich.

»Glauben Sie, der Hund will ihr was antun?« Ihr Gesicht ist jetzt von Angst gezeichnet.

»Ich werde auf jeden Fall alles tun, um das zu verhindern«, verspreche ich.

»Danke.« Es ist fast nur ein Flüstern. Dann wendet sie sich um und geht ins Haus.

6

Das Pfarrhaus steht in der Mitte des Dorfes, etwas zurückgesetzt inmitten eines schönen Gartens. Ein breiter Weg führt über das Grundstück zu einer Garage und zum Haupteingang des Pfarrhauses. Um in das Besucherzimmer im Pfarrhaus zu gelangen, muss man erst durch einen kleinen Vorraum. Der dient manchmal als Warteraum, wenn sich mehrere Personen beim Pfarrer angemeldet haben. Und das kommt schon öfter mal vor, weil, unser Pfarrer Gottwald ist ja nicht nur für unser Dorf seelsorgerisch zuständig. Er betreut auch noch drei weitere, etwas kleinere Gemeinden.

Die Möblierung des Vorraumes besteht aus zwei gut erhaltenen und schön bemalten Bauernschränken. Dazwischen befindet sich eine Holzbank. An der gegenüberliegenden Wand steht ein kleiner Holztisch. Zwei Stühle mit lederbezogenen Sitzflächen dienen den Wartenden als Sitzgelegenheit. Vor zwei Jahren waren es nur einfache Holzstühle.

Im angrenzenden Besucherzimmer des Pfarrers höre ich schon die Stimme von Marina. Ich gehe, ohne anzuklopfen, hinein. Marina und der Pfarrer sitzen an einem großen Eichentisch. Rechts an der Wand steht ein mit Papieren überhäufter Schreibtisch. Daneben ein Aktenschrank mit mehreren beschrifteten Aktenordnern und zwei Reihen Büchern. Seitlich am Aktenschrank hängt eine Soutane. Barbara Seidel ist nicht da. »Konntest du schon mit ihr reden?«, frage ich Marina.

»Nein, sie schläft. Ich will sie jetzt nicht wecken.«

»Sie wird uns wahrscheinlich auch nicht viel sagen können«, vermutet der Pfarrer. »Wenn sie etwas wüsste, hätte sie es mir sicher schon gesagt.«

»Und die Carmen hat sich nie bei der Frau Seidel gemeldet?«, erkundige ich mich.

»Doch. Sie hat drei- oder viermal angerufen. Jedes Mal hat sie behauptet, es gehe ihr gut.«

»Das hat die Frau Langer auch gesagt.«

»Sie waren schon bei ihr?«, fragt der Pfarrer.

»Ja, gerade eben. Aber die Hufnagel war schneller. Sie hat der Frau Langer erzählt, das tote Kind in ihrer Garage hätte ihr bestimmt die Carmen hineingelegt.«

»Das geht jetzt aber zu weit!«, regt sich Pfarrer Gottwald auf. »Das kann sie doch nicht machen.« Er sieht mich an. »Können Sie denn nichts dagegen unternehmen?«

»Das versuche ich doch schon seit Jahren«, sage ich. »Aber vom Gesetz her ist nichts zu machen. Neugier und Mitteilungsbedürfnis sind nun mal nicht strafbar.«

In dem Moment kommt Barbara Seidel herein. Sie ist etwa Mitte dreißig, vollschlank, hat dunkles, halblanges Haar und ein hübsches Gesicht. Eigentlich. Aber jetzt sieht sie eher aus wie ein leicht übergewichtiges Häufchen Elend. Ihre Augen sind gerötet und die dunklen Ringe unter ihren Augen wirken wie aufgemalt. Sie hält mir ihr Handy hin.

»Eine SMS von der Carmen.« Ihre Stimme ist schwach.

»Bin geflohen«, lese ich laut. »Habe ein Gespräch belauscht und etwas Furchtbares über Fred und seinen Kumpan Schärf erfahren. Wenn er mich erwischt, bringt er mich um.«

»Klingt nicht gut«, sagt Marina nach einem Moment der Stille.

»Das klingt wirklich nicht gut«, sage ich. »Wir müssen sie finden, bevor Dobermann sie findet.«

»Ich hab ihr geantwortet«, sagt Barbara. Sie wirkt nach wie vor schwach und krank. »Ich hab ihr gesagt, sie soll hierherkommen. Hier ist sie am sichersten.« Sie sieht den Pfarrer an. »Das war doch richtig?«

»Das war schon richtig«, antwortet Pfarrer Gottwald. »Das Haus Gottes ist für jeden ein Zufluchtsort, der Hilfe braucht. Und da gehört das Pfarrhaus dazu.«

»War das die einzige Nachricht, die du bisher von ihr bekommen hast?«, frage ich Barbara.

»Sie hat in den letzten Monaten ein paar Mal angerufen und mir versichert, dass es ihr gutgeht.«

»Wann war der letzte Anruf?«

»Ich weiß nicht … Vor fünf oder sechs Wochen.«

»Und die SMS ist gerade erst gekommen?«

»Ja.«

»Gut«, sage ich. »Dann machen wir uns jetzt auf die Suche nach ihr. Falls sie hier bei euch ankommt, möchte ich das aber wissen.«

»Natürlich«, sagt der Pfarrer. »Wir werden Sie sofort informieren.«

Draußen frage ich Marina: »Was hältst du von der Sache? Ich meine, die Carmen …«

»Ich meine, ich habe Hunger«, unterbricht mich Marina. »Ist dir klar, dass ich noch nicht mal gefrühstückt habe?«

»Gut, gehen wir zu Oma Dodel.«

7

Die Dodel-Oma wartet schon auf uns. Wie immer begrüßt sie die Marina sehr herzlich. Und wie immer bin ich jetzt für eine Weile abgemeldet. »Es gibt Gulasch mit Hefeknödeln, dazu gedünsteten Brokkoli und Karottenstifte«, verkündet sie.

»Mein Lieblingsessen«, strahlt Marina. »Hast du gewusst, dass ich komme?«

»Er hat dich schon heute Morgen gegen neun Uhr angemeldet«, petzt Oma.

»Was?«, wendet sich Marina empört an mich. »Noch bevor du zu mir gekommen bist?«

Ich nicke. »Stimmt.«

»Du warst dir also absolut sicher, dass ich meinen Urlaub abbrechen würde?«

»Absolut«, sage ich ungerührt.

»Also, das ist doch … Das ist doch … Ich weiß gar nicht, was ich da sagen soll.«

»Das ist ungehörig«, hilft ihr Oma Dodel. »Ungehörig ist das.« Zu Marina: »Du wirst Forderungen stellen.«

»Abgelehnt.«

»Du weißt doch noch gar nicht, was ich für Forderungen stellen werde.«

»Außergewöhnliche Fälle erfordern besondere Maßnahmen. Es geht um ein totes Kind.«

Jetzt existiere ich wieder für die Oma. »Ich hab's von der Hufnagel gehört. Die war ja ganz außer sich.«

»Die Hufnagel«, seufze ich. »Wo hast du sie getroffen? Beim Metzger, beim Bäcker oder auf der Straße?«

»Beim Metzger. Ich brauchte doch noch Fleisch für das Gulasch.« Sie wendet sich wieder an Marina. »Hast du das tote Kind gesehen?«

»Ja. Ich glaube, niemand hat dem Kind was getan. Es kam vermutlich tot zur Welt.«

»Das wundert mich nicht, bei dem, was die Carmen alles durchmachen musste.«

»Was musste sie denn alles durchmachen?«, frage ich.

»Das weißt du nicht?«, empört sich meine Oma. »Was bist du denn für ein Polizist? Das solltest du doch wissen!«

»Sag's mir, Oma«, seufze ich.

»Der Mann, mit dem die Carmen weggegangen ist, ist doch ein …« Sie senkt die Stimme zu einem Flüstern. »… ein Zuhälter.«

»Sagt die Hufnagel.«

»Sagt die Luise Hufnagel«, nickt Oma bestimmt.

»Klär sie auf«, sage ich zu Marina. »Mir glaubt sie es ja doch nicht.«

»Also, Kathi, wir beide, der Hanno und ich, wir sind nun mal Polizisten …«

»Na, das ist ja nun wirklich nicht zu übersehen«, lacht Oma Dodel. Und fügt noch hinzu: »Diese blaue Uniform steht dir übrigens viel besser als die grüne.«

»Danke, Kathi. Also, als Polizisten haben wir uns an Fakten zu halten. Und Fakt ist: Es lag ein totes, neugeborenes Kind in Hufnagels Garage und wir wissen nicht, wer es dort heute Nacht abgelegt hat.«

»Aber das ist doch eindeutig. Es war die Carmen. Sie konnte die Hufnagel noch nie leiden. Und ihre Mutter, die Britta Langer, auch nicht.«

»Da muss der Hass aber schon sehr groß sein, wenn man einem ein totes Kind unterschiebt«, sage ich.

»Der Hass kommt von der Hufnagel«, sagt Oma. »Sie hasst die Britta.«

»Ach was? Und warum?«

»Warum? Warum? Weißt du das auch nicht?«

»Oma, ich hör nicht auf Klatsch. Das solltest du langsam wissen. Also, wer sagt, dass die Hufnagel die Langer hasst? Etwa die Hufnagel selber?«

»Nein, darüber redet sie nicht. Es gibt zwei Dinge, über die sie nicht reden will. Das eine ist, dass sie keine Kinder bekommen konnte, weil irgendwas bei ihr nicht stimmt. Und das andere ist, dass ihr Mann, der Max, mit der Britta Langer zusammen hmhmhm.«

»Du meinst, der Max hat ein Verhältnis mit der Britta Langer?«

»Das hat die Helga Niesle neulich beim Bäcker behauptet. Und die Hufnagel soll dann gesagt haben: Die Langer soll bloß still sein. Wenn nämlich zu der der Kaminfeger kommt, geht er rückwärts wieder raus, weil er Angst hat, dreckig zu werden.«

Marina lacht. »Das sind ja schöne Geschichten.«

»Klatsch sollte eigentlich unter Strafe gestellt werden«, sage ich. »Klatsch hat schon manchmal zu tödlichen Auseinandersetzungen geführt.«

»Er ist strafbar. Es ist Verleumdung«, sagt Marina.

»Ist es eben nicht. Man sagt weiter, was man vom Hörensagen weiß. Gesagt hat es ein anderer. Und der hat es wieder von einem anderen und so weiter.« Ich wende mich an Oma. »Was ist mit dem Essen?«

»Gleich.« Sie schaut auf die Uhr. »Die Hefeknödel brauchen noch zwei Minuten.«

Das Essen ist wie immer hervorragend und wir loben Oma kräftig. Oma nimmt die Huldigungen lächelnd entgegen und sagt: »Wisst ihr was? Ich helfe euch bei der Suche nach der Mutter des toten Kindes.«

»Oma, das lässt du sein. Das kann gefährlich werden.«

»Ach, Unsinn. Was soll daran gefährlich sein? Ich rede einfach mal mit ein paar Leuten. Du glaubst nicht, was man alles erfährt, wenn man mit den Leuten redet.«

»Oma, ich bin Polizist. Ich weiß, dass man mit Leuten reden muss, wenn man was erfahren will.«

»Eben, du bist Polizist. Dir sagen sie nicht das, was sie mir sagen.«

»Ich wiederhole es noch mal, lass es sein, Oma. Der Fred Dobermann ist auf der Suche nach der Carmen. Und mit dem ist nicht zu spaßen.«

»Ist er nicht lieb«, sagt Oma lächelnd zu Marina und tätschelt mir die Wange. »Hat Angst um seine Oma.«

»Er hat Recht, Kathi. Der Dobermann hat per SMS angedroht, Carmen umzubringen.«

»Was?«

»Sie hat offensichtlich heimlich etwas Schlimmes mitgehört. Und jetzt ist sie vor dem Dobermann auf der Flucht.«

»Keine Sorge, mir tut der schon nichts. Und im Falle eines Falles habe ich ja mein Pfefferspray.«

»Das Pfefferspray wird dir bei so einem Kerl nicht viel helfen«, sage ich, obwohl ich weiß, dass es nicht viel nützt.

Die Oma ist nun mal fest davon überzeugt, dass ihr kriminalistischer Spürsinn nicht von ungefähr kommt. Schließlich liege das in der Familie. Weil, wenn man einen so berühmten Vorfahren habe, wie das der Oberamtsrichter Wilhelm Dodel gewesen sei, dann liege einem das Detektivspielen im Blut. Dass sie vermutlich mit dem Oberamtsrichter gar nicht direkt verwandt ist, will sie gar nicht hören. Das ist so und basta. Dass sie damals, als sie mit meiner Mutter schwanger war, fast Miltenberger geheißen hätte, will sie auch nicht mehr hören. Weil, den Kerl, der ja mein Opa ist, hat sie noch vor der Hochzeit mit einer anderen im Bett erwischt. Sie hat ihn aus dem Haus geprügelt und ist nie wieder eine feste Beziehung mit einem Mann eingegangen. Aus Angst, wieder betrogen zu werden. Mit der Erziehung ihrer Tochter Renate, also meiner Mutter, hatte sie auch nur wenig Glück. Meine Mutter hatte zu viel von ihrem nichtsnutzigen Vater. Das musst du dir vorstellen, hat mir die Oma mal erzählt. Deine Mutter hat schon mit fünfzehn Jahren ihr Lotterleben angefangen. Die hat ihre Liebhaber schneller und öfter gewechselt als mancher Mann seine Unterhosen.

Mit neunzehn wurde meine Mutter dann schwanger. Sie war gerade erst zwanzig geworden, als ich zur Welt kam. Mein Vater war ihr hartnäckigster Freund, Karl Köberle. Er hat sie nicht fallenlassen, obwohl sie neben ihm immer wieder andere Kerle hatte. Als meiner Mutter endlich klar war, dass nur der Karl der Vater ihres Kindes sein konnte, heiratete sie ihn. Aber erst, nachdem Oma Druck gemacht hatte. Mein Vater, ein kreuzbraver Mann, arbeitsam, strebsam, hat auf dem Bau gearbeitet. Er hat meine Mutter angebetet. Sie war aber auch eine wunderschöne Frau. Um den Männern zu gefallen, tat sie alles. Dass sie verheiratet und Mutter war, hielt sie nicht davon ab, weiterhin ihre diversen Liebhaber ins Haus zu bringen. Mein Vater machte es ihr auch leicht. Um an Geld zu kommen, hat er oft Überstunden gemacht oder er hat privat Arbeiten angenommen. Er hat das Geld gebraucht, um die Wünsche meiner Mutter erfüllen zu können. Ob er von den Liebhabern gewusst hat, weiß ich nicht. Ich habe ihm von den fremden Männern, die ich immer wieder kommen oder gehen sah, nichts erzählt. Aus Angst, er könnte uns verlassen. Ich liebte meinen Vater.

Eines Tages stürzte er vom Gerüst, fünfzehn Meter tief. Er war sofort tot. Bis heute ist ungeklärt, ob es ein Unfall war oder ob jemand nachgeholfen hat. Einen Monat nach der Beerdigung ist dann ein Mann bei uns eingezogen. Horst hat er geheißen. Horst Barsch. Ich ließ den Anfangsbuchstaben seines Nachnamens einfach weg. Ich sagte Arsch. Ich wusste, dass der früher auch schon bei uns war. Es war so ein Geschniegelter, immer mit Krawatte und so schmieriges Zeug im Haar.

Oma hat schrecklich geschimpft. »Nicht mal das Trauerjahr kann sie abwarten! Diese Hure! Die ist ja noch schlimmer, als ihr Vater es war!«

Ich war damals elf Jahre alt. Oma wollte, dass ich zu ihr ziehe. Aber ich hatte noch was vor. Ich wollte diesen Horst-Arsch rausekeln. Als erstes legte ich ihnen eine Kröte ins Bett. Dass es gewirkt hat, habe ich am Schrei meiner Mutter gehört. Sie haben mich in die Mangel genommen. Aber ich war verstockt und habe nicht geredet. Von diesem Tag an habe ich überhaupt nicht mehr geredet. Ich habe mir ein Schweigegelübde auferlegt.

Zwei Tage später hatte der HorstArsch plötzlich nur noch zerschnittene Krawatten. Das Dreckszeug, das er sich immer in die Haare schmierte, fand sich wie durch Zauberei in seinen Jacken- und Hosentaschen. Egal, in welche Tasche er griff, er hatte immer die Finger voll mit der Schmiere. Sein Auto, einen weißen Sportwagen mit Schiebedach, parkte er seitlich am Haus, in dem wir wohnten. Wenn der Idiot am Wochenende mit Mutter wegfuhr, hatte er immer sein blaues Jackett an und auf seinem blöden Schädel eine schwarze Schildmütze. Eines Morgens war sein Sportwagen voll mit Kuhscheiße. Der HorstArsch wollte mich verprügeln. Das verhinderte aber meine Mutter.

Nun wurde er hinterlistig. Wann immer wir uns begegneten, versetzte er mir einen Schlag. Entweder er trat mich in den Hintern oder er schlug mir die Faust in den Magen, dass ich wie ein Karpfen nach Luft schnappte. Er wusste, dass ich meiner Mutter nichts sagen würde, weil ich ja sonst mein Schweigen brechen müsste. Von da an steckte ich regelmäßig Schläge von ihm ein und musste mir noch dazu hinterher immer sein hämisches Grinsen ansehen.

Ein lautloser Kampf begann zwischen uns. Ich versuchte mich stets zu wehren. Aber ich hatte keine Chance gegen ihn. Dann hatte ich endlich die richtige Idee und die Lautlosigkeit wurde von ihm beendet. Ich lieh mir von einem Schulkameraden ein paar Schuhe mit harter Spitze aus. Nachdem ich vorher immer versucht hatte, ihm aus dem Weg zu gehen, provozierte ich jetzt eine Begegnung. Natürlich wollte er die Chance nutzen. Aber ich war diesmal schneller. Ich trat ihm so heftig gegen das Schienbein, dass sein lautes Schmerzensgeheul die halbe Nachbarschaft aus den Wohnungen trieb. Ich stellte mich zu den Nachbarn von nebenan und sah genauso neugierig zur Haustür wie die anderen.

Ich rüstete mich für seine nächste Attacke. Aber so weit kam es nicht mehr. Am nächsten Morgen stand die Polizei vor der Tür. Erst dachte ich, sie kommen wegen mir, weil der

HorstArsch mich verpfiffen hat. Aber falsch. Sie waren wegen ihm gekommen und haben ihn mitgenommen. Dann dachte ich, Mutter hätte ihn angezeigt. Aber wieder falsch. Mutter war völlig aufgelöst und verzweifelt. Sie konnte nicht verstehen, dass die Polizei ihn mitgenommen hatte. Er hätte doch niemandem etwas getan.

Am Abend kam HorstArsch zurück. Er zog sich mit Mutter ins Schlafzimmer zurück und sie redeten leise miteinander. So leise, dass ich nichts verstand. Mitten in der Nacht packte er seine Sachen und verschwand.

Ich beschloss, mein mir selbst auferlegtes Schweigegelübde aufzuheben. Ich zeigte meiner Mutter die blauen Flecken an meinem Körper und sagte, dass HorstArsch das gewesen war. Das interessierte sie so gut wie gar nicht. Dafür regte sie sich wahnsinnig darüber auf, dass ich HorstArsch zu ihm sagte und dass ich ihm fast das Schienbein gebrochen hätte. Ich entschuldigte mich anständig dafür und sagte, es wäre mir lieber gewesen, wenn ich ihm das Bein wirklich gebrochen hätte. In plötzlich aufwallender Wut gab sie mir eine schallende Ohrfeige. Damit war unser kurzes Gespräch beendet, und ich beschloss, für die nächsten zwanzig Jahre zu schweigen.

Als ich drei Tage später mittags von der Schule nach Hause kam, erklärte mir meine Mutter, dass man ihr die Wohnung gekündigt hätte. Sie hatte all meine Sachen in einen Rucksack und einen Koffer gepackt. Ich solle zur Oma gehen, sagte sie. Sie drückte mir Rucksack und Koffer in die Hände, öffnete mir die Tür und schob mich hinaus. Ich überlegte, ob ich ihr eine Scheibe einschmeißen sollte. Schließlich war ich erst elf Jahre alt, also strafunmündig. Sie würde alles zahlen müssen. Aber da fuhr auch schon Oma mit ihrem Golf vor. Wir luden mein Gepäck in den Kofferraum und fuhren die fünfzehn Kilometer in ihr Dorf, zu ihr nach Hause.

Es war an einem Freitag. Und freitags gab es bei Oma Dodel immer Kässpätzle mit knusprig gerösteten Zwiebeln. Ich liebte ihre Kässpätzle. Eigentlich war immer alles gut, was Oma kochte. Oma setzte einen großen Topf mit Wasser auf den Herd, schnitt eine Zwiebel in ganz feine Ringe und rührte den Spätzlesteig an. Ich durfte den Käse reiben. Während wir zusammen kochten, erzählte sie mir, wie das alles mit HorstArsch gekommen war.

Der Tod meines Vaters hatte ihr keine Ruhe gelassen. Erst recht nicht, nachdem Horst bei uns eingezogen war. Und weil die Polizei ihrer Meinung nach nichts tat, hat sie sich bei den Kollegen meines Vaters umgehört. Tatsächlich erfuhr sie von einem der Männer, dass er Horst Barsch an dem Tag, als Vater vom Gerüst fiel, am Bau gesehen hatte. Das bestätigte der Zeuge auch gegenüber der Polizei. Beim Verhör hatte sich jedoch herausgestellt, dass Barsch ein Alibi hatte. Zum Zeitpunkt des Unfalls war er etwa achtzig Kilometer von der Baustelle entfernt gesehen worden. Er hatte mit seinem blöden Sportwagen fahrlässig einen Lastwagen überholt und dabei fast einen Unfall verursacht. Der entgegenkommende Mercedesfahrer hatte weit über den Straßenrand hinausfahren müssen, um einen Zusammenstoß zu verhindern. Dabei hatte er leicht einen Baum gestreift. Der Lastwagenfahrer hatte sich die Nummer des Sportwagens notiert und konnte sich auch noch genau daran erinnern, dass der Fahrer eine blaue Jacke trug und eine schwarze Mütze auf dem Kopf hatte. Der Mercedesfahrer konnte sich nur an einen weißen Sportwagen erinnern.

Ich hatte an diesem Tag Nachmittagsschule. Als ich um halb vier nach Hause kam, lag Mutter weinend im Bett. Sie hatte schon erfahren, dass Papa tot war.

Wie Oma mir das so erzählte, fiel mir ein, dass ich einmal beobachtet hatte, wie Mutter aus Spaß das blaue Jackett angezogen und die schwarze Kappe aufgesetzt hatte. Die beiden fanden das sehr lustig. Von hinten gesehen hätte ich nicht sagen können, ob die Person in dem blauen Jackett nun HorstArsch oder meine Mutter war. Von dem Augenblick an war mir klar, dass ich mal Polizist werden würde.

8

Wir verlassen Omas Haus. Ich sage Oma noch einmal, dass sie sich zurückhalten soll. Oma lächelt nur. Sie hatte eben schon immer ihren eigenen Kopf.

»Ich glaube, ich geh noch mal ins Pfarrhaus«, sagt Marina. »Irgendwie hab ich das Gefühl, dass wir noch nicht alles erfahren haben.«

»Mir geht's auch so«, sage ich. »Glaubst du, die Carmen ist schon im Pfarrhaus?«

»Ja.«

»Gut. Quetsch die Barbara noch ein wenig aus. Wenn sie dir nichts sagt, versuche ich es. Ich hab schon öfter ein Bier mit ihr getrunken.«

»Ach, da schau her«, sagt Marina spitz. »Der Herr Polizeipräsident trinkt Bier mit der Pfarrhaushälterin.«

»Nicht der Polizeipräsident«, sage ich. »Ich habe ein Bier mit ihr getrunken. Sie geht gern mal auf ein Bier ins ›Stüble am Eck‹. Ich auch.«

»Und? Wie ist sie so?«

»Nett. Sympathisch. Allerdings kann sie stressig werden, wenn sie mit ihrem Lieblingsthema anfängt.«

»Und was ist ihr Lieblingsthema?«

»Der Glaube und die Kirche. Den Glauben hat sie, die Kirche mag sie nicht. Das heißt, die verkrusteten Strukturen der Kirche. Sie hält den Vatikan für einen geldhortenden Machtapparat, den Papst für einen Machthaber und die völlig überflüssige Riesenarmada an Kardinälen für angepasste Schmarotzer, die am liebsten die Inquisition wieder einführen würden.«

»Das klingt ja vielversprechend«, sagt Marina. »Kommt sie hier vom Dorf?«

»Nein, sie kommt aus München. Der Pfarrer auch. Und er hat sich auch noch seine eigene Haushälterin mitgebracht.«

»Oh.« Der bis dahin leicht eifersüchtige Ton in ihrer Stimme verschwindet. »Ein Pfarrer, der seine eigene Haushälterin mitbringt. Glaubst du, die beiden haben was miteinander? Neu wäre das ja nicht.«

»Geredet wird viel. Ob was dran ist, kann ich nicht sagen. Ich weiß nur, dass sie den Pfarrer duzt. Das ist ihr mal so rausgerutscht. Red einfach noch mal mit ihr. Vielleicht wissen wir dann mehr.«

»Und was machst du?«, erkundigt sie sich.

»Ich werd mich noch mal intensiv mit Max unterhalten. Und dann mich bei der Nachbarschaft ein wenig umhören. Und vielleicht schau ich noch mal bei der Langer vorbei. Die hat mir bestimmt auch noch nicht alles gesagt.«

»Gut. Ich melde mich.«

»Soll ich dich fahren?«

»Nein, ich laufe.« Und schon ist sie unterwegs.

Ich setze mich in den Wagen und fahre in die Lauberstraße. Ich parke den Wagen einige Meter vor dem Haus der Hufnagels und gehe auf der gegenüberliegenden Seite an einem Häuserblock entlang. Schon vom Auto aus habe ich den Bremer Michel im Fenster hängen sehen. Die übliche Zigarette zwischen den Fingern. Es kommt sehr selten vor, dass man den Michel nicht am Fenster sieht.

»Na, Herr Doktor, wie geht's?«, begrüße ich ihn. Das freut ihn immer. Er liebt es, wenn ich ihn mit Herr Doktor anrede. Dazu muss ich etwas erklären. Natürlich ist der Michel kein Doktor. Er war Lastwagenfahrer, ein guter, wie sein Chef, der Hermann Sauber, sagt. Aber dann, mit zweiundfünfzig, brauchte er eine neue Hüfte, und im Krankenhaus haben sie Murks gemacht. Jetzt kann er nur noch an Krücken laufen. Seit acht Jahren kämpft er mit der Versicherung. Anfangs hat er jedem erzählt, wie sie im Krankenhaus seine Hüfte kaputt operiert haben und hat immer dazu gesagt: »Wenn ich Doktor wäre! Wenn ich Doktor wäre, würde ich mir lieber eine Hand abhacken, bevor ich einen Patienten versaue!« Inzwischen wissen es alle, und er erzählt es nur noch sporadisch. Aber gegen die Versicherung kämpft er immer noch. Und ich sage, seit ich seine Geschichte zum ersten Mal gehört habe, Herr Doktor zu ihm und mache ihm damit eine Freude.

»Wia soll's eim scho gehn, wenn ma ohne Krücka net amal da Arsch hochkriegt?«, sagt er, zieht kräftig an seiner Zigarette und stößt den Rauch über die Oberlippe hinaus. Dass er eigentlich abnehmen müsste, weiß er auch. Sein Bauch hat inzwischen die Form eines kleinen Bierfasses. Aber wie soll er abnehmen?, sagt er immer. Er könne ja nicht laufen.

»Keine Besserung?«, frage ich.

»Koine. Des wird ao nix mehr.« Er deutet zum Haus der Hufnagels hinüber. »Ond du suchsch a Mutter.«

»Ja. Die, die das Kind bei der Hufnagel abgelegt hat.«

»Woisch du, warum jemand a neugeborenes Kind ausgrechnet in der ihra Garasch abglegt hod?«

»Dafür gibt es mehrere Versionen.«

»Meine kennscht du bestimmt no net.«

»Dann lass hören«, sage ich.

»Jemand hod ihr des tote Neugeborene in d' Garage glegt, damit dia dauerquasselnde Blindschleich wenigstens sieht, wia a Neugeborenes aussieht. Selber war dia Giftspritz ja net in der Lage, a Kind zu kriega. Und wenn du mi fragsch, dann war des ao besser so.«

Ich sage: »Die Version kannte ich tatsächlich noch nicht. Wenn du mir jetzt noch …«

»Duat mr leid«, sagt der Michel. »Meischtens hock i ja ao nachts ab ond zua do, weil i vor Schmerza net schlofa kann. Aber ausgrechnet die letzte Nacht hab i gschlafen wie a Toter. I könnt mi ohrfeiga.«

Ich sage: »Macht nichts, Michel. Muss ich eben weiter recherchieren. Irgendwann finde ich schon was.«

»Woischt du …« Der Michel zögert, sieht mich an und fährt dann fort: »I gönn dir ja jedn Erfolg, des weißt ja. Jeden! I helf dir ao, wo i kann. Aber in dem Fall …« Er beugt sich etwas weiter aus dem Fenster, stöhnt: »Moinsch du net ao, dass ma den Fall auf sich beruhen lassa sodd? Dem Schandmaul do drüba hat jemand was angstellt …«

»Du vergisst dabei das tote Kind«, sage ich.

»Des war doch bestimmt scho tot, wia 's auf d' Welt kommen isch.«

»Das weiß man halt noch nicht sicher.«

»Jetzt komm aber!«, erregt sich der Michel. »Hör bloß auf. I kenn in onserm Dorf koi Frau, der i des zutrauen tät. I moin, a grad geborenes Kind umbringa. Niemals! Net bei uns.«

Ich sage: »Da gebe ich dir ja Recht. Aber selbst wenn es schon tot war, muss ich der Sache nachgehen.«

»Ja, klar.« Der Michel beruhigt sich wieder. »Des muasch du. Woisch du was? Schau doch mal bei dr Karin Ludwig nei. Des isch d' Nochbarin von de Hufnagels. Dr Max hat neulich zu mir gsagt: Entweder dia hod zuagenomma oder sie hod en Bratn in dr Röhre.«

»Hat er das so gesagt?«

»Genau so.« Er beugt sich wieder etwas vor. »Dr Max beobachtet dia Ludwig manchmal, weil die nämlich koine Vorhäng an de Fenster hod. Stell dr das amol vor. Im ganza Haus koine Vorhäng und lauft ao no nackig in dr Wohnung rom.«

»In ihrer Wohnung kann sie rumlaufen, wie sie will.«

»Stimmt. Kann se. Schad, dass i net neba ihr wohn. Des isch scho a Fesche. Anderst als em Max sei Trulla. An der isch doch nix dran. I wundre mi sowieso, dass dr Max sich net scho lang a Freindin agschafft hod. Sei Weib soll amol gsagt haba: Mei Ma hod koi andere Frau. Der mag ja net amol mi.«

Das höre ich jetzt schon zum dritten Mal von ihm und er kann noch immer herzhaft darüber lachen. Die ersten beiden Male habe ich mitgelacht. Jetzt kann ich nicht lachen. Ich denke an das, was die Oma mir gesagt hat. Der Max und die Britta Langer. Na ja, mir sollte es egal sein.

»Der Max ist halt ein gutmütiger Mensch«, sage ich.

»Des kann ma saga. Er guckt dafür halt öfters zur Nochbere nom. Die isch aber au an Naguckr wert.«

»Du hast doch deine Frau. Die ist das Hingucken auch wert«, sage ich.

»Dia kenn i doch scho.« Er grinst. »Aber so zwischadurch amol Frischfleisch gugga …«

»Saukerle, elender!«, höre ich seine Frau Charlotte von drinnen rufen.

»Se mag's it, wenn i Frischfleisch sag«, raunt er mir zu und zwinkert mit einem Auge.

Ich verabschiede mich hastig, bevor ich in einen Ehestreit hineingerate. Ich hasse Ehestreitigkeiten. Obwohl ich schon zu manchen heftigen Auseinandersetzungen von Ehepaaren gerufen wurde, um zu schlichten. Meistens ist es vergebliche Liebesmüh. Aber manchmal hilft tatsächlich schon das bloße Vorhandensein eines Polizisten.

9

Karin Ludwig öffnet mir auf mein Klingeln sofort. Ich hatte die Ludwig hübscher in Erinnerung. Aber vielleicht liegt das auch daran, dass sie heute etwas ungepflegt aussieht. Sie trägt eine Art Hausanzug, ist nicht gekämmt und auch nicht geschminkt. Aber sie lächelt.

»Wusste ich es doch, dass Sie bald bei mir auftauchen würden.« Sie hebt das Oberteil ihres Hausanzuges hoch, zeigt mir ihr nacktes, rundes Bäuchlein. »Meines ist es also nicht. Es ist noch drin.«

»Deshalb bin ich sicher nicht gekommen«, lüge ich. »Ich hege die Hoffnung, dass Sie vielleicht einen schlechten Schlaf hatten …«

»Tut mir leid, wenn ich Sie enttäuschen muss, aber ich habe wirklich nichts gesehen. Nicht dass ich besonders gut geschlafen hätte. Ich wache nachts meistens zwei- oder dreimal auf. Einmal war ich auch im Bad. Aber selbst wenn sich zu der Zeit gerade jemand am Garagentor der Hufnagels zu schaffen gemacht hätte, ich hätte es gar nicht sehen können.« Sie zieht mich zur Hausecke. »Sehen Sie, unser Badezimmerfenster liegt in der Mitte. Von da aus kann ich die Garageneinfahrt der Hufnagels gar nicht einsehen.«

»Das ist mir schon klar«, antworte ich. »Ich dachte ja auch nur, dass Sie vielleicht zufällig im Wohnzimmer waren …«

»Wenn bei uns im Wohnzimmer Licht gebrannt hätte, hätte sich die Person, die das Kind in der Garage abgelegt hat, das bestimmt nicht getraut.«

»Aha, Sie haben sich also schon Gedanken gemacht.«

»Natürlich macht man sich Gedanken, wenn in unmittelbarer Nachbarschaft so was Schreckliches passiert. Ein Neugeborenes in einer fremden Garage ablegen … Warum macht ein Mensch so was?«

»Mich interessiert im Moment mehr, wer so was macht?«

»Da haben Sie sicher recht. Wir müssen erst mal wissen, wer so was macht. Wollen Sie nicht reinkommen? Ich habe gerade frischen Kaffee gemacht.«

»Danke, Frau Ludwig. Ein andermal gern.«

Ich fahre erst mal zu meiner Dienststelle. Sie befindet sich nicht weit vom Rathaus entfernt in einer Seitenstraße. Unten ist das Dienstzimmer. Die Tür ist immer abgeschlossen, auch wenn ich drin bin. Wenn jemand zu mir kommen will, muss er erst klingeln. Im hinteren Teil des Dienstraumes gibt es noch zwei Türen. Die eine Tür führt in eine kleine Teeküche. Daneben gibt es noch die Toilette und eine Waschgelegenheit. Durch die andere gelangt man in eine kleine Zelle. Die gibt es hier schon seit ewigen Zeiten. Früher hat da schon mal der eine oder andere eine kleine Strafe abgesessen. Heute dient der Raum lediglich noch als Ausnüchterungszelle.

Über den Diensträumen, im ersten Stock, befindet sich meine Wohnung. Und praktischerweise gibt es auch einen direkten Aufgang.

Wenn ich wie jetzt nur mal kurz den Dienstraum betrete, um etwas zu holen, schließe ich hinter mir nicht ab, weil ich ja gleich wieder gehen will. Ich will mir einfach nur sicherheitshalber das Pfefferspray einstecken. Und wie das eben so ist, da sucht man was, findet es nicht gleich und schon ist es passiert. Die Tür geht auf und der Krauter Bruno steht da. Der Bruno gehört zu denen, die mich immer wieder mit Informationen versorgen. Meist steckt wenig dahinter. Aber einmal konnte ich immerhin einen Dieb festnehmen. »Bruno, ich hab jetzt keine Zeit für dich«, sage ich. »Komm später wieder.«

»Du wirst dir jetzt aber die Zeit nehmen müssen«, erklärt mir der Bruno. »Ich hab ihn gesehen.«

»Wen hast du gesehen?«

»Na, den Zuhälter.«

»Wir haben einen Zuhälter im Dorf?«

»Ich meine doch den, der die Carmen verschleppt hat.«

»Die Carmen ist freiwillig mit ihm gegangen.«

»Das glaubst vielleicht du. Ich glaube es nicht.«

»Und warum glaubst du es nicht?« Das Pfefferspray finde ich in der Schublade, in der ich zuerst nachgesehen habe. Vielleicht sollte ich mir doch mal eine Brille zulegen.

»Weil man dem das ansieht. Das hat auch der Kurt Wilhelm gesagt, und der geht öfter mal nach Ulm zu der einen oder anderen Nutte.«

»Der Kurt sagt aber nicht Nutte, sondern Liebesdienerin.«

»Das ist doch dasselbe. Auf jeden Fall hat er diesen Kerl in Ulm gesehen, wie er mit einer dieser Nnn ... Prostituierten geredet hat.«

»Und der Kurt hat den Kerl auch hier im Dorf gesehen?«

»Wir haben ihn beide gesehen.«

»Gut, ich kümmere mich um ihn.« Ich schiebe den Bruno zur Tür hinaus und schließe hinter mir ab.

»Dann nimm am besten gleich die Pistole in die Hand«, sagt der Bruno. »Der Kerl ist gefährlich.«

»Wo habt ihr ihn gesehen?«

»Na, hier im Dorf. Er hat beim Kummer-Metzger ein Lkw gekauft und ist dann ganz langsam durchs Dorf gefahren. Er fährt einen schwarzen BMW 550i Automatik-Getriebe, 8-Zylinder, 407 PS. Der kostet neu rund 74 000 Euro.«

»Na, mit Autos kennst du dich ja bestens aus.«

»Ich kenne sie alle, die BMWs. Alle.«

»Und warum fährst du dann keinen BMW?«

»Bin ich Krösus? Bin ich nicht. Bin ich Bankräuber? Bin ich nicht. Und von meiner Rente kann ich mir keinen leisten.«

»Gut, das ist verständlich. Kannst du mir sagen, wohin er gefahren ist?«

»Kannst du mir sagen, warum so ein Arschloch so einen teuren Wagen fahren kann?«

»Entweder er hat ihn gekauft oder gestohlen.«

»Letzteres würde ich sagen. Bestimmt Letzteres.«

»Wir werden sehen«, sage ich. »Also, in welche Richtung ist er gefahren?«

»Richtung Britta Langer.«

»Oh«, sage ich. »Dann muss ich aber gleich los.«

»Denk dran. Du musst die Waffe parat halten!«

10

Ich fahre noch mal ans andere Ende des Dorfes, wo die Langer wohnt. Kurz vor der Einfahrt zu ihrem Haus steht tatsächlich ein schwarzer BMW 550i. Ich parke direkt dahinter, steige aus und gehe auf das Haus zu. Am Fenster neben der Haustür steht Britta Langer. Sie macht nicht auf, deutet nur aufgeregt nach hinten. Ich gehe rechts am Haus vorbei nach hinten. Ein liebevoll angelegtes Blumenbeet ist offensichtlich zertrampelt und regelrecht verwüstet worden. Hinter dem Haus sehe ich Dobermann. Er steht auf der Terrasse und begutachtet das Schloss an der Terrassentür.

»Was machen Sie da?«, fahre ich ihn an.

Er zuckt kurz zusammen, sieht zu mir rüber. »Ah, die Polizei, dein Freund und Helfer. Die Buschtrommeln im Dorf scheinen bestens intakt zu sein.«

»Was Sie da machen, hab ich gefragt!« Meine rechte Hand liegt an der Pistole.

»Das geht Sie eigentlich gar nichts an.«

»Das wird sich gleich herausstellen. Gehören Sie zum Haus?«

»Sozusagen. Ich bin mit der Tochter der Frau Langer verheiratet.«

»Ach, sind Sie das? Das ist mir neu.«

»Wir haben vor sechs Wochen in aller Stille geheiratet.«

»Können Sie sich ausweisen?«

»Können Sie mich mal am Arsch lecken?«

Ich koche innerlich. Am liebsten hätte ich ihn jetzt nach allen Regeln der Kunst verprügelt. Nach außen gebe ich mich ruhig. »Gut, dann kommt eben noch Beamtenbeleidigung dazu«, sage ich, nehme meinen Notizblock aus der Brusttasche und tu so, als notierte ich etwas.

»Dazu?«, erkundigt er sich erstaunt. »Wo dazu?«

»Ich nehme Sie vorläufig fest wegen versuchtem Einbruch und mutwilliger Zerstörung fremden Eigentums.«

»Mutwilliger Zerstörung?«, regt er sich auf. »Ich hab hier gar nichts zerstört.« Er deutet auf die Terrassentür. »Sehen Sie hier eine Zerstörung?«

»Schauen Sie sich Ihre Schuhe an und dann sehen wir uns das Blumenbeet neben dem Haus an. Einen besseren Beweis gibt es kaum.«

»Das war ich nicht«, behauptet er schnell. »Das war schon so, als ich ankam. Ich bin da dann auch noch reingetreten, weil ich gestolpert bin.«

»Sie stolpern gleich noch mal!«, herrsche ich ihn an. »Aber diesmal direkt in die Handschellen, wenn Sie mir nicht augenblicklich Ihren Ausweis zeigen!«

»Den hab ich im Auto«, sagt er. Dass ich schon wieder die Hand an der Pistole habe, beeindruckt ihn nun doch.

»Dann gehen wir jetzt zu Ihrem Wagen.« Ich trete einen Schritt zur Seite. »Sie voraus.«

Wortlos geht er jetzt an mir vorbei zu seinem Wagen. Ich folge ihm. Eine Weile wühlt er im Handschuhfach herum. Dann reicht er mir seinen Ausweis, zusammen mit Führerschein und Kfz-Schein. »Die wollen Sie doch sicher auch prüfen«, sagt er grinsend.

Ich ignoriere sein Grinsen, prüfe alles sehr genau, notiere mir seine Adresse und die Autonummer und gebe ihm die Papiere zurück.

»Na, alles in Ordnung, Herr Polizeipräsident?«, erkundigt er sich spöttisch.

»Ja, die Papiere scheinen in Ordnung zu sein.«

»Also keine Festnahme?« Er hält mir provozierend beide Handgelenke entgegen.

»Nein, vorläufig nicht«, erkläre ich. »Ich habe ja Ihre Personalien. Die Anzeige wegen mutwilliger Zerstörung fremden Eigentums und Beamtenbeleidigung geht Ihnen dann in den nächsten Tagen zu.«

»Sie haben doch den Arsch offen!«, fährt er mich wütend an.

Ich schreibe was in mein Notizbuch. »Dann kommt der Arsch halt auch noch dazu«, sage ich ruhig.

»Sie können Ärsche reinschreiben, so viel Sie wollen«, blafft Dobermann. »Es wird Ihnen nichts nützen. Ich habe einen sehr guten Anwalt und es steht Aussage gegen Aussage.«

»Falsch«, höre ich die Stimme von Britta Langer. Sie steht nur wenige Meter von uns entfernt auf einen Stock gestützt. »Der Herr Polizeioberkommissar hat eine Zeugin. Ich habe übrigens auch gesehen, wie Sie mein Blumenbeet zertrampelt haben.«

Er sagt nichts mehr. Wütend schwingt er sich hinter das Steuer und fährt davon.

»Ich fürchte, er wird wiederkommen«, sage ich.

»Klar wird er wieder antanzen. Aber ich fürchte mich nicht. Dank Josef Haller habe ich in der Zwischenzeit sehr stabile Fenster und Türen. Und falls es dem Hund trotzdem gelingen sollte, ins Haus zu kommen, schlüpfe ich in mein Geheimversteck und rufe Sie an.«

»In Ihrem Haus gibt es ein Geheimversteck?«

»Es ist ein altes Haus«, sagt Britta Langer lächelnd. »Die Carmen hat den kleinen Raum entdeckt. Wenn sie sauer auf mich war, hat sie sich dort eingeschlossen.«

»Glauben Sie, die Carmen hat dem Dobermann von dem Versteck erzählt?«

»Nein, hat sie nicht.«

»Sie war immerhin fast ein Jahr mit ihm zusammen«, gebe ich zu bedenken.

»Sie hat ihm davon nichts gesagt, da bin ich mir absolut sicher.«

»Wissen Sie, dass die Carmen etwas gehört hat, das sie nicht hätte hören sollen, und dass sie deshalb vor Dobermann auf der Flucht ist?«

Sie sieht mich einen Moment überrascht an. »Woher wissen Sie das?«

»Die Carmen hat der Barbara eine SMS geschickt.«

»Aha.« Einen Moment schweigt sie. Dann: »Ja, die Carmen hat es mir gesagt.«

»Dass sie von Dobermann gesucht wird?«

»Ja.«
»Dann war sie also hier.«
»Ja.«
»Ist sie immer noch …«
»Nein«, sagt die Langer schnell.
»Sie würden es mir sagen, wenn sie noch da wäre?«
»Ja.«
»Wissen Sie, wo sie jetzt ist?«
»Nein.«
»Hat sie schon entbunden?«
»Das weiß ich nicht. Sie hat gesagt, wenn es so weit ist, schickt sie mir eine SMS.«
»Was glaubt sie, wann es so weit sein könnte?«
»In den nächsten Tagen. Vielleicht schon morgen. Vielleicht auch erst in einer Woche.«
»Wann war sie hier?«
»Vorgestern. Sie kam am späten Abend, ist aber gleich wieder weggegangen?«
»Zu Fuß?«
»Ja.«
»Wie ist sie aus Ulm hierhergekommen?«
»Mit dem Zug. Sie hatte nur ein kleines Köfferchen dabei.«
»Und wo sie das Kind zur Welt bringen will, hat sie Ihnen nicht gesagt?«
»Nein. Sie hat nur gesagt, es wäre besser, wenn ich ihren Aufenthaltsort nicht weiß, wegen dem Hund. Aber ich soll mir keine Sorgen machen. Es wäre alles geregelt.«
»Könnte es sein, dass sie schon letzte Nacht …«
»Nein!« Das kam wie aus der Pistole geschossen. »Niemals! So was würde sie nie tun.«
»Sie steht sicher ziemlich unter Stress«, gebe ich zu bedenken. »Schließlich hat der Dobermann gedroht, sie umzubringen.«
»Die Carmen hat noch nicht entbunden. Da bin ich mir ganz sicher. Wenn sie sagt, es ist alles geregelt, dann ist auch

alles geregelt. Sie wird das Kind irgendwo bekommen, wo der Hund sie ganz sicher nicht findet.«

»Was wird es denn? Mädchen oder Junge?«

Sie strahlt. »Ein Mädchen. Das ist gut so.«

Ich sage ihr nicht, dass das tote Kind auch ein Mädchen war. Ich will sie nicht weiter beunruhigen.

»Sie wird Hilfe brauchen«, sage ich. »Ein Kind zu bekommen ohne die Hilfe einer Hebamme oder eines Arztes …«

»Auch das ist geregelt. Sie hätten sie sehen sollen. Sie ist selbstständiger geworden. Und härter. Sie hat mich davon überzeugt, dass sie genau weiß, was sie will. Und wenn das Kind erst geboren und in Sicherheit ist, würde ich dem Hund raten, sich warm anzuziehen.«

»Wenn sie sich bei Ihnen meldet, sagen Sie ihr, sie soll sich schnellstens mit mir in Verbindung setzen. Werden Sie ihr das sagen?«

»Ich sag's ihr.«

»Gut. Und sollte der Dobermann erneut um Ihr Haus schleichen, scheuen Sie sich nicht, mich anzurufen. Auch wenn es mitten in der Nacht ist.«

Damit verabschiede ich mich und fahre Richtung Dorfmitte. Ich bin mir nicht sicher, ob mir die Langer die ganze Wahrheit gesagt hat. Auf meine Frage, ob die Carmen nicht vielleicht doch schon gestern entbunden haben könnte, kam das Nein viel zu schnell. Vermutlich hat sie selbst schon an diese Möglichkeit gedacht.

11

Als ich am Rathaus vorbeifahre, sehe ich den schwarzen BMW am Straßenrand stehen, nicht weit vom Pfarrhaus entfernt. Mir fällt ein, dass der Dobermann bestimmt gewusst haben muss, dass die Carmen und die Barbara befreundet waren. Also war klar, dass er auch im Pfarrhaus sein Glück versuchen würde.

Ich fahre die Einfahrt zum Pfarrhaus hinein – und da sehe ich ihn schon. Ihn und die Hufnagel. Dobermann versucht gerade, die mit ihrer Handtasche wild um sich schlagende Hufnagel in den Griff zu bekommen. Er erwischt ihren schlagenden rechten Arm, hält sie fest. Aber die Hufnagel nimmt die Handtasche hastig in die linke Hand und schlägt weiter. Schrill schreiend und immer auf seinen Kopf.

»Lass mich los, du Drecksack!«, schreit sie immer wieder. »Lass mich sofort los! Nimm deine dreckigen Finger von mir!«

Gerade als ich aus dem Wagen steige, hat es Dobermann geschafft, hinter die Hufnagel zu kommen. Er schiebt ihr beide Arme unter den Achselhöhlen durch, verschränkt die Hände in ihrem Nacken. Dieser Griff wirkt, mit Kraft ausgeführt, wie ein Schraubstock. Die Hufnagel schlägt jetzt nicht mehr mit der Handtasche. Sie schreit jetzt nur noch wie am Spieß.

»Lassen Sie die Frau los!«, herrsche ich Dobermann an. »Lassen Sie die Frau sofort los!«

»Sagen Sie ihr, sie soll aufhören, mit der Handtasche nach mir zu schlagen. Das ist ja eine Furie.«

Ich sehe jetzt, dass Dobermann aus der Nase blutet. Sie muss ihn voll erwischt haben.

Das Geschrei der Hufnagel hat auch Pfarrer Gottwald aus dem Haus gelockt. »Was ist denn hier los?«

»Haben Sie nicht gehört?«, fahre ich Dobermann an. »Sie sollen die Frau loslassen! Wie Sie sehen, schlägt sie nicht mehr nach Ihnen.«

Dobermann lockert vorsichtig seinen Griff und stößt sie dann hastig zur Seite. »Diese Schlampe hat einfach mit ihrer Handtasche auf mich eingeschlagen«, sagt Dobermann und wischt sich mit dem Handrücken das Blut von der Nase. Er hält mir den blutigen Handrücken entgegen. »Da sehen Sie, was die alte Vettel angerichtet hat.«

»Er hat mich einfach zur Seite gestoßen«, verteidigt sich die Hufnagel und massiert sich mit schmerzverzerrtem Gesicht ihren Nacken. »Und er wollte mich umbringen«, wendet sie sich an mich. »Wenn Sie nicht rechtzeitig gekommen wären, hätte er mir das Genick gebrochen!«

»Was müssen Sie sich mir auch in den Weg stellen!« Dobermann wendet sich an Pfarrer Gottwald. »Ich wollte zu Ihnen, Herr Pfarrer. Aber die blöde Kuh stellt sich mir in den Weg und erklärt, ich hätte im Pfarrhaus nichts zu suchen.«

»Was wollen Sie von mir?«, erkundigt sich der Pfarrer.

»Können wir das nicht drinnen besprechen?«

»Wenn Sie die Carmen suchen, sie ist nicht hier«, beteuert Pfarrer Gottwald.

»Davon würde ich mich gern selbst überzeugen.«

»Wenn der Herr Pfarrer sagt, sie ist nicht im Pfarrhaus, dann ist sie auch nicht dort«, sage ich. »Und jetzt verschwinden Sie, bevor ich Sie doch noch festnehme, wegen fortgesetzter Störung des Dorffriedens.«

»Subjekte wie der gehören hinter Schloss und Riegel!«, faucht die Hufnagel.

Dobermann wendet sich wütend an Frau Hufnagel. »Das wirst du mir büßen, alte Hexe!« Dann verlässt er hastig das Grundstück.

»Ihnen kann ich nur raten, ganz schnell nach Hause zu gehen und Ihr Haus nicht mehr zu verlassen.«

»Sie können mir nicht vorschreiben, wann und wie oft ich mein Haus verlasse. Mit Kerlen wie dem werde ich immer noch fertig. Das haben Sie doch gesehen.«

»Ja, das habe ich gesehen«, sage ich. »Haben Sie nicht selbst gesagt, dass er Ihnen fast das Genick gebrochen hätte?«

»So weit wird es nicht mehr kommen …«

»Sie sollten auf den Herrn Köberle hören, Frau Hufnagel«, mischt sich der Pfarrer ein. »Der Mann ist gefährlich.«

»Was soll ich tun?«, fragt sie aggressiv und reibt sich immer noch den Nacken. »Soll ich mich vielleicht zu Hause verkriechen?«

Das wäre schön, denke ich. Aber ich sage: »Sie sollten einfach mal für ein paar Tage zu Hause bleiben. Und wenn Sie aus dem Haus müssen, dann nur in Begleitung Ihres Mannes.«

»Das ist auch meine Meinung«, hilft mir der Pfarrer.

»So weit kommt's noch«, poltert die Hufnagel los. »Ich werde doch nicht wegen so einem Subjekt meine Lebensgewohnheiten ändern. Ich denke nicht daran.«

Ich hatte ja nicht wirklich geglaubt, dass die Hufnagel auf meinen Vorschlag eingeht. »Gut«, sage ich. »Aber kommen Sie mir nachher nicht und sagen, ich hätte Sie nicht gewarnt.«

»Sie haben mich gewarnt, und ich tu, was ich will.« Damit dreht sie sich um und rauscht von dannen.

»Sie ist unbelehrbar«, sagt der Pfarrer.

»Ich habe nichts anderes erwartet«, antworte ich und füge hinzu: »Ist meine Kollegin noch da?«

»Sie ist gegangen, kurz bevor das Geschrei hier losging.«

Mein Handy klingelt. Ich klappe es auf. Es ist Marina. »Wo bist du?«, frage ich sie.

»Auf dem Präsidium. Ich hoffte, hier den Polizeipräsidenten anzutreffen, um ihm Bericht zu erstatten. Aber es ist leider niemand da.«

»Er wird nicht kommen«, sage ich.

»Wer?«

»Der Polizeipräsident.« Ich zwinkere dem Pfarrer kurz zu.

»Na gut«, seufzt Marina. »Ich nehme auch mit dir vorlieb.«

»Ich komme sofort.« Ich wende mich an den Pfarrer. »Ich muss los. Meine Kollegin hat Neuigkeiten.« Nach zwei Schritten drehe ich mich wieder um und gehe rückwärts weiter. »Wie geht es der Barbara?«

»Nicht besonders. Ich hoffe, es geht ihr morgen wieder besser.«

»Gut, dann sehen wir uns morgen wieder.« Ich bleibe stehen. »Es sei denn, die Carmen meldet sich.«

»Sie bekommen sofort Bescheid«, versichert er mir.

Ich setze mich in meinen Wagen und fahre die hundertfünfzig Meter bis zum Revier. Eigentlich heißt es Polizeiposten. Aber das gefällt mir nicht. Revier klingt besser. Ein Revier kann fünfzig Quadratmeter oder auch fünfzig Quadratkilometer groß sein. Ich bin für mein Dorf und die umliegenden kleinen Orte zuständig. Oft führt mich mein Dienst nach Ehingen, ab und zu auch nach Ulm. Selbst in Stuttgart war ich wegen Recherchen schon zweimal tätig. Revier trifft es also besser. Ein Jäger hat ein Jagdrevier. In meinem Revier jage ich auch. Zwar kein Wild, aber wilde Männer. Manchmal sind auch Frauen darunter. Einmal hat einer nachts wild herumgeschossen. Dreimal hat es geknallt. Danach hat der Hund von Eduard Schenkel gefehlt. Man munkelt zwar, dass es der Käfer Franz war. Der Eduard Schenkel war sogar fest davon überzeugt, dass nur der Franz Käfer seinen Hund erschossen haben konnte. Ich habe ihn auch sehr stark in Verdacht gehabt. Beweise gab es jedoch keine dafür. Wir haben ja auch keinen toten Hund gefunden. Er war einfach nur weg.

Da der Käfer im Schützenverein ist und somit Waffen besitzen darf, habe ich natürlich gleich die Gelegenheit ergriffen und seine Waffen überprüft. Doch die waren sauber gereinigt und vorschriftsmäßig in einem Safe verwahrt. Die Munition befand sich in einem gesonderten Schrank. Genau nach Vorschrift. Der Franz hat meine Kontrolle mit seinem dorfbekannten Lächeln begleitet. Wenn es nicht gerade um ein sauernstes Thema geht, lächelt der Franz immer. Sein ewiges Lächeln hat ihm den Spitznamen »Lächler« eingebracht. Und ein toter Hund ist für ihn eben kein ernstes Thema.

Der Eduard Schenkel ist jedoch nach wie vor der Meinung, dass nur der Franz Käfer seinen Hund erschossen haben kann. Deshalb ist es auch schon zweimal zu einer lautstarken Auseinandersetzung zwischen den beiden gekommen. Die verbalen Attacken der beiden endeten zweimal in einer handfesten Keilerei. Diese haben für den Eduard Schenkel einmal mit einer blutigen Nase und einmal mit einem verletzten Schultergelenk geendet. Dabei waren die beiden anfangs gute Freunde gewesen. Sie haben sich sogar gegenseitig beim Bau ihrer Häuser geholfen.

Der Eduard hat sich danach einen neuen Hund zugelegt. Einen gut erzogenen Schäferhund. Mir hat der Eduard versichert, dass sein neuer Hund nicht einfach so herumbellt wie andere Hunde. Er gibt nur kurz Laut, wenn sich tagsüber jemand dem Haus nähert. Er bellt aber laut und anhaltend, wenn sich nachts ein Fremder auf dem Grundstück von Eduard Schenkel herumtreibt. Da der Hund auch sonst noch einige Kunststücke kann, hat ihm der Eduard den Namen Diogenes gegeben. Doch irgendjemandem scheint das sehr gelegen zu kommen. Ein- bis zweimal pro Woche rennt er zu unterschiedlichen Zeiten nachts über das Grundstück von Eduard Schenkel und provoziert so den Hund zu lautem Bellen.

Eduard Schenkel glaubt natürlich zu wissen, wer dieser Jemand ist. Das kann nur sein Nachbar Franz Käfer sein, der durch das von ihm provozierte Bellen von Diogenes auch die anderen Nachbarn gegen Eduard Schenkel aufbringen will. Gesehen hat den nächtlichen Besucher jedoch bislang noch niemand.

Die Anzeigen der anderen Nachbarn wegen nächtlicher Ruhestörung kann und will ich schon gar nicht mehr zählen. Es ist mir auch bis heute nicht gelungen, diesen nächtlichen Ruhestörer ausfindig zu machen. Natürlich bestreitet der Franz Käfer vehement, so etwas getan zu haben. Dafür war er sich sicher, dass der Diogenes ihm mindestens zweimal wöchentlich mitten in seinen gepflegten Rasen scheißt. Dagegen protestiert der Eduard energisch. Schließlich gebe es Zeugen, die ihn jeden Morgen um fünf Uhr mit seinem Hund den Riedweg oder den Bachweg hinauslaufen sehen, wo der Hund dann sein Geschäft verrichtet.

Gut, solche Nachbarschaftsstreitigkeiten gibt es halt überall. Noch ist mir dazu kein salomonischer Schlichterspruch eingefallen. Aber ich arbeite daran. Die Kindsleiche in der Garage der Hufnagels ist da jetzt schon ein anderes Kaliber. An einen Mord kann ich aber trotzdem noch nicht glauben.

Marina wartet in meinem Dienstzimmer auf mich. Es riecht nach Kaffee. Ich berichte ihr von den beiden Zusammenstößen mit Dobermann.

»Scheiße«, ärgert sich Marina. »Das hätte ich zu gern gesehen. Die Hufnagel und der Dobermann. Dass sie sich zu wehren weiß, war mir schon immer klar.«

»Das wird der Dobermann nicht auf sich sitzen lassen. Er hat ihr gedroht, dass sie das büßen wird. Ich habe ihr gesagt, sie soll die nächsten Tage zu Hause bleiben. Das hat sie natürlich abgelehnt.«

»Hast du was anderes erwartet?«

»Nein, natürlich nicht. Aber ich musste es ihr schließlich sagen. Ich habe auch dem Dobermann gesagt, dass er sich hier nicht mehr blicken lassen soll. Stell dir vor, der hat vermutlich aus lauter Wut, weil er nicht ins Haus kam, ein Blumenbeet im Garten der Langer zertrampelt.«

»Der Dobermann ist bestimmt noch im Dorf«, sagt Marina. »Als ich herkam, stand der Krauter vorne an der Straße. Er hat gesagt, er hätte den Zuhälter gesehen.«

»Hat er mir auch erzählt. Deshalb bin ich ja auch gleich noch mal zur Langer rausgefahren.«

»Und was machen wir jetzt?«, fragt Marina.

»Kaffee trinken und nachdenken.«

»Gut, ich schenke den Kaffee ein und du denkst nach.« Sie stellt Kaffeetassen auf meinen Schreibtisch und holt die Thermoskanne aus der Teeküche.

»Da gibt es momentan nicht viel nachzudenken«, sage ich. »Du überprüfst nachher noch die zwei Frauen, Christine Grassel und …«

»Und Helen Maurer. Schon geschehen. Ich hab die beiden vorher aufgesucht. Beide Babys befinden sich noch an dem Ort, wo sie mit sechs und sieben Monaten hingehören.«

»Ich weiß schon, warum ich immer gern mit dir arbeite«, lobe ich. »Du denkst mit.«

»Ist das der einzige Grund?«, erkundigt sie sich und sieht mich herausfordernd an.

»Ich wüsste noch hundert andere Gründe. Aber die sind alle eher privater Natur.«

»Die erfahre ich also dann nach Dienstschluss?«

»Lass mir einfach noch ein wenig Zeit«, sage ich. »Du weißt, ich habe gerade eine gescheiterte Ehe hinter mir.«

»Dreieinhalb Jahre ist bei dir ›gerade‹?«

»Das ist ja nur ein Teil meines Handicaps. Du kennst den anderen Teil aus meiner Kindheit nicht.«

»Den kenne ich schon seit einem halben Jahr. Die Geschichte deiner Mutter und die deines Großvaters.«

»Was?«

»Glaubst du wirklich, ich hätte so lange geduldig gewartet, wenn ich das nicht gewusst hätte?«

»Die Oma hat es dir erzählt, stimmt's?«

»Wer sonst? Du ja nicht.«

»Ich werde ein ernstes Wörtchen mit ihr reden müssen.«

»Musst du nicht. Sei froh, dass sie es mir gesagt hat, sonst hätte ich heute ganz sicher nicht meinen Urlaub für dich geopfert.«

»Hättest du mich dann wirklich abblitzen lassen?«, frage ich sie ungläubig.

»Ich hätte.«

»Marina, es ist für mich nicht einfach, darüber zu reden …«

»Weißt du was? Du hast ein Riesenproblem.«

»Wem sagst du das?«

»Dein Problem ist, dass du kein Vertrauen zu mir hast.«

»Aber das ist doch Unsinn«, begehre ich auf. »Es gibt kaum einen Menschen auf dieser Welt, zu dem ich mehr Vertrauen hätte als zu dir.«

Marina seufzt. »Es kann doch nicht so schwer sein …«

Auf einmal steht Bruno Krauter im Büro.

»Die Tür ist geschlossen«, sage ich.

»Ach, wirklich?« Er strahlt. »Ich bin also durch eine geschlossene Tür gegangen? Das ist ja sagenhaft. Das ist einfach sagenhaft …«

»Was willst du?«, unterbreche ich ihn, bevor er noch von einem Wunder faseln kann.

»Da draußen … Ich kann's nicht fassen. Ich bin durch eine geschlossene Tür gegangen.«

»Hör auf und sag endlich, was du willst!«

»Da draußen ist eine Frau. Die will zu dir. Der Kurt hält sie noch eine Weile hin, damit ich dich vorwarnen kann.«

»Vorwarnen? Wozu? Ist sie bewaffnet oder sonst irgendwie gefährlich?«

»Ich denke beides. Sie sieht verdammt gut aus und ist unheimlich sexy. Das kann schon gefährlich werden, nicht wahr, Marina?«

»Schick sie rein«, sagt Marina.

»Äh, wart mal«, halte ich ihn zurück. »Was soll das? Wieso willst du mich warnen? Hast du was angestellt?«

»Ich? Nein, nichts. Ich muss nur mal gelegentlich mit dir reden. Das ist alles. Also, ich schick sie rein. Du wirst sehen, die ist ein heißer Feger.« Er rennt voll gegen die geschlossene Tür. Humpelnd verlässt er mein Büro.

»Ich geh davon aus, dass er wieder mal dem Spindler was angestellt hat«, sagt Marina.

»Ja, vermutlich«, stimme ich zu und starre wie gebannt auf die Tür. Ein seltsames Gefühl macht sich in mir breit.

12

Und dann kommt sie durch die Tür und trippelt mit kurzen Schritten auf hohen Absätzen auf uns zu. Sie sieht wirklich gut aus. Glänzendes, kastanienbraunes Haar, dezent geschminkt und gut gekleidet. Selbst die Handtasche passt farblich zur Kleidung. Sie bleibt vor mir stehen und lächelt mich an. »Bist du sehr überrascht?«

Ich ziehe meine Pistole, richte sie auf ihren Kopf. »Soll ich dich gleich erschießen oder verschwindest du freiwillig?«

»Du wirst doch deine Mutter nicht erschießen«, sagt sie ruhig, ohne sich zu rühren.

»Mutter?« Marina springt auf, drückt meinen Arm zur Seite und baut sich vor meiner Mutter auf. »Sie sind seine Mutter?«

»Er hat mich jedenfalls sofort erkannt.«

»Das ist unglaublich!«, sagt Marina fasziniert. »Das ist einfach unglaublich.«

»Sie meinen die Ähnlichkeit?«

»Nein.« Sie sieht mich an, dann meine Mutter und wieder mich. »Nein, viel Ähnlichkeit kann ich nicht feststellen. Ein bisschen vielleicht. Aber gerade waren wir so weit, dass er mit mir über Sie reden wollte. Und jetzt stehen Sie da. Das ist einfach unglaublich.«

»Ich weiß eben, wann mein Sohn mich braucht.«

»Das weißt du eben nicht!«, rege ich mich über diese Unverschämtheit auf. »Wie kannst du dich hierherstellen und sagen, du weißt, wann dein Sohn dich braucht? Damals hätte ich eine Mutter gebraucht! Damals, als ich elf Jahre alt war. Aber da hast du mich einfach abgeschoben, bist deinem HorstArsch nachgereist und hast nie wieder was von dir hören lassen.«

»Aha. Sie hat dir also nichts gesagt.«

»Wer?«

»Na, deine Oma. Ich hab oft angerufen und mich nach dir erkundigt. Ich wollte auch mit dir reden. Aber sie sagte immer, du willst nicht mit mir reden.«

»Da hatte sie recht. Ich wollte nie wieder mit dir reden. Die Ohrfeige, die du mir gegeben hast, bevor du abgehauen bist, habe ich dir nie vergessen.«

»Mir ist die Hand ausgerutscht, weil du gesagt hast, es wäre dir lieber gewesen, wenn du ihm das Bein gebrochen hättest«, sagt meine Mutter und fügt leise hinzu: »Für die Ohrfeige entschuldige ich mich bei dir.«

Einen Moment sehe ich sie sprachlos an. Damit habe ich auf keinen Fall gerechnet. Es war schließlich nicht die einzige Ohrfeige, die ich von ihr bekommen habe. Aber es war die gewesen, die ich am ungerechtesten fand. Sie hatte damals all die blauen Flecke, die ich am ganzen Körper hatte, ignoriert und nur wahrgenommen, dass ich ihrem geliebten Horst Schmerzen zugefügt hatte.

»Wollen Sie sich nicht setzen?«, unterbricht Marina die eingetretene kurze Stille.

»Danke.« Meine Mutter lächelt Marina kurz zu und setzt sich auf den angebotenen Stuhl. Es sieht aus, als hätte sie es ehrlich gemeint. Aber ich habe da noch meine Zweifel.

»Bist du noch mit ihm zusammen?«, frage ich sie.

»Zur Zeit nicht.«

»Was heißt das?«

»Er sitzt gerade.«

»Hoffentlich auf einem Nagelbett, um seine Sünden abzubüßen.«

»Er sitzt in Untersuchungshaft.«

»Was hat er angestellt? Hat er eine Bank ausgeraubt oder eine alte Frau mit Fußtritten traktiert?«

»Er soll eineinhalb Millionen Euro unterschlagen oder zumindest veruntreut haben. Aber er hat mir geschworen, dass er das nicht getan hat.«

»Er hat dir ja auch geschworen, dass er mich nicht mit gemeinen Fausthieben in den Magen und mit Fußtritten gequält hat.«

»Er hat es mir inzwischen gestanden.«

»Ach, da schau her!« Mein Sarkasmus ist sicher nicht zu überhören. »Der Herr hat gestanden. Und warum bist du dann nicht gleich zu mir gekommen und hast dich bei mir entschuldigt?«

»Das hab ich doch sofort getan!«

»Was?« Ich starre sie einen Augenblick ungläubig an. »Willst du damit sagen, dass er es dir jetzt erst gestanden hat?«

»Er hat gesagt, dass es ihn seit Jahren schwer belastet hat. Deshalb wollte er es loswerden, bevor ihn ... deine Kollegen abgeholt haben.«

»Merkst du was?«, frage ich Marina.

»Ein bisschen spät, das Geständnis«, sagt Marina zu meiner Mutter. »Meinen Sie nicht auch?«

»Ich bin ganz Ihrer Meinung«, sagt meine Mutter. »Er hätte es mir viel früher sagen sollen. Aber so ist er nun mal. Geständnisse jeglicher Art gehören nicht zu seinen Stärken.«

»Hat er dich geschickt?«, frage ich.

»Nein, nein«, erwidert sie hastig. »Hat er nicht. Jedenfalls nicht direkt. Er meinte nur, ich soll es dir sagen und ich soll dir von ihm ausrichten, dass es ihm sehr, sehr leidtut.«

»Und was will er sonst noch von mir?«, erkundige ich mich lauernd.

»Nichts. Wirklich, er will nichts von dir. Nur ...«

»Aha, also doch was.«

»Ich wollte dich fragen, ob du mir helfen willst.«

»Dir? Ich soll dir helfen? Egal was es ist, glaubst du nicht, dass du etwas zu viel verlangst? Wieso sollte ich dir helfen? Ich hatte nie eine Mutter ...«

»Bitte, Hanno«, mischt sich nun Marina ein. »Sie ist deine Mutter. Wir können uns doch wenigstens mal anhören, was sie für ein Problem hat.«

»Danke«, haucht meine Mutter Richtung Marina. »Aber ich versteh ihn ja. Er hat ja gute Gründe, sich nicht für meine Sorgen zu interessieren. Schließlich ...«

»Na schön«, falle ich ihr ins Wort. Ich vermute nämlich, dass sie gleich noch zu weinen anfangen wird. Sie kann die Schleusen fast auf Kommando öffnen. Das weiß ich aus Erfahrung. Bei meinem Vater hatte sie das gut drauf, wenn etwas nicht ganz so lief, wie sie es wollte. »Was hast du für ein Problem?«

Aber sie kommt vorerst gar nicht dazu, mir von ihren Schwierigkeiten zu berichten. Bruno steht plötzlich wieder in meinem Büro.

»Du, Hanno ...«

»Die Tür ist geschlossen, verdammt noch mal!«

»Das weiß ich doch«, sagt der Bruno vorwurfsvoll. »Deshalb hab ich sie auch wegen einer wichtigen Meldung aufgemacht. Weißt du ...«

»Was willst du?«, frage ich ihn.

»Ich hab ihn wieder gesehen.«

»Wann und wo?«

»Gerade vor einer Minute. Er ist mit seinem BMW 550i, Automatik ...«

»Ja, ich weiß jetzt, was in dem Wagen alles steckt. In welche Richtung ist er gefahren?«

»Ich vermute, wieder zur Langer.«

»Gut, danke. Du kannst jetzt wieder gehen.«

Bruno strahlt meine Mutter an. »Schöne Frau, ich hoffe, unser Polizist kann Ihnen helfen. Er ist nämlich der beste Polizist, den wir hier je hatten.«

»Ja«, sagt meine Mutter lächelnd. »Das hat mir vorher Ihr Freund draußen auch schon gesagt.«

»Ach, hat er das? Dann hat er ausnahmsweise mal nicht gelogen. Wissen Sie ...«

»Bruno, es reicht! Du gehst jetzt wieder raus. Wir haben hier ein vertrauliches Gespräch zu führen.«

»Vertraulich, aha.« Er geht langsam rückwärts zur Tür. »Schöne Frau, Sie haben es gehört. Ich muss mich leider verabschieden.« An der Tür wendet er sich an mich. »Siehst du, Hanno, ich mach die Tür auf, weil, durch eine geschlossene Tür kann man ...«

»Raus!«, brülle ich.

Er zieht hastig die Tür hinter sich zu.

»Eigentlich ein lieber Mensch«, sagt meine Mutter.

»Das ist er eine Stunde am Tag. Die restlichen Stunden seines Wachzustandes ist er nur nervig. Kommen wir also zu deinem Problem.«

Sie kommt wieder nicht dazu, etwas zu sagen, weil mein Telefon klingelt. Ich hebe ab. Es ist die Langer. »Er ist wieder da.«

»Schleicht er wieder ums Haus?«

»Nein, er sitzt in seinem Wagen und rührt sich nicht.«

»Beobachten Sie ihn weiter. Wenn er auf Ihr Haus zugeht, rufen Sie mich wieder an.« Ich lege auf und sage zu meiner Mutter: »Also, was ist dein Problem? Und sag es schnell, bevor wir wieder gestört werden.«

Sie sagt es tatsächlich schnell: »Ich möchte, dass du mir hilfst, das Geld zu finden.«

»Welches Geld?«

»Das Geld, das der Horst zur Seite geschafft hat.«

Das haute mich jetzt fast vom Stuhl. »Was? Willst du damit sagen, dass du ihn für schuldig hältst?«

»Natürlich.«

»Hast du dafür Beweise?«

»Beweise nicht. Du wirst es Indizien nennen.«

»Lass hören.«

»Erstens: Er betrügt mich seit einem Jahr mit einer Frau, die fast zwanzig Jahre jünger ist als ich. Diese Frau ist mit knapp dreiunddreißig Jahren Witwe geworden und hat eine Lebensversicherung von 250 000 Euro kassiert.«

»Die dein HorstArsch für ihren Mann zuvor abgeschlossen hat«, vermute ich.

»Nein, damit hat er nichts zu tun. Er nennt sich Anlageberater und nebenbei hat er noch Bausparverträge verkauft. Das lief ganz gut, aber das große Geld war damit nicht zu machen. Jedenfalls waren nie mehr als höchstens dreitausend Euro auf unserem gemeinsamen Konto. Bald hatte ich ihn im Verdacht, dass er ein anderes Konto besitzt, von dem ich nichts wissen sollte. Schließlich habe ich ja auch Geld verdient. Aber mein Verdienst ging zum größten Teil für Miete, Heizung und Essen drauf. Er beglich die restlichen Nebenkosten. Also Telefon und Auto. Was er wirklich verdient hat, habe ich nie erfahren. Aber dreitausend Euro sollten immer auf dem Konto sein.«

»Wann hast du angefangen, Verdacht zu schöpfen?«

»Nachdem ich ihn mit der Schlampe im Bett überrascht hatte.«

»Die Situation war dir ja nicht neu.« Diese Bemerkung kann ich mir einfach nicht verkneifen.

»Ja, ja, gib's mir nur. Ich weiß, ich habe es nicht anders verdient. Aber ich habe mich geändert.«

»Gut, Sie haben ihn mit der anderen im Bett erwischt«, mischt sich jetzt Marina ein. »Wie ging es weiter?«

»Es begann mit dem Üblichen«, erklärt meine Mutter. »Er sagte, was die meisten Männer in der Situation sagen: Es ist nicht so, wie du denkst ...«

»Was hast du damals zu Papa gesagt?«, werfe ich ein.

»Bitte, Hanno«, sagt Marina. »Lass das jetzt. Das bringt doch nichts, nach so langer Zeit.«

»Ja, ja, schon gut.« Ich wende mich an meine Mutter, die inzwischen tatsächlich leicht geknickt auf ihrem Stuhl sitzt und kurz davor ist, die Schleusen zu öffnen. »Was kam dann nach dem Satz, den angeblich fast alle Männer in der Situation sagen?«

»Sie bedeutet mir nichts«, platzt sie heraus. »Ich will nur an ihr Geld.«

»Das hat er gesagt?«

»Ja. Und dann erzählte er mir von den 250 000 Euro, die sie von der Lebensversicherung bekommen hat. Er sagte, er sei dabei, sie zu überreden, das Geld bei ihm anzulegen.«

»Und das hast du ihm geglaubt?«

»Nein. Ich tat nur so. Dann nahm ich drei Tage Urlaub, lieh mir ein unauffälliges Auto und parkte es so, dass ich das Haus der Schlampe immer im Blick hatte. Sie heißt Franka

Kappel, wohnt in einer schönen Villa auf dem Michelsberg in Ulm. Er war jeden Tag bei ihr. Einmal schon am Vormittag, danach gingen sie in ein Lokal zum Essen. Die anderen beiden Tage war er den ganzen Nachmittag bei ihr. Abends war er wie immer zu Hause. Da erinnerte ich mich an einen Spruch, den ein Freund mal spaßeshalber losgelassen hat: ›Nur die Schwachen brauchen das Nachtleben, die Starken gehen tagsüber fremd.‹«

»Dann hat er dich also schon öfter betrogen?«

Sie presst die Lippen zusammen, nickt nur kurz. »Dabei hat er mir geschworen …«

»Seine Schwüre waren schon immer einen Dreck wert«, sage ich. »Wie sieht sie denn aus?«

»Wie soll sie schon aussehen?«, erklärt meine Mutter abfällig. »Natürlich blond, Schmollmund. Ihr Gesicht ist interessant, aber nicht besonders schön. Gut, man kann sagen, hübsch. Gute Figur, lange Beine und große Brüste.«

»Da können Sie doch aber mithalten«, sagt Marina.

»Danke.« Sie schenkt Marina ein schwaches Lächeln. »Nur leider habe ich nicht so viel Geld wie diese Schlampe, und sie ist ja auch noch etliche Jahre jünger als ich. Außerdem ist sie eine arrogante Kuh.«

»Was haben Sie dann gemacht?«, erkundigt sich Marina, bevor ich weiterreden kann.

»Ich begann sein Büro zu durchsuchen. Irgendwo musste ein Geheimversteck sein. Er hat sich nämlich manchmal in sein Büro eingeschlossen. Angeblich, weil er Wichtiges zu erledigen hatte und dabei nicht gestört werden wollte. Ich hab mir damals nichts dabei gedacht. Das war jetzt anders.«

»Und? Hast du was gefunden?«

»Ja, im Aktenschrank. Eure Kollegen haben nur die Aktenordner mitgenommen. Das Versteck im Boden des Schrankes haben sie übersehen.«

»Was war drin?«

»Kontoauszüge von Banken in Laichingen, Ehingen, Ulm und Sendlingen.«

»Was? Sag mal, wo wohnst du eigentlich?«
»In Ulm«, sagt sie kleinlaut.
»Das darf ja wohl nicht wahr sein!«, rege ich mich auf. »Du wohnst hier in der Nähe und ich weiß nichts davon! Seit wann wohnt ihr in Ulm?«
»Seit drei Jahren.«
»Wo in Ulm?«
»In der Oststadt. Gutenbergstraße. Aber ich war schon ein paar Mal hier«, fügt sie hastig hinzu.
»Du hast mich aber leider nicht gefunden.« Mein Sarkasmus ist sicherlich nicht zu überhören.
»Das erste Mal war es auch so. Da bin ich eben zu deiner Oma gegangen. Sie hat mir unverblümt gesagt, ich soll mich von dir fernhalten. Du hättest eine Riesenwut auf mich.«
»Wundert dich das?«
»Nein. Aber es ist viel Zeit vergangen. Die Zeit heilt alle Wunden, sagt man ...«
»Das finde ich auch«, sagt Marina.
Ich mustere meine Mutter eine Weile. »Die Zeit konnte dir offensichtlich nicht viel anhaben«, sage ich dann schon wesentlich ruhiger. »Du sieht noch immer verdammt gut aus.«
»Danke.« Sie lächelt und wendet sich an Marina. »Von seinem Sohn zu hören, dass man gut aussieht, das ist schon was. Macht er Ihnen auch solche Komplimente?«
»Immerzu«, sagt Marina. »Aber ...«
»Dann glaubst du also doch, dass dein Horst ein Gauner ist und schon immer einer war?«, frage ich hastig meine Mutter.
»Heute glaube ich es«, sagt meine Mutter ernst. »Aber damals ... Ich war verliebt.«
»Das ist keine Entschuldigung. Ich wusste sofort, dass er kein ehrlicher Mensch ist.«
»Du hast ihn gehasst, weil er dich immer wieder mal getreten oder geschlagen hat. Ich kannte ihn nur von seiner guten Seite. Aber das ist jetzt vorbei.«

»Gut, du hast also diese Kontoauszüge gefunden. Hast du sie dabei?«

»Natürlich.« Sie nimmt vier schmale Schnellhefter aus ihrer Handtasche und reicht sie mir. Jeder dieser kleinen Ordner enthält ein dickes Bündel an Kontoauszügen. Marina und ich blättern sie kurz durch. Es ist bei jedem Kontoauszug dasselbe. Beträge wurden gutgeschrieben und schon zwei Tage später wieder bis auf einen Betrag von fünf Euro bar abgehoben. Nur auf dem Konto einer Ulmer Bank stehen über sechsundfünfzigtausend Euro.

»Ich bin mir ziemlich sicher, dass er das Geld, das er jedes Mal bar abgehoben hat, irgendwo versteckt hat.«

»Das ist durchaus möglich«, sage ich nachdenklich.

»Da bin ich mir ganz sicher. Jetzt weiß ich auch, was er immer mit seinem Spruch gemeint hat.«

»Was für ein Spruch?«

»›Meine Arbeit besteht darin, anderer Leute Geld Gassi zu führen.‹ Das hat er wortwörtlich gesagt.«

Marina ist schon dabei, die abgehobenen Summen auf ihrem Taschenrechner zusammenzurechnen. Sie ist gut darin. Ihre Finger fliegen nur so über die Tasten.

»Und jetzt willst du, dass ich dir helfe, das Geld zu finden?«, frage ich meine Mutter.

»Ja.«

»Warum hast du die Kontoauszüge nicht zur Polizei gebracht?«

»Das habe ich doch gerade getan.«

»Du hast sie uns gebracht. Aber du hättest …«

»Du bist doch Polizist«, fällt sie mir ins Wort.

»Ja, aber wir haben mit dem Fall nichts zu tun. Das ist Sache der Kollegen in Ulm.«

»Zu denen will ich aber nicht. Ich will, dass du dich der Sache annimmst.«

Ich mustere sie eine Weile, während Marina noch weiterrechnet. Meine Mutter ist mir nicht gerade als ehrliche Person in Erinnerung. Sie hat meinen Vater, mich und die

Oma oft genug angelogen. Ich traue ihr immer noch nicht über den Weg. Vor allem ist mir immer noch nicht klar, warum sie die Sache ausgerechnet mir zuschieben will.

»Was steckt dahinter?«, frage ich sie. Ich versuche, ihr in die Augen zu sehen.

»Eine Million fünfhundertachtzigtausend Euro und ein paar Zerquetschte«, platzt Marina dazwischen.

»Stimmt«, beeilt sich meine Mutter zu sagen. »Das habe ich auch ausgerechnet.«

»Was? 1,6 Millionen? Wie kommt der an so viel Geld?«

»Er verspricht seinen Kunden eine sichere Anlage bei überdurchschnittlich hohen Zinsen.«

»Wie hoch?«

»Zwischen zwölf und fünfzehn Prozent.«

»Der betrügt die Leute doch«, sage ich.

»Ja, das denke ich jetzt auch. Aber anfangs glaubte ich ihm.«

»Der betrügt die Leute sogar ganz sicher«, stimmt Marina uns zu. »Das Geld ist zwar auf den Konten eingegangen, aber es ist nicht mehr drauf.« Sie wendet sich an meine Mutter. »Wie Sie schon sagten, die Beträge wurden immer bar abgehoben.«

»Und warum kommst du damit zu mir?«, frage ich meine Mutter erneut. »Warum übergibst du die Kontoauszüge nicht den Kollegen in Ulm?«

»Na ja, ich dachte, wenn du die Sache aufklärst, dann wäre das für deine Karriere sicher von Vorteil. Ich habe schließlich was gutzumachen …«

»Die Wahrheit«, sage ich. »Ich bin ausschließlich an der Wahrheit interessiert.«

»Aber das ist …«

»Gut«, beende ich abrupt das Gespräch. »Komm, Marina. Wir haben genug Arbeit.«

»Ja, ja, schon gut!« Ich sehe ihr an, dass es ihr schwerfällt, mir den wahren Grund ihres Besuchs zu nennen. »Es … es ist auch Geld von mir dabei.«

»Wie viel?«

»Etwa fünfzigtausend. Es ist mein ganzes Erspartes«, fügt sie noch schnell hinzu.

»Wo liegt hier das Problem?«, sage ich. »Wir übergeben die Sache den Kollegen in Ulm und sagen gleich dazu, dass von dir auch Geld drinsteckt ...«

»Jetzt begreif doch endlich, dass ich das nicht will!«, fällt sie mir ärgerlich ins Wort. »Ich will, dass du das Geld findest und somit einen Erfolg vorweisen kannst.« Sie wird leiser, fast bittend. »Nun lass mir doch die Freude, etwas für meinen Sohn getan zu haben.«

Ich sehe Marina an, sie nickt. Ich sehe meine Mutter an und zweifle. »Gut«, seufze ich dann. »Gehen wir mal ins Detail. Ich nehme an, in eurer Wohnung ist das Geld nicht, sonst hättest du es schon gefunden.«

»Ich habe alles abgesucht. Es gibt kein anderes Versteck als das im doppelten Schrankboden.«

»Haben die Kollegen die Wohnung durchsucht?«

»Ich sagte doch schon, sie haben nur die Ordner mitgenommen.«

»Gibt es irgendeinen Anhaltspunkt, wo er das Geld versteckt haben könnte?«

Sie nimmt einen zerknüllten Zettel aus ihrer Handtasche und reicht ihn mir.

»Nur das.«

»Lauterdörfle Nr. 75«, lese ich. »Was soll das?«

»Das frage ich dich. Weißt du, wo das ist?«

»Natürlich weiß ich das. Woher hast du den Zettel?«

»Aus seinem Papierkorb. Das heißt, er hat den Inhalt seines Papierkorbs in den Müllbeutel gestopft und den Beutel selber runtergebracht und in die Mülltonne geworfen. Heute wäre Müllabfuhr gewesen. Nachdem eure Kollegen den Horst aber gestern abgeholt haben, bin ich misstrauisch geworden und habe den Beutel wieder mit in die Wohnung genommen. Ich habe jedes Fetzchen Papier untersucht. Der Zettel mit der Straße und der Hausnummer schien mir ein

Hinweis zu sein. Mit dem ich allerdings nichts anfangen konnte.«

»Und was soll ich damit?«

»Mit mir in dieses Haus Nr. 75 gehen …«

»Das Lauterdörfle ist keine Straße. Es ist ein Feriendorf, oben auf der Alb.«

»Ein Feriendorf?« Sie sieht mich einen Moment verdutzt an, dann geht ein Strahlen über ihr Gesicht. »Das ist es! Sie hat auch ein Ferienhaus geerbt!«

»Wer?«

»Na, die Schlampe, mit der ich den Horst erwischt habe. Als er mir klarmachen wollte, dass er nur an ihrem Geld interessiert ist, hat er erwähnt, dass sie ja auch noch die Villa und ein Ferienhaus geerbt hat. Verstehst du jetzt?«

»Du glaubst, er hat das Geld in ihrem Ferienhaus versteckt?«

»Da bin ich mir absolut sicher. Keiner außer mir weiß von dem Verhältnis der beiden. Und dass er öfter in ihrem Haus war, kann er damit begründen, dass er sie dazu bewegen wollte, ihr Geld bei ihm anzulegen. Aber ich wusste Bescheid und ich bin sicher, dass die beiden vorhatten, abzuhauen. Davon bin ich jetzt sogar hundertprozentig überzeugt.«

»Was macht dich so sicher?« Ich lasse sie nicht aus den Augen.

»Die Tatsache, dass er wenige Stunden bevor die Polizei ihn abholte, den Inhalt seines Papierkorbes loswerden wollte.« Sie klingt sehr überzeugt.

»Du meinst, er hat gewusst, dass er Besuch von der Polizei bekommen würde?«, frage ich verblüfft.

»Natürlich.«

»Glaubst du, er hat einen Tipp bekommen, dass die Polizei ihn abholen will?«

»Nicht direkt.« Sie sieht an mir vorbei.

»Du warst es, nicht wahr? Du hast ihn bei der Polizei angezeigt, und er hat es mitbekommen.«

Sie lächelt mich zaghaft an. »Es sieht aus, als wäre ich wie ein offenes Buch für dich. Mich zu durchschauen schafft nicht so schnell einer. Aber du hast es geschafft. Du bist wirklich ein guter Polizist. Jetzt bin ich erst richtig glücklich, dass ich mich dafür entschieden habe, mich dir anzuvertrauen.«

Ich übergehe ihr Lob, dem ich ohnehin nicht traue, und sage: »Du bist ja ganz schön rachsüchtig.«

»Er hat es nicht anders verdient.«

»Mich wundert aber doch, dass er dir nicht gleich den Hals umgedreht hat, wenn er doch wusste, dass du ihn verpfiffen hast.«

»Es kam kein böses Wort. Im Gegenteil. Er war so freundlich und lieb zu mir wie schon lange nicht mehr.«

»Hat dich das nicht stutzig gemacht?«

»Überhaupt nicht. Es hat mir nur gezeigt, dass er sich absolut sicher war, dass man ihm nichts anhaben kann. Und deshalb müssen wir Beweise finden. Eben das Geld …«

Das Telefon klingelt. Ich hebe ab. Es ist die Langer.

»Es wird langsam brenzlig«, sagt sie. »Er kommt auf das Haus zu.«

»Okay, wir kommen.«

»Du kannst doch jetzt nicht weggehen!«, protestiert meine Mutter.

Marina legt die Kontoauszüge in meine Schreibtischschublade, schließt ab und steckt den Schlüssel ein.

»Ich muss«, erkläre ich meiner Mutter. »Hier im Dorf ist ein Kerl unterwegs, der eine hochschwangere, junge Frau umbringen will.«

»Was?« Sie scheint tatsächlich entsetzt zu sein. »Das sind ja schlimmere Zustände als in Berlin.«

»War das dein Wohnsitz, bevor ihr nach Ulm gezogen seid?«, erkundige ich mich, während ich sie zur Tür schiebe.

»Wir haben dort sechzehn Jahre gewohnt. Hat dir die Oma das nicht gesagt?«

»Kein Wort. War auch gut so. Sonst wäre ich vielleicht doch nach Berlin gefahren, um deinem Mann …«

»Er ist nicht mein Mann«, korrigiert mich meine Mutter. »Wir haben nie geheiratet.«

»Dann heißt du also immer noch Köberle?«, frage ich sie verwundert.

»Nein, ich habe meinen Mädchennamen wieder angenommen. Ich heiße wieder Dodel.« Sie wendet sich an Marina. »Renate Dodel.«

»Weiß das die Oma?«

»Noch nicht. Aber ich sag's ihr heute.«

»Trotzdem würde ich deinem HorstArsch heute noch gerne das Schienbein ganz brechen.«

»Jetzt frage ich mich, wer da rachsüchtig ist«, sagt meine Mutter.

»Geh zur Oma«, sage ich. »Und bleib dort, bis ich zurück bin.«

Marina und ich setzen uns in den Dienstwagen, und ich fahre los.

13

Während der kurzen Fahrt frage ich: »Und? Was hältst du von meiner Mutter?«

»Sie ist eine sehr schöne Frau.«

»Das weiß ich selber. Was hältst du sonst von ihr? Und vor allem von der Geschichte, die sie uns erzählt hat?«

»Ich glaube, du hast allen Grund, misstrauisch zu sein. Sie hat uns auf keinen Fall die ganze Wahrheit gesagt. An der Geschichte, die sie uns erzählt hat, stimmt was nicht.«

»Na, Gott sei Dank bist du auch zu der Erkenntnis gekommen. Dann stehe ich mit meiner Skepsis nicht alleine da. Mit der Geschichte von den Kontoauszügen ist was faul. Das heißt …«

»Sie muss die Kontoauszüge schon vorher gefunden haben«, vollendet Marina meine Überlegungen. »Sonst hätte sie ja nicht die Polizei anrufen können.«

»Genau. Wir reden nachher noch darüber.«

Der BMW von Dobermann steht an derselben Stelle wie vorher. Wir steigen aus und gehen langsam auf den schwarzen Wagen zu. Dobermann sitzt drin. Ich klopfe an die Scheibe auf der Fahrerseite. Er lässt die Scheibe nach unten. »Ah, der Herr Polizist schon wieder. Und diesmal auch noch mit weiblicher Verstärkung.« Er mustert Marina grinsend. »Tolles Fahrgestell. Falls Sie mal einen anderen Job suchen …«

»Wenn Sie nicht augenblicklich verschwinden, brauchen Sie keinen Job mehr!«, fahre ich ihn an. »Dann landen Sie sehr schnell hinter Gittern!«

»He, he, was soll das?«, blökt er. »Ich habe niemandem was getan.«

»Natürlich haben Sie! Die Frau Langer fühlt sich von Ihnen belästigt und bedroht. Und das fällt jetzt schon unter das neue Stalker-Gesetz. Wir haben Anweisung, in so einem Fall sofort hart durchzugreifen.«

»Lecken Sie mich doch am Arsch!« Er startet den Motor und beweist uns mit einem Blitzstart, was 400 PS leisten können.

»Donnerwetter«, staunt Marina. »Jetzt hat er es uns aber gezeigt.«

»Keine Sorge, den erwischen wir noch so am Arsch, dass er es tausend Mal bereuen wird, uns aufgefordert zu haben, wir sollten ihn mal …«

Frau Langer kommt eilig aus dem Haus gelaufen. »Tut mir leid, Herr Köberle, ich konnte ja nicht wissen, dass er mir nur sein Ding zeigen wollte.«

»Was hat er?«

»Guten Tag, Frau Domino«, grüßt sie und wendet sich wieder an mich. »Er hat sich hier, zwei Meter vor meinem Fenster, hingestellt und gepinkelt. Dabei hat er die Hose weit aufgemacht, dass ich auch alles sehen konnte.«

»So ein Saukerl«, schimpft Marina.

»Also auch noch ein Exhibitionist«, stelle ich nüchtern fest. »Was, glauben Sie, wollte er Ihnen damit sagen?«

»Dass er wenig Hirn hat«, sagt sie prompt.

Marina lacht. »Das ist gut, Frau Langer. Das trifft's genau. Männer, die sich so schamlos vor Frauen entblößen, können nicht viel im Hirn haben.«

»Ich denke auch noch an eine andere Variante. Passen Sie auf sich auf, Frau Langer. Und scheuen Sie sich nicht, mich anzurufen, sobald Sie ihn sehen.«

»Das mache ich«, verspricht sie. »Und ansonsten weiß ich mich auch zu wehren.«

Wenig später sitzen wir wieder in unserem Dienstjaguar und Marina fragt: »Was hast du gemeint, als du gesagt hast, du denkst noch an eine andere Variante? Meinst du, er wollte ihr damit androhen, dass er sie vergewaltigen will?«

»Das meinte ich damit«, sage ich.

»Also, das darf ja wohl nicht wahr sein!«, empört sich Marina. »Haben Schweinehunde wie der überhaupt keine Skrupel mehr?«

»Haben sie nicht. Aber wir kriegen ihn noch am Kragen.«

»Die Langer sieht aber auch für ihr Alter immer noch verdammt gut aus«, meint Marina nach einer Weile. »Sie gehört offensichtlich wie deine Mutter zu den Frauen, die einfach nicht altern wollen.«

»Glaub mir, in zwanzig Jahren wirst auch du immer noch eine Schönheit sein.«

»Halt an!«, befiehlt sie. »Halt sofort an!«

Ich fahre an den Straßenrand und stelle den Motor aus. »Was ist los?«, frage ich. Weiter komme ich nicht mehr. Marina schlingt die Arme um meinen Nacken und küsst mich mit einer Leidenschaft, wie sie mich noch nie geküsst hat. Als wir uns endlich wieder trennen, sage ich schwer atmend: »Das … das war jetzt aber nötig.«

»Und ob das nötig war. Man muss den Tag nutzen, an dem du mal Komplimente verteilst.«

»Und wenn das jemand gesehen hat?«, gebe ich zu bedenken. »Schließlich sind wir im Dienst.«

»Da habe ich schon die richtige Antwort parat.«

»Und die wäre?«

»Man muss seinem Chef auch mal ordentlich die Meinung sagen können.«

»Ich kann das bestätigen. Du hast es mir ordentlich gegeben.« Ich stelle den Wagen vor dem Dienstgebäude ab. Es ist zwischenzeitlich kurz vor fünf.

»Eigentlich ist Dienstschluss«, sage ich, während wir ins Haus gehen.

»Lass uns erst noch mal die Kontoauszüge in Ruhe durchgehen«, bittet Marina. »Ich muss mir die einfach noch mal ansehen. Irgendwas ist mir da noch aufgefallen.«

»Einverstanden.«

»Und nebenbei erzählst du mir alles über deine Mutter. Ich will sie besser kennen lernen.«

»Wozu denn? Das kurze Gastspiel, das sie gegeben hat, wird ein kurzes bleiben. Sobald sie ihr Geld hat, wird sie wieder verschwinden. Sofern ihre Geschichte überhaupt stimmt.«

»Wie meinst du das?« Wir setzen uns an den Schreibtisch und Marina nimmt die Kontoauszüge aus der Schublade.

»Denk doch mal nach«, sage ich. »Wenn sie tatsächlich ihre Ersparnisse dem Kerl gegeben hat, dann hat sie das Geld doch überwiesen. Somit kann sie ja auch ihre Ansprüche geltend machen, falls das Geld gefunden wird. Wozu braucht sie dann uns?«

»Das hat sie doch gesagt«, erwidert Marina, während sie eifrig weiter in den Kontoauszügen blättert. »Sie will dir zu einem Erfolg verhelfen.«

»Du kennst sie nicht. Solange ich nicht hundertprozentig davon überzeugt bin, dass sie sich geändert hat, glaube ich ihr kein Wort.«

»Dann erzähl mir endlich von ihr, damit ich es auch verstehe … Ich hab's!«

»Was hast du?«

»Ich sagte doch, dass mir etwas in den Kontoauszügen aufgefallen ist. Ich hab es gefunden … Hier, sieh dir das an.« Sie zeigt mir einige Kontoauszüge, aus denen hervorgeht, dass Horst Barsch regelmäßig unterschiedlich hohe Beträge an verschiedene Kunden überwiesen hat. »Auf diesem Konto einer Ulmer Bank hat er offensichtlich ständig eine hohe Summe stehen. Im Moment also sechsundfünfzigtausend Euro. Von hier aus überweist er kleine Summen an seine Kunden …«

»Zinsen«, sage ich.

»Könnte hinkommen«, stimmt mir Marina zu. »Alle drei Monate gehen die Überweisungen ab. Also im Quartal.«

»Das schauen wir uns später noch genauer an«, sage ich. »Jetzt gehen wir hinauf in meine Wohnung. Ich habe Hunger.«

Marina kocht uns was. Viel ist in meiner Küche nicht zu finden. Aber Spagetti, Tomaten und Oliven im Glas sind immer da. Auch ein paar Gewürze. Marina macht mehr daraus, als ich je für möglich hielt. Es schmeckt einfach vorzüglich. Dazu muss man wissen, dass Italiener alle kochen können. Und dann erzählt Marina wieder die Geschichte von ihrer Schwester, die mit einem Italiener verheiratet ist. »Der Riccardo, also der Mann von meiner Schwester, ist Italiener. Du weißt, wie die Italiener sind?«

»Wie sind die Italiener?«, frage ich.

»Also, meine Schwester sagt, als sie den Riccardo kennenlernte, hatten sie fünfmal am Tag Sex. Weißt du, Italiener müssen das tun, um zu beweisen, dass sie nicht zu Unrecht ihren Ruf haben. Aber sie halten es nicht lange durch. Heute essen sie fünfmal am Tag. Eigentlich auch gut, sagt meine Schwester. Er kocht hervorragend. Nicht gut sei, sie wachse und gedeihe dabei wie ein Kürbis.«

»Wie ein Kürbis ist vielleicht übertrieben«, mildere ich ab. »Sie ist griffiger geworden. Vorher war sie eine Bohnenstange, jetzt ist sie eine reife Frau.«

»Ach, ist sie das?«

»Du bist schöner«, sage ich schnell. »Viel schöner. Du glaubst gar nicht, wie oft du mich fast um den Verstand gebracht hast. Aber immer war da etwas, was mich daran hinderte, dir meine Wohnung und dann auch mein Schlafzimmer zu zeigen …«

»Jetzt ist kein Hindernis mehr da?«, erkundigt sich Marina schnell.

»Nein … Seit meine Mutter so plötzlich aus dem Nichts aufgetaucht ist, ist die Sperre weg …«

»Wo ist dein Schlafzimmer?«

Ich zeige es ihr, und im nächsten Augenblick liegen wir in meinem Bett. Wir vergessen die Kontoauszüge und meine Mutter und beschäftigen uns nur mit uns selber. Es ist einfach nur schön mit Marina. Schöner, als ich es mir je in meiner Fantasie vorgestellt hatte. Drei Stunden später muss ich ihr eingestehen, dass ich kein Italiener bin.

Marina lacht. »Das ist auch gut so. Noch ein gut kochender Mann, und unsere Familie bestände nur noch aus dicken Frauen.«

»Jetzt übertreibst du aber.«

»Tu ich nicht«, sagt Marina. »Gott sei Dank bist du kein guter Koch.«

»Dafür verspreche ich dir, dass ich viel länger durchhalte als ein Italiener.«

»Davon bin ich fest überzeugt«, sagt Marina.

Dann verlangt sie, dass ich ihr alles über meine Mutter berichte. Und ich beginne zu erzählen. Ich fange da an, als ich zum ersten Mal bemerkte, dass Mutter fremde Männer in unserem Haus empfing. Marina hört mir zu, ohne mich zu unterbrechen. Erst weit nach Mitternacht schlafen wir ein.

14

Das Klingeln des Telefons höre ich erst, nachdem Marina mich geweckt hat. »Klingelt dein Telefon immer schon so früh?«, fragt Marina.

»Nein, nicht immer«, brummle ich verschlafen. »Aber immer öfter.«

Ich werfe einen Blick auf meinen Wecker. Es ist halb sechs Uhr morgens. Ich nehme den Hörer aus der Station und melde mich.

»Guten Morgen, Hanno«, sprudelt jemand aufgeregt. »Du musst sofort kommen …«

»Mit wem rede ich denn überhaupt?«, unterbreche ich ihn.

»Ich bin's. Der Eduard. Eduard Schenkel …«

»Ach, du bist es … Ziemlich früh am Tag«, sage ich, nun schon etwas ungehalten.

»Ach, das macht doch nichts«, sagt der Eduard. »Ich bin schon seit fünf Uhr auf.«

»Aber ich nicht, verdammt noch mal!«, schreie ich ins Telefon.

»Du musst trotzdem sofort kommen«, erwidert der Eduard unbeeindruckt. »Es hat einen Unfall gegeben.«

»Einen Unfall? Was für einen Unfall? Und wo?«

»Ich bin heute mit meinem Diogenes die Bachstraße rausgelaufen, weil da um diese Zeit eigentlich noch keine Autos unterwegs sind. Ich wechsle ja immer ab, das heißt, das macht schon eigentlich der Diogenes. Er ist ein sehr intelligenter Hund, der Diogenes …«

»Komm zur Sache, Eduard!«

»Ich bin doch schon dabei. Ich will damit nur sagen, dass mein Hund den Weg heute Morgen wieder mal ausgesucht hat. Und als wir die letzten Häuser schon eine Weile hinter uns hatten, habe ich ihn gesehen.« Ich höre deutlich heraus, dass er sich ein Lachen kaum verkneifen kann. »Er liegt auf dem Rücken und streckt alle viere von sich.«

»Wer?«

»Na, der Wagen vom Franz Käfer, auch Lächler genannt. Bloß dürfte ihm da das Lächeln vergangen sein. Sein Wagen liegt auf dem Dach, genau zweiundzwanzig Schritte vom Straßenrand entfernt.«

»Und der Franz? Ist er verletzt?«

»Vom Franz keine Spur. Wenn du mich fragst …«

»Ich frag dich aber nicht«, unterbreche ich ihn. »Ich will mir selber ein Bild machen. Rühr dich nicht vom Fleck. Ich bin in zehn Minuten da.«

»Aber …«

Ich lege auf und suche meine Kleider zusammen. Unterhose, Unterhemd, Uniformhose und die Schuhe liegen neben dem Bett, Jacke und Hemd finde ich neben der Tür.

»Was ist los?«, erkundigt sich Marina. »Brauchst du mich?«

»Nein, bleib liegen«, sage ich, während ich mich anziehe. »Das Auto von Franz Käfer liegt in der Wiese neben der Bachstraße auf dem Dach. Vom Franz keine Spur. Ich denke mal, er ist von der Straße abgekommen, hat sich überschlagen, und weil er zum Glück nur leicht verletzt oder gar unverletzt geblieben ist, hat er sich davongemacht.«

»Um seinen Rausch auszuschlafen.«

»Möglich.«

Marina steht jetzt doch auch auf und zieht sich an. »Ich werde mir noch mal die Kontoauszüge vornehmen. Und dann will ich mit deiner Mutter reden.«

»Wozu?«

»Jetzt, wo ich deine Geschichte kenne, möchte ich mir gern auch selbst ein Bild von ihr machen. Ist das okay?«

»Wenn du dir das antun willst, bitte.«

»Hinterher reden wir.«

»Ich würde lieber gleich jetzt mit dir reden … Ich meine, zwischendurch, im Bett.« Ich nehme sie in den Arm und küsse sie. »Am liebsten würde ich heute den ganzen Tag mit dir im Bett verbringen.«

»Das machen wir am Sonntag. Aber nicht hier bei dir, sondern bei mir. Da klingelt nämlich kein Telefon.«

»Gut, einverstanden.«

Es dauert dann doch noch eine Weile, bis ich endlich in meinem Dienstwagen sitze.

Der Eduard erwartet mich sehr erregt. »Wenn die Polizei immer so lange braucht, haben es die Verbrecher leicht.«

»Red keinen solchen Unsinn.« Ich sehe mir den Wagen von Franz Käfer an. Ein nagelneuer weißer VW Passat Alltrack, eine Rakete, wie der Franz überall herumerzählt. Im Moment ähnelt der Wagen eher einem Wrack als einem schnellen Auto. Total verdreckt und verbeult und mit zersprungenen Scheiben und offener Beifahrertür.

»Ich habe sage und schreibe fünfundzwanzig Minuten gewartet«, sagt Eduard Schenkel weiter vorwurfsvoll.

»Mein Dienst fängt um acht an, nicht morgens um halb sechs«, kläre ich ihn auf.

»Ein Polizist ist immer im Dienst«, sagt er grinsend. »Deine Worte. Deine Worte.«

Das hat man nun davon, wenn man ein guter Polizist sein will. Irgendwann muss ich das wohl mal gesagt haben. »Warum hast du nicht gleich die Kollegen in Ehingen angerufen?«, kontere ich. »Die müssen die Sache ohnehin aufnehmen.«

»Ich wollte, dass du dir zuerst ein Bild von dem feinen Herrn Käfer machen kannst«, sagt der Eduard. »Der Käfer war sicher stockbesoffen, ist hier von der Straße abgekommen und hat sich mindestens zweimal überschlagen. Die Spuren sind ziemlich eindeutig. Dabei hat er vermutlich das Glück gehabt, das manche Besoffene eben haben. Er blieb unverletzt, ist nach Hause gelaufen, um seinen Rausch auszuschlafen. Ich geh mal davon aus, dass ihm das Lächeln vergangen ist.«

Ich rufe in Ehingen an und melde den Vorfall. Die Marion sagt, dass die Streife gerade in Kirchen sei. Es könne etwas dauern, bis sie kommen. Ich bedanke mich und wende mich an Eduard. »Du bleibst jetzt hier und rührst dich nicht von der Stelle. Lass keinen an die Unfallstelle. Klar?«

»Das ist doch deine Aufgabe, wenn ich mich nicht täusche«, antwortet der Eduard.

»Meine Aufgabe ist es, nach dem Franz zu schauen. Der hat zumindest einen Schock erlitten. Vielleicht ist er auch verletzt.«

»Unkraut verdirbt nicht.«

»Du bleibst auf jeden Fall hier.«

»Mein Gott, Hanno, ich steh ohnehin schon viel zu lang hier rum. Und mein Diogenes ist auch schon ganz unruhig. Der muss laufen …«

»Dann lauf hier auf und ab«, sage ich, während ich zu meinem Wagen gehe.

»Ich bin doch schon zwanzigmal auf und ab gelaufen«, mault der Eduard.

»Dann lauf noch zwanzigmal auf und ab. Oder auch hin und her. Aber bleib da. Ich fahr zum Franz. In zehn Minuten bin ich mit ihm zurück.«

Ich sitze schon im Wagen, da höre ich ihn schreien. »Gut, ich warte! Das blöde Gesicht von dem will ich unbedingt sehen!«

15

Es ist schon fast halb sieben, als ich dreimal auf Käfers Klingelknopf drücke. Beim dritten Klingelton reißt er die Tür auf. Er ist vollständig angezogen. Er hat eine Beule über der rechten Schläfe. Ansonsten scheint ihm nichts zu fehlen.

»Bisch du verrückt?«, zischt er mit unterdrückter Stimme. »Du wecksch doch mei Frau auf!«

»Wenn du nicht augenblicklich mit mir zu deinem Schrottwagen kommst, dann passiert noch ganz was anderes!«, fahre ich ihn an.

»Ja, ja, i komm ja scho.« Er zieht die Tür hinter sich zu und kommt mit mir zu meinem Dienstfahrzeug. »I wollt ohnehin grad loslaufa …« Von seinem Lächeln, das er sonst immer in seinem Gesicht herumträgt, ist jetzt nichts zu sehen.

Als wir vor meinem Dienstwagen stehen, geht die Haustür auf. Ilona Käfer steht im Türrahmen. Breit, stämmig, mit einem mehrfarbigen Bademantel bekleidet und Schaumgummilockenwicklern im Haar. »Was ist hier los?«, brüllt sie mit ihrer bekannt lauten Stimme.

»Nix«, beschwichtigt der Franz. »Gang wiedr ens Bett.«

»Du warst noch gar nicht im Bett! Wo warst du die ganze Nacht?«

»I hab im Wohnzimmer gschlafen«, sagt der Franz weiter mit unterdrückter Stimme. »Ond jetzt schrei da net rum. Geh ens Haus. I erklär dir alles später.« Er setzt sich hastig auf den Beifahrersitz.

Ich setze mich ans Steuer und fahre los. »Du wirst jetzt erst mal alles mir erklären …«

»Jetzt hasch du se amol en ihrer ganzen Schönheit gsehen und ghört«, fällt mir der Franz einfach ins Wort. »Als i se damals kennaglernt hab, war se schlank, liab, a Anminaschlupferle ond brav wie a Lamm. Heit seh i in ihr eher a wesentlich größeres Tier.«

»Und ich sehe dich im Gefängnis sitzen, wenn du mir nicht sofort sagst, warum du dich vom Unfallort entfernt hast.«

»Jetzt mach abr mal halblang«, empört sich der Franz. »Du könntest mi erscht mal fraga, wie's mir goht?«

»Dass es dir gutgeht, sehe ich. Und die Beule an deinem Kopf hat vermutlich dein Hirn durcheinandergebracht.«

»Erschtens, die Beule isch net die einzig Verletzung. I hab vermutlich ao no a anknackste Rippe. Und dann der Schock. Woischt du, wia ma sich fühlt, wenn ma sich in seim eigena Auto zwoimol überschlagt?«

»Nein, weiß ich nicht. Trotzdem, du hättest ...«

»Zweitens«, fällt er mir hastig ins Wort, »i hab koi Handy, also hab i ao niemand anrufa könna ...«

»Wie ist das passiert?«

»Endlich amol a vrnünftige Frag.«

»Treib es nicht zu weit, Franz. Dass du dich vom Unfallort entfernt hast, wird dir auf jeden Fall eine Anzeige einbringen.«

»Aber i hab grad vorher bei dir angrufa und wollt den Unfall melden. Da war abr nur die Domino ... Sag amol, was macht dia so früh am Morgen scho bei dir?«

»Wir arbeiten hart an dem Fall mit der Kindsleiche ... Außerdem, was geht dich das an?«

»Nix, gar nix. Ich mein ja nur ... Sie hat gsagt, du wärsch scho am Unfallort. Woher hosch du des gwisst?«

»Das ist eine gute Frage. Die Antwort wird dir aber gar nicht gefallen.« Wir fahren gerade auf den Unfallort zu, und der Franz sieht erst den Diogenes, dann den Eduard.

»Oh Scheiße, ao no der«, stöhnt der Franz. »Wieso ao grad der?«

»Mir passt das sehr gut«, sage ich.

»Abr mir net!«

Ich halte an und steige aus. »Vielen Dank, Eduard, dass du gewartet hast. Jetzt können wir uns mal ...« Ich sehe zum Wagen zurück. Der Franz sitzt noch drin. »Mach, dass du rauskommst, aber schnell, bevor die Streife kommt!«

Mühsam klettert der Franz aus meinem Auto und beginnt sofort zu jammern. »Mei Gott, isch mir schlecht …«

Der Diogenes bellt den Franz sofort an. »Bleib ruhig, Diogenes«, redet der Eduard auf seinen Hund ein. »Er hat doch bloß einen Unfall gebaut. Es war doch ein Unfall, gell, Franz?«

»Noi, i hab mei Auto bloß aufs Dach glegt, weil i sehn wollt, ob alle vier Räder no dran send«, erklärt der Franz, während wir alle drei zum Unfallwagen gehen.

»Ich kann dich beruhigen, ich hab sie schon gezählt. Sie sind alle vorhanden. Und sie drehen sich sogar noch, bis auf eines.«

Franz hebt kurz die Hand. »Du kasch mi amol.«

Sofort knurrt Diogenes. »Ruhig, Diogenes. Er tut dir schon nichts.«

»I hab dem doch no nia was doa!«, regt sich der Franz sofort auf.

»Da reden wir nachher drüber«, sage ich. »Wie viel hast du getrunken?«

»Koin Tropfa! I schwör's.«

»Dir ist hoffentlich klar, dass dich meine Kollegen zumindest blasen lassen.«

»Koi Problem. I bin stocknüchtern.«

»Gut. Wie ist es passiert?«

»Endlich de richtig Frag. I ben total unschuldig …«

»Wie immer«, bemerkt Eduard trocken.

»Du bist jetzt erst mal still!«, tadle ich ihn und wende mich an Franz. »Also, unschuldig. Warum liegt dann dein Auto auf dem Dach?«

»Weil mi so a Drecksack von dr Schdraß drängt hod. I hab ihn in einem Sautempo auf mi zuakomma sehn, bin sofort auf d' Brems ond ganz rechts nagfahra. I be scho fast gstanda, als er mi auf dr Seite erwischt hod. I hab koi Chance ghabt. Mi hods zwoimol überschlaga ond 's Auto isch aufm Dach liega blieba. I hab Glück ghed, dass i die Tür auf dr Beifahrerseite grad no hob aufstoßa kenna …«

»Und das soll ich jetzt glauben?«

»Es wird dir nix anders übrig bleiba. Dia schwarze Spura auf dr Fahrerseite sieht ma no ganz deutlich. Woisch ja, es gibt Autofahrer, dia höret mit 'm Denka auf, wenn se mit 'm Fahra afanget.«

Ich begutachte die linke Seite des weißen VWs. Tatsächlich zieht sich eine breite, tiefe Delle von der Fahrertür bis zur hinteren Tür. Trotz des Schmutzes sind schwarze Lackspuren deutlich zu erkennen. »Ein schwarzer Wagen also, sagst du.« Ich war auf einmal sehr interessiert. »Hast du dir die Nummer gemerkt?«

»Jetzt hör abr auf. Wenn oiner mit so einem Tempo auf di zuakommt, noch guggscht du net auf sei Nummernschild. Du krallscht di bloß no am Steierrad fescht. Des Einzige, an des i mi no erinnern ka, isch, dass es mindestens a Fünfer- oder gar a Sechser-BMW war.«

»Könnte es ein BMW 550i gewesen sein?«

»Scho möglich. Es war jedenfalls oiner aus dr höheren Klasse.«

»Wie spät war es?«

»Ungefähr halb zwoi.«

»Was? Halb zwei? Wieso hast du mich da nicht gleich angerufen?«

»Erschtens war's stockdunkel, zwoitens ...«

»... hast du kein Handy«, falle ich ihm ärgerlich ins Wort. »Das hast du mir vorher schon gesagt. Ich will aber wissen, warum du nicht sofort angerufen hast, als du zu Hause warst.«

»Um zwoi? Midda in dr Nacht? Des hab i oifach net übers Herz brocht. I ka di doch net midda in dr Nacht aus 'm Bett hola. Ond jetzt, wo i woiß, dass dia Domino bei dir war, hätt i ja so a schlechts Gwissa ...«

»Ach, die Domino war heute Nacht bei dir?«, fragt der Eduard grinsend. »Wird's bald was mit euch zwei?«

»Das geht euch zwei gar nichts an«, antworte ich ruhig und wende mich an den Franz: »Du hättest nicht mich anrufen müssen, sondern die Streife. Für so einen Unfall bin ich eigentlich gar nicht zuständig.«

»Ach, die Streife hätt i anrufa müssa«, tut der Franz unschuldig. »Du, des isch mir in dem Moment net eigfalla. Du woisch ja. Der Schock ond so …«

»Ja, ja, schon gut. Von wo bist du gekommen?«

Franz deutet die Straße hinunter. »Von da.«

»Ich will wissen, wo du warst.«

»Des muaß i jetzt abr net saga.«

»Wenn es nötig ist, wirst du es sagen müssen.«

»Suachet ihr nach dem schwarza BMW, dann klärt sich älles von alloi.«

»Keine Sorge, den erwischen wir. Und jetzt komm ich zu euch beiden.«

»Wieso möchtest du denn nicht sagen, wo du heute Nacht warst?«, erkundigt sich Eduard scheinheilig bei Franz. »Wir würden das schon verstehen, wenn du so eine …«

»Ruhe!«, befehle ich und sehe die beiden nacheinander mit meinem strengen Polizeiblick an. Dann wende ich mich zuerst an den Franz. »Der Eduard ist heute Morgen mit seinem Hund hier herausgelaufen und hat dein Auto in der Wiese sofort erkannt. Aber obwohl er gewusst hat, dass er die Polizei in Ehingen hätte anrufen müssen, damit die die Streife schicken, hat er es nicht getan, sondern er hat erst mich angerufen. Das hat er als guter Nachbar getan. Das hat er nur gemacht, um dir eine Strafe zu ersparen. Nicht wahr, Eduard?« Ich blinzle ihm kurz zu.

»Natürlich hab ich dabei an meinen Nachbarn gedacht, auch wenn ich keinen Grund dazu hätte …«

Ich wende mich hastig wieder an den Franz. »Und jetzt versprichst du dem Eduard, dass du nachts nie wieder den Diogenes zu einer Bell-Arie provozierst.«

»Ich hab doch noch nie …«

»Versprich es!«, fahre ich ihn an.

»Okay, okay, dei Hond wird nachts nie mehr bella. Ond … ond … danke«, brachte er tatsächlich noch raus.

Ich wende mich an Eduard. »Und du sorgst dafür, dass dein Diogenes künftig nie wieder auf den Rasen vom Franz scheißt.«

»Da bin ich machtlos.«

»Nie wieder, habe ich gesagt!«

»Ja, ja, ich pass besser auf ihn auf. Mein Gott, jetzt lässt du aber den Polizisten ganz schön raushängen!«

»Das muss man bei euch zwei ja auch. Mein Gott, ihr wart doch mal Freunde!«

»Ja, bis mein Hund erschossen …«

»Niemand hat deinen Hund erschossen!«, fahre ich ihn an. »Ich will das nie wieder hören.« Ich wende mich an den Franz. »Und wenn jetzt die Streife kommt, dann sagst du, dass der Unfall vor etwa eineinhalb Stunden passiert ist. Du hast lange gebraucht, bis du aus dem Wagen kriechen konntest. Und dann ist der Eduard vorbeigekommen, hat sein Handy gezückt und hat mich angerufen. Alles klar?«

Beide nicken. Der Franz etwas heftiger. Ihm ist schon klar, was ihm damit erspart bleibt.

»Und heute Abend gehen wir drei auf ein Bier ins Pub. Der Franz zahlt.«

»Moment amol …«

»Verlassen eines Unfallortes wird geahndet wie Fahrerflucht«, sagt der Eduard.

»Guat, guat, isch gebongt.«

»Na also. Und künftig will ich keine Anzeigen mehr auf meinem Schreibtisch sehen. Ich kann die Anzeigen, die wegen euch gekommen sind, schon stapeln.«

»Wenn der Hund nicht mehr bellt …«, meint Eduard.

»Ond nemme auf mein Rasa scheißt …«, glaubt der Franz anhängen zu müssen.

Ich sage nichts mehr, rufe einen Abschleppwagen und wir warten. Der Franz fängt jetzt an zu jammern, als wäre ihm jetzt erst aufgegangen, dass sein Auto völlig hinüber ist.

Und dann kommen die Kollegen endlich an. Die Unfallaufnahme geht flott voran. Der Franz und der Eduard bleiben bei den Aussagen, die wir vereinbart haben. Dann darf der Eduard mit seinem Hund gehen. Der Franz bleibt bei seinem Wagen stehen und streichelt ihn. Ich sehe ihm an, dass es ihm jetzt doch sehr nahegeht. Das Auto war wirklich noch nagelneu.

Ich erkläre den beiden Kollegen von der Streife, dass ich einen konkreten Verdacht habe, was den Fahrer des schwarzen BMWs betrifft. Sie sind damit einverstanden, dass ich die Kollegen in Ulm anrufe. Sollen die dem Dobermann mal wieder einen Besuch abstatten.

»Soll ich dich nach Hause fahren?«, frage ich den Franz.

»Noi. Ich bleib da, bis dr Abschleppdienst kommt. I hab doch no a paar Papiere ond sonst no einige persönliche Sacha em Auto.«

»Gut. Wir kriegen den Kerl schon, der dich angefahren hat«, sage ich.

»Abr i derf ihm dann d' Gosch verschlaga.«

»Du bekommst ein neues Auto von seiner Versicherung, das reicht.«

»Des griag i ao so. I hab Vollkasko.«

»Auch gut«, sage ich, setze mich in meinen Dienstwagen und fahre zurück in mein Büro.

16

Es ist schon fast halb acht, als ich im Büro ankomme. Marina empfängt mich mit der Nachricht: »Der Käfer Franz hat angerufen, kurz nachdem du weg warst. Er hat sich doch sehr darüber gewundert, dass ich schon so früh am Morgen in deinem Büro sitze …«

»Ich weiß. Mich hat er das auch gefragt. Ich habe ihm gesagt, dass ihn das nichts angeht.«

»Damit wird er sich wohl kaum zufriedengeben«, sagt Marina. »Es wird Gerede geben.«

»Das gibt es doch schon lange«, grinse ich. »Damit können wir leben. Es gibt ja auch Tuscheleien über den Pfarrer und seine Haushälterin. Die müssen auch damit leben. Aber im Gegensatz zu den beiden können wir heiraten.«

»Wenn wir wollen.«

»Ich will schon.«

Sie sieht mich eine Weile an. »Meinst du das jetzt wirklich ernst?«

»Sehr ernst«, sage ich. »Soll ich dir einen hochoffiziellen Heiratsantrag machen?«

»Ich denke, wir frühstücken jetzt erst mal. Es ist schon alles vorbereitet. Und dann können wir uns ja intensiv darüber unterhalten …«

»Intensiv unterhalten?«, frage ich leicht schockiert. Ich hatte ein jubelndes »Ja« erwartet.

»Ja, intensiv dort weitermachen, wo wir heute Nacht aufgehört haben.«

»Oh. Das hört sich gut an. Und den Telefonhörer legen wir einfach daneben.«

Aber so weit kommt es nicht. Wir sind gerade bei der zweiten Tasse Kaffee, als das Telefon klingelt. Ich sehe Marina an, sie nickt seufzend, und ich hebe ab.

Es ist der Pfarrer. Er kann kaum sprechen vor Aufregung. »Herr Köberle … Sie … Sie müssen sofort kommen. Es ist etwas Schreckliches passiert! Es … es ist einfach furchtbar. Ich kann das nicht beschreiben …«

»Was ist passiert, Herr Pfarrer?«, frage ich ruhig.

»Sie ist tot!«

Jetzt bin ich ein wenig geschockt. »Wer?«

»Die Frau Hufnagel.«

»Was?!«

»Es ist alles … voll Blut.«

»Wo sind Sie?«

»Auf dem Friedhof.«

»Auf dem Friedhof?«, frage ich verdutzt.

»Ja. Sie … sie ist ermordet worden. Und der Mörder hat sie auf ein Grab gelegt.«

»Du lieber Himmel, auch das noch. Bleiben Sie dort. Ich bin in wenigen Minuten bei Ihnen.« Ich lege auf.

»Was ist los?«, fragt Marina.

»Die Hufnagel ist ermordet worden.«

»Ach du Scheiße!«, entfährt es Marina.

»Sie liegt blutüberströmt auf dem Friedhof.«

»Noch mal.«

»Nein, nicht noch mal. Scheiße haben wir nun wirklich genug am Hals. Jetzt ist der Dorffrieden endgültig dahin. Ein Mord in unserem Dorf!«

»Die Hufnagel ermordet.« Marina schüttelt den Kopf. »Sie hat sich ja eine Menge Feinde gemacht. Aber dass sie einer gleich ermordet?«

»Ich muss zum Pfarrer«, sage ich. »Er hat sich angehört, als gehe ihm das sehr nahe.«

»Gut, du gehst zum Friedhof. Ich ruf in Ulm an. Na, die werden sich freuen.«

»Die sollen auch gleich den Erkennungsdienst benachrichtigen. Und vor allen Dingen muss diesmal die Mordkommission kommen. Den Fall müssen die übernehmen. Das lassen wir uns nicht auch noch aufhalsen. Aber einen sehr stark Verdächtigen können wir ihnen auf jeden Fall bieten.«

»Glaubst du, der Dobermann war's?«, fragt Marina.
Ich berichte ihr kurz von dem schwarzen BMW, der den Franz nachts gegen halb zwei von der Straße gedrängt hat. Dazu war ich vor lauter Heiratsplänen noch gar nicht gekommen.
»Wenn jetzt noch der ungefähre Zeitpunkt des Todes feststeht …«
»Wir werden sehen. Ich muss gehen, der Friedhof muss abgesperrt werden. Ich melde mich.«
Das Telefon klingelt erneut. Marina hebt ab. »Herr Hufnagel!«
Ich nehme ihr den Hörer aus der Hand. »Was gibt es, Max?«, frage ich, so ruhig ich kann.
»Meine Frau ist nicht zu Hause«, sagt er. »Ich glaube, sie war die ganze Nacht nicht da.«
Ich überlege kurz. Ich muss es ihm mitteilen. Aber ich entscheide mich dafür, ihm vorläufig noch nichts vom Mord an seiner Frau zu sagen. Am Telefon geht so was schlecht. Außerdem ist es gut, bei so einer Mitteilung dem Menschen gegenüberzustehen. »Ich kümmere mich drum«, sage ich deshalb. »Wann ist sie denn weggegangen?«
»Sie ist nach ihrem Streit mit dem Dobermann nach Hause gekommen, und ich musste ihren Nacken massieren. Gegen halb sieben ist sie wieder gegangen.«
»Warum hast du sie nicht zurückgehalten?«
»Kennst du irgendjemanden, der das fertiggebracht hätte?«
Er hat natürlich recht. Die Hufnagel hätte sich von niemandem zurückhalten lassen.
»Hat sie gesagt, wohin sie geht?«, frage ich den Max.
»Sie wollte zum Friedhof und danach noch zur Haha.«
»Haha, wer ist das?«
»Na, die Hader Hanna. Die Luise sagt immer nur Haha.«
»Ach die Frau Hader … Hast du schon bei ihr nachgefragt?«
»Ja, ich habe bei ihr angerufen. Die Luise war gestern nicht bei ihr. Und auf dem Friedhof war ich auch noch, kurz

bevor es dunkel wurde. Dort war sie auch nicht oder nicht mehr.«

»Hast du überhaupt jemanden auf dem Friedhof gesehen?«, frage ich vorsichtig.

»Nicht zu der Zeit. Aber wer geht schon abends um halb neun, kurz bevor es dunkel wird, auf den Friedhof?«

»Gut, ich melde mich bei dir, sobald ich was weiß. Das heißt, ich komme am besten bei dir vorbei.« Ich lege auf.

»Hat er jetzt erst gemerkt, dass seine Frau nicht zu Hause ist?«, fragt Marina.

»Er sagt, er glaubt, dass sie die ganze Nacht nicht zu Hause war.«

»Er glaubt, dass sie die Nacht nicht zu Hause war? Schlafen die nicht in einem Zimmer?«

»Die haben schon längst getrennte Schlafzimmer. Hat er mir irgendwann mal gesagt. Sie wollte das so. Ich muss jetzt gehen. Der Pfarrer wartet.« Ich stecke mein Handy ein und gehe zur Tür.

»Aber ich muss nicht nachkommen? Weißt du, ich glaube nicht, dass ich auf nüchternen Magen am frühen Morgen Blut sehen kann.«

»Nein, musst du nicht. Erledige du die Telefonate.« Ich ziehe die Tür hinter mir zu.

17

Ich gehe zu Fuß zum Friedhof. Mit dem Auto fahren will ich jetzt nicht. Mir gehen zu viele Gedanken durch den Kopf. Außerdem ist es ja auch nicht weit.

Was ist nur aus unserem friedlichen Dorf geworden? Mit der Kindsleiche hat alles angefangen. Dann ist dieser Dobermann aufgetaucht und seither läuft alles aus dem Ruder. Dabei steht noch nicht mal fest, ob das tote Neugeborene was mit ihm zu tun hat. Dass die Carmen schwanger ist oder war, hat mir nun ja auch ihre Mutter bestätigt. Ob sie schon entbunden hat, weiß niemand. Nur die Frau Hufnagel war fest davon überzeugt, dass die Carmen ihr das tote Kind in die Garage gelegt hat. Jemand anders kam für sie nicht in Frage. Und jetzt liegt sie tot auf dem Friedhof.

Ich sehe den Pfarrer schon, als ich durch das Tor gehe. Er hebt nur kurz den Arm. »Es ist einfach schrecklich«, empfängt er mich. Er sieht blass aus und wirkt ziemlich verstört. »Als Pfarrer hat man ja viel mit dem Tod zu tun. Die Menschen sterben nun mal. Der Tod gehört ja auch zum Leben. Aber dass ein Mensch auf so gewaltsame, grausame Art den Tod findet, das geht auch über meine Kräfte.«

Er führt mich zu einem Grab. Erst als ich davorstehe, sehe ich sie. Sie wurde mit einem Strick sitzend an den Grabstein gebunden. Der Strick ist nur sehr lose um ihren Körper und den Grabstein geschlungen, so, als hätte es der Mörder eilig gehabt. Angezogen ist sie wie immer. Mit einem dunklen Kleid mit grünen Karos drin, das ihr weit über die Knie reicht. Darüber trägt sie eine dunkelgraue Schürze. Die hellgraue Weste ist aufgeknöpft und hängt links und rechts an ihr herunter, als hätte man sie ihr erst nachträglich angezogen. Die Schürze ist mit Blut getränkt, und ich kann mehrere Einstiche erkennen. Auch an der Weste sind Blutflecken zu sehen. In ihrem weit geöffneten Mund steckt ein Papierknäuel, so groß wie ein Knödel.

Eine Weile stehen wir beide stumm an dem Grab. Dann räuspere ich mich und sage leise: »Sie haben doch nichts angerührt, Herr Pfarrer?«

»Nein, natürlich nicht. Ich habe sie ja auch nur durch Zufall entdeckt. Normalerweise führt mich mein Weg nicht frühmorgens schon zum Friedhof. Aber heute Nachmittag ist doch die Beerdigung von Manfred Weisel. Ich wollte nur mal nach der Grabstelle sehen, weil doch der Bollmann, der das Grab ausheben sollte, davon geredet hat, dass er krank wäre. Aber es ist alles in Ordnung. Auf dem Rückweg habe ich sie dann hier gesehen. Es ist ausgerechnet das Grab von der Martha Helfer, dessen Pflege doch die Frau Hufnagel freundlicherweise übernommen hat. Und jetzt ...«

»Das ist das Grab von Martha Helfer?«, unterbreche ich den Pfarrer, der fast ohne Punkt und Komma gesprochen hat.

»Ja.«

»Es gab da mal eine ziemlich feuchte Auseinandersetzung zwischen der Frau Hufnagel und dem Richard Mager. Der Herr Mager hatte sich am Grab von Martha Helfer zu schaffen gemacht und ...«

»Ich kenne die Geschichte. Die Frau Hufnagel hat sie mir erzählt. Auch von der Art, wie Sie den Streit geschlichtet haben, habe ich erfahren. Der Frau Hufnagel hat das nicht gefallen. Mir schon.« Er wirft einen kurzen Blick auf die Leiche. »Sie hat sich wirklich nicht beliebt gemacht. Aber wenn ich mal jemanden brauchte, der mir half, die Kirche zu schmücken, konnte ich immer mit ihr rechnen.«

»Kommen Sie, Herr Pfarrer, lassen Sie uns von hier weggehen. Nur ein paar Schritte.«

»Aber wir können sie doch nicht ...«

»Wir müssen sie so sitzen lassen, bis die Kollegen vom Erkennungsdienst kommen. Die Chancen, den Mörder schneller zu finden, erhöhen sich, wenn nichts am Tatort verändert wird.«

Ich ziehe den Pfarrer vor zum Weg. Von dort habe ich das Eingangstor im Blick. »Wie spät war es, als Sie die Leiche entdeckten?«, frage ich ihn.

»Ich habe nicht auf die Uhr gesehen. Aber ich habe Sie sofort angerufen.« Er zeigt mir sein Handy.

»Haben Sie noch ein wenig Zeit?«, erkundige ich mich. »Die Kollegen von der Kripo werden Ihre Aussage brauchen.«

»Ich kann jetzt ohnehin nichts tun«, sagt er ergeben.

Wir warten eine Weile stumm. Dann frage ich ihn, ob er was von Carmen gehört hat. Aber er kann mir nichts Neues sagen. Die Carmen habe sich nicht mehr bei der Barbara gemeldet. Ich berichte ihm von den zwei Besuchen Dobermanns bei Frau Langer.

»Warum hat sie nur damals nicht auf die Barbara gehört«, sagt der Pfarrer.

»Die Barbara hat die Carmen gewarnt?«, erkundige ich mich überrascht.

»Ja, die Barbara hat einen Blick für Männer von der Sorte Dobermanns.«

»Ah, ja.« Mehr sage ich dazu nicht. Ich nehme mir lediglich vor, mit der Barbara selber darüber zu sprechen. Eigentlich wundere ich mich doch sehr, dass sie mir nichts davon erzählt hat. Schließlich haben wir doch das eine oder andere Mal zusammen im Eckstübchen ein Bier getrunken. Aber die meiste Zeit habe ich da ihre teils versteckte, oftmals auch offene Kritik an der Kirche hören müssen. Nicht laut, nur so, dass ich es gehört habe. Andere sollten davon nichts mitbekommen.

18

Es dauert fast zwanzig Minuten, bis die ersten Kollegen eintreffen. Herbert Mack, Kriminalhauptkommissar, und Andreas Weller, Kriminaloberkommissar, sind von der Mordkommission aus Ulm geschickt worden. Sie sehen sich eine Weile um und der Weller macht sich ein paar Notizen.

»Kann der Pfarrer gehen?«, frage ich den Weller. »Ich habe seine Aussage.«

»Ja, ja. Wir werden aber zu gegebener Zeit noch ein paar Fragen an ihn haben.«

»Er wird euch jederzeit zur Verfügung stehen.« Ich gebe es an den Pfarrer weiter. Er bedankt sich und verlässt hastig den Friedhof. Dann wende ich mich an Mack.

»Was ist hier los?«, motzt mich der an, bevor ich etwas sagen kann. »Innerhalb von vierundzwanzig Stunden bürdest du uns zwei Leichen auf. Als ob wir nicht schon genug Arbeit hätten.«

»Ich kann mich nicht erinnern, euch gestern bei der Kindsleiche gesehen zu haben«, erwidere ich.

»Und deshalb wartest du jetzt mit einem Mord auf, damit wir kommen müssen.«

»Ja, so bin ich halt«, kontere ich. »Ich denke immer gern an meine lieben, arbeitslosen Kollegen in Ulm, die vor Langeweile fast umkommen.«

»Lieber vor Langeweile umkommen als in Arbeit ersticken«, sagt der Mack. Er deutet mit dem Kinn auf die Tote. »Was kannst du mir über die sagen?«

»Sie spricht nicht mehr mit mir«, erkläre ich ihm mit todernster Miene.

»Hör jetzt auf damit«, sagt er. »Witze machen wir am Biertisch. Jetzt ist Ernst angesagt.«

»Gut, dann im Ernst. Jeder im Dorf kannte sie, aber keiner mochte sie. Außer mir. Mir wird sie fehlen. Sie hat dafür gesorgt, dass keine Langeweile bei mir aufkam. Eine Anzeige pro Woche im Schnitt.«

»Also kommen mehrere als Täter in Frage«, konstatiert der Mack.

»Wenn du mich fragst, ich hab da schon einen in Verdacht.«

»Ich frage dich.«

»Es gibt da einen, mit dem hat sie gestern eine handfeste Auseinandersetzung gehabt, bei der sogar Blut geflossen ist. Nicht ihres, das des anderen.«

»Und wer ist das?«

»Du kennst ihn. Dobermann.«

»Dobermann? Fred Dobermann? Was hat der hier zu suchen?«

Ich berichte ihm alles, was im Zusammenhang mit Dobermann seit gestern passiert ist. Auch von dem Unfall heute Morgen. Und ich füge hinzu: »Wenn jetzt noch der Todeszeitpunkt mit dem des Unfalls heute früh um halb zwei in etwa übereinstimmt, dann könnt ihr ihn euch holen.«

»Den schnappen wir uns auch so. Er hat der Frau doch gedroht, hast du gesagt.«

»Hat er. In meinem Beisein.«

»Sehr gut. Den wollte ich mir schon lange mal vornehmen. Diesmal kommt er mir nicht mehr so schnell aus. Er oder sein Kumpan Schärf stehen nämlich im Verdacht, den Spielhallenbetreiber in Ehingen umgebracht zu haben.«

»Gut, sperr ihn weg, wenn du eine Möglichkeit siehst. Er verfolgt nämlich auch noch eine junge, schwangere Frau. Sie ist die Tochter der Frau, die der Dobermann in meinem Beisein bedroht hat. Und sie ist von Dobermann schwanger.«

»Ist das die, die bei ihm gewohnt hat?«

»Ja.«

»Schick sie mir rein«, sagt der Mack. »Eine Zeugin ist immer gut.«

»Wenn ich sie gefunden habe, bring ich sie dir persönlich vorbei«, sage ich.

»Was heißt da, wenn du sie gefunden hast?«, poltert der Mack.

Aber ich achte nicht weiter auf ihn. Es kommen jetzt doch schon die ersten Leute durch das Tor herein.

»Halt dir die Leute vom Leib …«

»Das ist deine Aufgabe«, sagt der Mack.

»Jetzt nicht mehr. Es ist euer Fall.«

»Moment mal«, sagt der Weller. »Wir müssen uns um die Tote kümmern. Sie halten uns die Leute vom Hals, damit wir ungestört arbeiten können.«

Zu dem Weller muss man wissen, dass der neu in Ulm ist. Erst vor einem Jahr ist Weller dazugekommen. Aber angekommen ist er noch nicht. Jedenfalls nicht bei mir. Ich habe zwar erst einmal mit ihm zu tun gehabt, aber das hat gereicht. Er gehört noch zu denen, die glauben: Ich bin Kripo, du bist vom Trachtenverein. Ansonsten komme ich mit denen von der Kripo sehr gut zurecht. Vielleicht lernt es der Weller auch noch.

»Hier könnt ihr im Moment gar nichts tun«, belehre ich ihn. »Ihr werdet warten müssen, bis der Großmann mit seiner Mannschaft da ist. Also habt ihr Zeit genug, die Leute, wenn sie denn kommen sollten, vom Tatort fernzuhalten. Aber ich nehme euch eine andere, sehr unangenehme Arbeit ab. Ich mache beim Ehemann der Toten einen Besuch und bringe ihm so schonend wie möglich bei, dass er jetzt Witwer ist.«

Ich lasse ihn stehen, gehe weg, ohne auf seinen Protest zu reagieren. Ich schiebe aber noch die paar Leute hinaus, die die Neugier auf den Friedhof getrieben hat. Bisher war die Hufnagel für die Verbreitung von Neuigkeiten im Dorf zuständig. Der Michel hat immer gesagt: Die Buschtrommeln funktionieren. Damit hat er die Hufnagel gemeint. Jetzt ist die Hufnagel aber tot und es sind trotzdem schon einige da. Es ist einfach etwas Dorftypisches und hat seinen eigenen Reiz. Ich habe jedenfalls auch schon manchmal davon profitiert. Im selben Moment fährt auch schon der Großmann vom Erkennungsdienst mit seiner Mannschaft auf den Parkplatz.

»Bleibt bitte draußen«, sage ich zu Helga Niesle, die in vorderster Front steht. »Lasst die Leute von der Polizei ihre Arbeit machen.«

»Was ist passiert?«, fragt die Niesle.

»Es hat eine Tote gegeben«, erkläre ich kurz. »Mehr kann ich noch nicht sagen. Also, bleibt draußen. Ihr erfahrt alles noch früh genug.«

»Aber auf dem Friedhof sind doch nur Tote«, mischt sich Biedermann ein, der neben ihr steht.

»Die Tote ist aber noch nicht begraben«, sage ich. »Also, bleibt draußen.«

Die Mannschaft von Großmann stürmt jetzt in ihren weißen Ganzkörperanzügen und Koffern herein. Ich deute auf Mack. »Er zeigt euch den Weg.«

Großmann bleibt neben mir stehen. »Wenn du noch eine Leiche bringst, bekommst du dieses Jahr kein Weihnachtsgeschenk.«

»Ach, habe ich schon mal eins bekommen?«

»Nein, aber dieses Jahr wärst du dran gewesen. Also, sieh zu, dass nichts mehr passiert.«

Er geht einfach weiter. Wir hatten erst zweimal miteinander zu tun. Ich fand ihn von Anfang an sympathisch. Er hat trotz seines nicht gerade alltäglichen Berufes als Pathologe eine gehörige Portion Humor. Ich mochte ihn gleich.

Ich mache, dass ich aus dem Friedhof rauskomme. Friedhöfe sind nicht gerade meine bevorzugten Aufenthaltsorte. Aus sicherer Entfernung werfe ich noch einen Blick zurück. Weller bleibt nichts anderes übrig, als die Neugierigen zurückzudrängen. Ich fürchte, ich habe mich erneut unbeliebt bei ihm gemacht.

19

Während ich mich zu Fuß auf den Weg zu Max Hufnagel mache, gehen mir einige Gedanken durch den Kopf. Eigentlich sind es in erster Linie Fragen. Fragen, auf die ich keine Antwort habe. Was, zum Teufel, hatte die Hufnagel am späten Abend noch auf dem Friedhof zu suchen? Die Gräber, die sie betreute, richtete sie doch meistens schon am Vormittag. Gut, gestern war ein warmer Tag. Da gießt man manche Pflanzen am Abend noch mal.

Aber vielleicht hatte sie ja auf dem Friedhof auch eine Verabredung? Einen Liebhaber hatte die Hufnagel bestimmt nicht, da bin ich mir ziemlich sicher. Und wie ist der Dobermann zum Friedhof gekommen? Hat er sie reingehen sehen? Wenn er es überhaupt war. Falls er der Fahrer des schwarzen BMWs war, der so fluchtartig das Dorf verlassen hat, dann ist das zumindest sehr wahrscheinlich. Es könnte allerdings auch sein, dass der Dobermann erfahren hatte, wo sich die Carmen aufhält, und es deshalb so eilig hatte.

Und warum hat der Mörder die Leiche gerade am Grabstein der Martha Helfer festgebunden? Wenn es der Dobermann war, könnte man davon ausgehen, dass er sie dort überrascht hat. Aber es könnte auch ganz anders gewesen sein. Der Richard Mager könnte sie dort gesehen haben. Sie sind wieder aneinandergeraten und der Richard hat …

Nein, eigentlich kann ich mir das nicht vorstellen. Der Richard Mager ist im Grunde ein friedliebender Mensch. Dem würde niemand einen Mord zutrauen. Schon gar nicht so einen brutalen, blutrünstigen Mord. Der Körper der Hufnagel weist mehrere Messerstiche auf, das war deutlich zu sehen. Aber wer kann schon in einen Menschen hineinsehen. Die Hufnagel hatte manchmal eine Art an sich, die Leute bis aufs Blut zu reizen. Da könnte auch der friedfertigste Mensch zum Mörder werden. Außerdem erinnere ich mich gehört zu haben, dass der Mager mal gesagt haben soll: »Jeder Mensch hat irgendwann in seinem Leben Mordgedanken.«

Hat das wirklich jeder Mensch einmal? Eigentlich muss ich es bejahen. Ich kann mich erinnern, damals Mordgedanken gehabt zu haben, als mich der HorstArsch bis aufs Blut reizte. Aber ich war noch ein Kind. Da spielt einem die Fantasie so manchen Streich. Und in diesem Zusammenhang dann die Frage aller Fragen. Warum taucht meine Mutter nach so vielen Jahren ausgerechnet jetzt auf, wo ich bis zum Hals in Arbeit stecke? Wo ich jetzt sogar mit einer Mordaufklärung zu tun habe? Gerade jetzt muss sie aufkreuzen. Zufall? Gibt es überhaupt Zufälle? Oder ist das Leben eines jeden Menschen vorbestimmt? Für Marina gibt es da keinerlei Zweifel. Sie ist sich als gläubiger Mensch sicher, dass alles vorbestimmt ist. Vermutlich auch die Tatsache, dass meine Mutter genau in dem Moment auftauchte, als ich endlich bereit war, mit ihr über sie zu reden. Das hat sie ja auch lautstark verkündet, nachdem meine Mutter sich zu erkennen gegeben hatte.

Ich stehe vor dem Haus der Hufnagels und gehe langsam auf die Haustür zu. An der Tür bleibe ich eine Weile stehen. Zum ersten Mal in meinem Leben muss ich einem Menschen mitteilen, dass sein Partner ermordet worden ist. Wie wird er reagieren? Wird er heulen? Nein, bestimmt nicht. Die beiden haben ja schon lange keine richtige Ehe mehr geführt.

Ich klingle und der Max öffnet mir fast sofort. »Und? Weißt du schon was?«, empfängt er mich.

»Können wir reingehen?«, frage ich.

Er tritt zur Seite und führt mich dann ins Wohnzimmer. Die Möbel sind schon ziemlich alt. Außer dem Fernseher gibt es kein einziges neues Möbelstück. Der Fernseher ist ein großer Flachbildschirm. Den hat der Max durchgesetzt. Seine Frau wäre auch noch mit dem alten zufrieden gewesen. Sie sah nicht so viel fern. Und Gelegenheit, gemeinsam vor dem Fernseher zu sitzen, gab es vermutlich auch nicht allzu oft. Wann auch? Die Frau Hufnagel war ja oft bis in die Nacht unterwegs.

»Sie ist also gestern Abend gegen achtzehn Uhr dreißig aus dem Haus gegangen«, beginne ich.

»Das habe ich dir ja schon gesagt«, erklärt er und setzt sich auf das abgenutzte Sofa.

»Und bei der Hanna ist sie nicht angekommen.«

»Die Hanna sagt nein.«

»Wann hast du bei der Hanna angerufen?«, Ich nehme ihm gegenüber in einem Sessel Platz.

»Einmal, bevor ich zum Friedhof gegangen bin, und dann noch mal, nachdem ich vom Friedhof zurück war.«

»Ist dir auf dem Friedhof irgendetwas aufgefallen?«

»Was soll mir aufgefallen sein?«

»Na, vielleicht hast du jemanden gesehen, bevor du in den Friedhof hineingegangen bist?«

»Nein, niemanden. Warum fragst du?«

»Nur so. Wo hast du auf dem Friedhof nach deiner Frau gesucht?«

»Überall. Ich war bei ein paar Gräbern, die sie betreut.«

»Weißt du, welche Gräber sie betreut?«

»Eeeeh, nein … Oder doch. Ein paar schon. Sieben oder acht kenne ich. Da war ich ja auch. Aber sie betreut mehr. Bestimmt doppelt so viele. Wir reden nie darüber, weil es mich nicht interessiert. Es reicht mir schon, wenn ich mir morgens beim Frühstück ihren Klatsch anhören muss. Wichtiges erzählt sie mir oft zwei- oder dreimal. Immer beim Frühstück. Wir reden immer nur beim Frühstück miteinander. Das heißt, sie redet, ich nicke oder brumme irgendwas. Am Gespräch beteilige ich mich selten. Wie auch. Wenn sie mal angefangen hat zu reden, lässt sie sich kaum unterbrechen.« Er macht eine Pause, sieht mich an. »Jetzt habe ich direkt ein schlechtes Gewissen. Mir ist erst heute Morgen aufgefallen, dass sie nicht da ist, weil das Frühstück noch nicht auf dem Tisch stand.«

»Das ist doch nicht weiter schlimm«, sage ich, einfach um ihn zu beruhigen. »Das geht vermutlich vielen Eheleuten so.«

»Ja, sicher. Aber es ist so … so …«

»Und dir ist auf dem Friedhof wirklich nichts Ungewöhnliches aufgefallen?«

»Nein, nichts. Ich war allein auf dem Friedhof, und weil es schon langsam dunkel wurde, hab ich mich beeilt, wieder wegzukommen.«

»Wann war das?«

»Mein Gott, das weiß ich nicht mehr so genau. Es waren nur ein paar Minuten, die ich auf dem Friedhof war. Also kurz nach halb neun etwa.«

»Und als du den Friedhof verlassen hast, hast du auch niemanden gesehen?«

»Nein … Eeeeh, oder doch. Den Richard Mager hab ich getroffen. Er kam gerade aus dem Haus vom Angerer. Du weißt ja, die beiden stecken doch immer zusammen.«

»Du hast gesehen, wie der Richard aus dem Haus vom Angerer kam?«, frage ich.

»Nein, er hat es mir nur gesagt.«

»Er hat dir nur gesagt, dass er beim Angerer war? Du hast also nicht gesehen, dass er aus dessen Haus kam?«

»Ja … äh, nein. Ich habe nicht gesehen, dass er aus dem Haus vom Angerer kam.« Er sieht mich etwas verwundert an. »Sag mal, was soll das? Warum stellst du mir solche Fragen? Solltest du eigentlich nicht nach meiner Frau suchen? Oder muss ich sie erst offiziell als vermisst melden?«

»Wir haben deine Frau auf dem Friedhof gefunden«, sage ich jetzt vorsichtig.

»Gefunden?« Sein Gesicht verändert sich. Er reißt die Augen weit auf. »Wie meinst du das … gefunden?«

»Sie ist tot«, sage ich. »Ermordet.«

Jetzt starrt er mich eine Weile nur an. Dann steht er auf, will weggehen, überlegt es sich und setzt sich wieder. »Die Luise ermordet, sagst du?« Er schüttelt den Kopf. »Ermordet? Wirklich ermordet?«

»Es gibt keinen Zweifel.«

»Aber … aber wer tut so was?«

»Das wissen wir nicht«, erkläre ich ruhig. »Der Pfarrer hat sie heute Morgen tot auf dem Friedhof entdeckt.«

»Der Pfarrer? Mein Gott, ausgerechnet der Pfarrer. Wie … Wie ist es denn …« Er bricht ab.

»Sie ist erstochen worden.«

»Es ist nicht meine Schuld«, beteuert er plötzlich. »Das musst du mir glauben!«

»Wie meinst du das?«, frage ich etwas irritiert.

»Unsere Ehe war nicht mehr besonders gut«, berichtet er. »Das … das hab ich dir ja schon mal erzählt. Aber es war nicht meine Schuld. Sie hat sich zurückgezogen, nachdem feststand, dass sie keine Kinder bekommen kann. Es ist nicht meine Schuld. Ich meine, wenn unsere Ehe noch intakt gewesen wäre, dann hätte sie auf mich gehört. Bestimmt hätte sie dann auf mich gehört und wäre gestern Abend nicht mehr aus dem Haus gegangen, nachdem das mit diesem Dingsda … Dobermann passiert ist. Warum hat sie nur nicht auf mich gehört? Sie hat mir erzählt, dass der Mann ihr gedroht hat, dass sie das büßen müsse, was sie ihm angetan hat …«

»Ich weiß, ich war ja dabei, und ich habe ihr auch geraten, zu Hause zu bleiben.«

»Ja, das hat sie gesagt. Und dann hat sie geschimpft, sie würde sich von niemandem etwas verbieten lassen … Von niemandem …« Er bricht erneut ab und verdeckt sein Gesicht mit beiden Händen.

Ich warte eine Weile. Dann sage ich: »Dieser Dobermann hat auch die Frau Langer bedroht.«

Er nimmt die Hände vom Gesicht. Tränen sehe ich keine in seinen Augen. »Ja, ich habe davon gehört«, sagt er.

»Von wem?«

»Von ihr, der Luise. Die Leute haben im Dorf darüber geredet. Und wenn die Leute reden, dann weiß es auch die Luise. Und spätestens wenn es die Luise weiß, dann wissen es auch bald alle Leute im Dorf. Das ist halt so.«

»Ja, so war sie«, sage ich.

»Kann ich sie sehen?«

»Davon würde ich dir eher abraten. Es ist kein schöner Anblick.«

Er nickt nur, sackt ein wenig in sich zusammen.

»Kann ich was für dich tun?«, erkundige ich mich.

Er schüttelt den Kopf. »Die Leute ... Sie werden reden und so ...«

»Es weiß noch niemand. Zwar sind die von der Kripo Ulm schon am Fundort, und die von der Spurensicherung auch. Aber sie werden niemanden so nahe herankommen lassen, dass man sehen kann, wer dort liegt. Und bis sie dann erfahren, wer die Tote ist, ist der Leichnam schon in Ulm. Sie wird dort obduziert.«

Er hebt den Kopf. »Muss das sein?«

»Bei Mord immer.«

»Sie würde das nicht wollen.«

»Darauf werden die in der Pathologie keine Rücksicht nehmen. Wir wollen doch den Mörder finden. Und die Leiche gibt oft Hinweise. Du weißt ja, heutzutage ist das mit den DNA-Nachweisen sehr leicht.«

»Ja, ja, schon klar.« Dann setzt er hinzu: »Du sagst, sie ist erstochen worden?«

»Ja. Es waren mehrere Einstiche. Der Mörder muss sie sehr gehasst haben.«

»Also doch dieser Dobermann?«

»Der Verdacht liegt nahe. Wenn die Leute vom Erkennungsdienst alle Spuren gesichert haben, werden wir nach ihm fahnden lassen.«

»Und wo genau ... hat man sie gefunden?«

»Sie war an den Grabstein der Martha Helfer gebunden.«

»Der Martha Helfer?«, fragt er fassungslos. »Sie war wirklich an Martha Helfers Grabstein gebunden?«

»Ich habe mich erst auch ein wenig gewundert. Aber es wird halt so gewesen sein, dass der Mörder sie an Martha Helfers Grab überrascht hat. Sie hat ja das Grab der Martha Helfer betreut, wie ich weiß.«

»Aber ich war auch an dem Grab. Das ist eines der Gräber, von dem ich wusste, dass sie es betreut. Sie war nicht dort. Und das Grab war tadellos gerichtet.«

»Vielleicht ist sie später doch noch mal auf den Friedhof gegangen, weil sie was vergessen hat.«

»Ja«, sagt der Max. »Du hast vermutlich recht. So muss es wohl gewesen sein.«

Da ist noch was. Ich sehe dem Max an, dass er noch was sagen will, sich aber nicht traut. »Spuck's aus, Max. Das ist doch noch nicht alles. Du willst doch noch was sagen. Was weißt du? Es geht darum, den Mörder deiner Frau zu finden. Da ist jede Kleinigkeit von Bedeutung.«

»Na ja«, druckst Max herum. »Ich will niemandem wehtun. Vermutlich ist ja auch nichts dran.«

»Hast du irgendwas gesehen?«

»Ja, auch ...«

»Nun sag's schon.«

Er kämpft eine Weile mit sich. »Wusstest du, dass der Richard Mager und die Martha Helfer zu deren Lebzeiten ein Verhältnis hatten?«

»Nein, das wusste ich nicht. Aber woher auch? Das war noch vor meiner Zeit. Ich bin ja erst seit fünf Jahren hier und die Martha hatte den Unfall schon vor sechs Jahren ...«

»Stimmt, das ist schon lange her. Ach, vergiss es einfach. Das ist Quatsch.«

»Ich werd mich mal mit dem Richard unterhalten. Das wollte ich sowieso. Aber unser Hauptverdächtiger ist und bleibt der Dobermann.«

»Ich hoffe, ihr erwischt ihn.«

»Das werden wir, verlass dich drauf.« Ich erhebe mich.

»Du wunderst dich vielleicht, weil ich nicht zusammenbreche und heule und jammere ...«

»Nein, ich wundere mich nicht«, sage ich. »Ich weiß ja von dir, dass ihr eigentlich gar keine richtige Ehe mehr geführt habt.«

»Stimmt. Es war nur noch so eine Art Wohngemeinschaft. Jeder hatte seinen Teil beizutragen. Sie war für den Haushalt zuständig. Kochen, waschen, Betten machen und das Haus sauber halten. Und Einkaufen. Einkaufen war ihre Lieblingsbeschäftigung. Das ging nie unter zwei Stunden ab, auch wenn sie nur hundert Gramm Wurst kaufte. Sex hatten wir zuletzt vor achtundzwanzig Jahren … Damals, als feststand, dass sie unfähig war, ein Kind zu bekommen, wollte sie nicht mal mehr berührt werden. Mit meinem Vorschlag, ein Kind zu adoptieren, kam ich zu spät. Ich habe zu lange gewartet. Für das Jugendamt war ich mit einundvierzig Jahren dann schon zu alt. Als Pflegeeltern wären wir in Frage gekommen. Aber das wollte sie nicht. Sie wollte keine Kinder aufziehen, die sie später wieder zurückgeben muss.«

Ich setze mich wieder und lasse ihn einfach reden. Es tut ihm ganz offensichtlich gut.

»Es war nie ganz einfach, mit ihr so zu leben. Aber man hat sich arrangiert. Wenn ich mal mit einer Frau …« Er schwieg einen Moment und malte mit dem Finger Kreise auf die Tischplatte. »Ich bin dann einfach nach Ulm gefahren. Da gibt es genug Frauen, die Sex anbieten. Wenn mir ihre nicht gerade großartigen Kochkünste auf den Geist gingen, habe ich im ›Grünen Baum‹ das gegessen, was sie hasste: Fisch. Und wenn ich zurück war, habe ich ihr haargenau berichtet, was ich gegessen habe, und sie hat mich dann immer verächtlich einen elenden Verschwender genannt … Trotzdem, sie wird mir fehlen …« Er bricht ab, blickt zur Seite.

Der Max ist schon ein komischer Kerl. Ich kenne keinen Mann, der es so lange neben einer Frau ausgehalten hätte, wie die Luise Hufnagel eine war. Und ich kenne auch keinen Mann im Dorf, der nicht mal gesagt hätte: »Dass der Max das aushält, neben einem Weib, das nur Klatsch verbreitet.« Keiner mochte sie, nicht mal der Pfarrer, obwohl der sich doch sehr viel Mühe gab. Aber der Max sagt: »Sie wird mir fehlen.« Vermutlich wird sie ihm tatsächlich fehlen. Im Haus. Es wird niemand da sein, der ihm den Haushalt macht. Aber wer weiß das schon. Vielleicht schafft der Max das auch alleine. »Kann ich dich allein lassen?«, frage ich.

»Ja, ja, geh nur. Du hast sicher noch eine Menge zu tun. Sind die von der Kripo noch auf dem Friedhof?«

»Ich denke schon. Das geht nicht so schnell. Die vom Erkennungsdienst machen ihre Arbeit gut. Die untersuchen jeden Zentimeter am Grabstein, drehen jeden Stein um, nehmen den Strick unter die Lupe ...«

»Was für einen Strick?«, fragt er erschrocken.

»Na, sie war doch am Grabstein festgebunden. Ich habe es dir doch gesagt.«

»Ach ja, stimmt. Hast du gesagt. Es ist gut, wenn die Leute von der Kripo gründlich suchen. Sie war doch angezogen?«

»Ja. Sie hatte das Übliche an. Das Kleid, die Schürze und die Weste.«

»Auch wenn ich nicht gerade der trauernde Witwer bin, den man sich in so einem Fall vorstellt, so möchte ich doch ...«

»Du musst dich nicht entschuldigen«, sage ich. »Es ist schon okay. Soll ich die Frau Ludwig bitten, dass sie ab und zu nach dir sieht?«

»Die Frau Ludwig? Ach, du meinst, ich könnte mir was antun? Da kann ich dich beruhigen ...«

»Nein, das glaube ich nicht. Aber oft ist es so, dass einem die Tragweite des Geschehenen erst bewusst wird, wenn man alleine ist. Dann fällt einem die Decke auf den Kopf oder man fällt in ein tiefes Loch. Und da ist es dann gut, wenn jemand da ist, der einen herauszieht.«

»Ist gut«, sagt er müde. »Sag ihr Bescheid, wenn dir dann wohler ist.«

»Mir ist dabei wohler«, antworte ich. »Ich halte dich auf dem Laufenden.«

Mit einem letzten Blick auf ihn verlasse ich sein Haus und gehe eines weiter.

20

Die Frau Ludwig hat offensichtlich schon geahnt, dass irgendwas los ist, als ich vor ihrer Tür ankomme. Noch bevor ich auf den Klingelknopf drücken kann, reißt sie die Tür auf. Sie ist mit einem bequemen Hausanzug bekleidet. Und diesmal sogar geschminkt und frisiert. So sieht sie hübscher aus.

»Es ist was passiert, stimmt's?«, überfällt sie mich sofort.

»Guten Morgen erst mal«, sage ich.

»Oh ja, entschuldigen Sie. Guten Morgen. Aber ich bin ja so gespannt. Sie schon so früh am Morgen bei den Hufnagels, und die Alte ist nicht da. Ich wette, Sie haben die Täterin gefunden, die das tote Kind in der Garage abgelegt hat, und die Hufnagel ist unterwegs, um die Neuigkeit zu verkünden.«

»Wette verloren«, sage ich.

»Oh, dann ist also was anderes passiert. Sie kommen doch nicht so früh am Morgen zu den Hufnagels, wenn es nicht was Wichtiges gibt.«

Da ist nichts zu machen. Sie wird keine Ruhe geben. Ich berichte ihr kurz, was mit der Hufnagel passiert ist. Dann ist sie aber doch sehr erschrocken.

»Ermordet, sagen Sie?«

»Ja.«

»Wie ist das denn passiert?«

»Das wissen wir noch nicht. Die Kripo ist gerade am Tatort, wenn es denn der Tatort ist.«

»Wo hat man sie denn gefunden?«

»Auf dem Friedhof.«

»Ach du lieber Himmel, auch noch auf dem Friedhof. Dann hat mein Mann ja Recht behalten. Er hat mal gesagt, wenn die mal stirbt, dann auf dem Friedhof.«

»Ihr Mann hat ja auch schon mal Probleme mit der Frau Hufnagel gehabt.«

»Wer hatte das nicht? Sie war ein altes Klatschmaul.« Sie hält sich erschrocken die Hand vor den Mund. »Oh, entschuldigen Sie. Über Tote soll man ja nichts Schlechtes sagen.«

»Die Wahrheit darf man sagen«, beruhige ich sie.

»Jetzt wird man wahrscheinlich alle Leute, die mit der Hufnagel aneinandergeraten sind, nach ihrem Alibi befragen. Sehe ich das richtig?«

»Wenn wir mit dem Hauptverdächtigen nicht weiterkommen, wird das sicher der nächste Schritt sein. Ist Ihr Mann zu Hause?«

»Nein, er ist heute schon sehr früh losgefahren. Er hat um zehn Uhr einen Termin in Koblenz.«

»Wann ist er denn losgefahren?«

»Um vier Uhr.«

»Um vier Uhr?«

»Macht ihn das verdächtig?«, erkundigt sie sich leicht besorgt.

»Nein, nein, nicht mehr als andere. Gestern Abend war er nicht zufällig noch aus dem Haus?«, erkundige ich mich noch beiläufig.

»Er hatte noch einen Termin in Ehingen. Aber um neun war er zu Hause. Er musste schließlich um drei Uhr morgens aufstehen.«

»Ist es richtig, dass Ihr Mann zu Frau Hufnagel gesagt hat, wenn sie ihr Schandmaul nicht hält, dann würde er es ihr stopfen?«

»Natürlich hat er das gesagt. Der Herr Hufnagel stand dabei und hat nur gegrinst.«

Ihr schwangerer Zustand hält mich davor zurück, ihr zu sagen, dass man der Toten noch das »Schandmaul gestopft« hat. Und das im wahrsten Sinne des Wortes. Ich gehe zwei Schritte weg und drehe mich noch mal um. »Ach ja, was ich noch sagen wollte: Wäre es Ihnen möglich, ab und zu nach dem Herrn Hufnagel zu sehen? Er hat die Nachricht vom Tod seiner Frau recht gefasst aufgenommen. Aber man weiß nie. Oft stellt sich der Schmerz über den Verlust erst mit Verspätung ein. Wenn Sie also …«

»Das ist doch gar keine Frage«, sagt sie. »Selbstverständlich mache ich das.«

»Gut. Ich danke Ihnen.« Ich gehe hastig weg, winke noch kurz dem Brenner Michel zu, der schon am frühen Morgen rauchend im Fenster hängt, grüße ihn mit »Hallo, Herr Doktor!« und hastete schnellen Schrittes wieder zum Friedhof.

Eine Menge Leute stehen inzwischen vor dem Friedhofstor. Der Wagen eines Ehinger Bestattungsunternehmers steht auch schon bereit. Der Leisle Bernd, Leiter vom Bauhof und Mitglied im Gemeinderat, steht am Tor und redet gestikulierend mit den Leuten. Ich kämpfe mich durch die Menge und stelle mich vornan.

»Herrgott noch mal, jetzt seid doch vernünftig!«, schreit der Bernd. »Lasst doch erst die Polizei ihre Arbeit machen.«

Der Bernd hat mich noch nicht bemerkt. Ich zupfe kurz an seinem Ärmel. Er will erst ärgerlich darauf reagieren, reißt sich aber zusammen, als er mich erkennt. »Wird aber auch höchste Zeit, dass du endlich auftauchst«, tadelt er mich. »Ich bin bloß eingesprungen …«

»Das hast du doch gut gemacht«, lobe ich und frage: »Sind die von der Kripo noch drin?«

»Ja. Und die vier weiß gekleideten Kapuzenmänner auch.«

»Würdest du mich dann mal reinlassen?«

Er öffnet mir das Tor. Mit mir drängen sich gleich noch ein paar andere mit rein. Leisle und ich schieben sie wieder hinaus. »Seid doch vernünftig«, sage ich. »Lasst den Erkennungsdienst seine Arbeit machen. Sobald alle Spuren gesichert sind, könnt ihr rein.«

»Aber dann ist die Alte doch schon eingepackt!«, schreit einer von ganz hinten.

»Das ist auch gut so!«, schreie ich zurück. »Es ist wirklich kein schöner Anblick!«

»Das hätte ich schon ausgehalten. Die war auch zu Lebzeiten kein schöner Anblick.«

»He, he!«, höre ich eine tadelnde Frauenstimme. »So redet man nicht über eine Tote.«

»Über die rede ich, wie ich will.«

»Hältst du die Stellung?«, frage ich den Bernd. »Ich muss nur kurz mit den Kripoleuten reden.«

»He, was soll das?«

Ich gebe darauf keine Antwort, gehe rasch zum Grab der Helfer. Die sterblichen Überreste der Hufnagel sind inzwischen schon in einen Leichensack verpackt worden. Der Fotograf ist nicht mehr da. Mack auch nicht. Dafür fallen die zwei schwarz gekleideten Männer vom Bestattungsinstitut zwischen den weißen Kapuzenmännern richtig auf. Sie stehen neben einem schwarzen Sarg und warten darauf, mit der Leiche nach Ulm zu fahren.

Ich wende mich an den Weller. »Wo ist der Mack?«

»Auf dem Weg nach Ulm. Wenn es um den Dobermann geht, ist er nicht zu halten. Den will sich der Mack selber schnappen. Wie ich mitgekriegt habe, ist da offensichtlich noch eine alte Rechnung offen.«

Ich seufze nur und wende mich an den Großmann. »Wie weit seid ihr?«

»Wir suchen gerade noch nach Spuren am Grabstein. Aber da scheint nichts Brauchbares dabei zu sein.«

»Der Leichenwagen steht schon bereit. Kommt der Leichnam in die Pathologie?«

»Köberle, es ist einfach eine wahre Freude, mit dir zu arbeiten. Du bist ein Ausbund an Intelligenz.«

»Ja, ja, frotzle nur. Aber ich weiß ja, wer den Ärger hat, kann mit dem Spott der Kollegen rechnen.«

»Ärgere dich nicht über zu viel Arbeit. Jetzt kann nämlich keiner mehr zu dir sagen, dass du hier eine ruhige Kugel schiebst. Außerdem hast du jetzt ja professionelle Hilfe von der Mordkommission bekommen. Der Mack ist ja ganz scharf darauf, den Dobermann endlich in die Finger zu kriegen.«

»Ich glaub nur nicht, dass er ihn in Ulm erwischt. Der ist mit Sicherheit irgendwo untergekrochen.«

Er sieht mich fragend an. »Weißt du vielleicht mehr?«

»Nein. Aber ich bin mir sicher, dass er früher oder später wieder hier im Dorf auftauchen wird.«

»Ich bin dabei zu checken, ob er der Vater der Kindsleiche sein könnte, die wir gestern untersucht haben. Die Untersuchung ist noch nicht abgeschlossen. Aber wir haben auf jeden Fall die DNA von Dobermann.«

»Oh, gute Idee«, lobe ich diesmal frotzelnd. »Da wäre ich niemals draufgekommen.«

»Tja, wir sind eben auch nicht von gestern«, grinst der Großmann.

»Wie viele Stiche waren es eigentlich?«

»Zehn oder zwölf bestimmt. Genaue Zahl kann ich dir sagen, wenn ich sie auf meinem Tisch gehabt habe.«

»Gut, vergiss nicht, es mir zu sagen. Wann, glaubst du, ist der Tod eingetreten?«

»Ich würde sagen, zwischen einundzwanzig und dreiundzwanzig Uhr gestern Abend. Die Leichenstarre hat jedenfalls schon komplett eingesetzt. Etwa drei bis vier Stunden nach dem Tod erstarren auch die Gelenke. Also Knie- und Hüftgelenke.«

»Könnte der Tod auch vor einundzwanzig Uhr eingetreten sein?«

»Genaueres kann ich dir sagen …«

»… wenn du sie auf deinem Tisch gehabt hast«, falle ich ihm ins Wort.

»Ich sag's ja, schlaues Kerlchen, unser Hanno.«

»Und die Tatwaffe?«

»Gefunden haben wir keine. Aber den Stichwunden nach zu urteilen, kann es sich nur um ein Messer mit schmaler, langer Klinge gehandelt haben. Ich tippe mal auf Stilett.«

»Würde doch zu Dobermann als Täter passen. Auch, dass er nachts gegen halb zwei fluchtartig aus dem Dorf gerast ist und einen knappen Kilometer außerhalb vom Dorf einen Unfall verursacht hat.«

»Dann muss er aber noch was anderes vorgehabt haben«, sagt der Großmann. »Die Frau ist keinesfalls nach dreiundzwanzig Uhr ermordet worden. Um sie auf das Grab zu hieven und an den Stein zu binden, hat er nicht länger als eine Viertelstunde gebraucht. Übrigens, der Fundort ist nicht der Tatort.«

»Nicht?«

»Auf keinen Fall. Sonst hätten wir Spuren finden müssen. Vor allem Blutspuren. Weder um das Grab noch in der näheren oder auch weiteren Umgebung. Nichts. Ich nehme an, die Frau wurde irgendwo anders getötet, dann in eine Decke oder Folie gewickelt und hierhergebracht. Sie muss übrigens in dieser Folie an den Stein gebunden worden sein. Später muss sie jemand weggenommen haben. Deshalb hing der Strick auch nur noch lose um ihren Körper.«

»Das ist sicher?«, erkundige ich mich.

»Ziemlich sicher. Genaueres später.«

»Wenn sie noch in eine Decke eingewickelt war, dann bleibt doch der Körper auch nach dem Tod länger warm …«

»Stimmt. Trotzdem glaube ich nicht, dass der Tod vor einundzwanzig Uhr eingetreten ist. Sonst hätte der Mörder sie wegen der Leichenstarre nicht an den Grabstein binden können. Bring mir die Decke oder die Folie, in die sie eingewickelt war, dann kann ich die Todeszeit noch genauer ausrechnen.«

»Aber wenn sich das so abgespielt hat, macht das doch den Dobermann erst recht verdächtig.«

»Der Mack ist ja schon unterwegs.«

»Warten wir's ab. Was ist jetzt? Seid ihr fertig?«

»Sind wir fertig?«, erkundigt sich Großmann bei Meringer, der sich mit dem Grabstein beschäftigt hat.

»Alles klar«, sagt Meringer. »Der Grabstein gibt nicht viel her. Wir können.«

Ich drehe mich um und mache mich auf den Weg zu meinem Dienstzimmer.

21

Ich gehe nicht sehr schnell. Wenn ich nachdenke, kann ich nicht rennen. Und im Moment ist nachdenken angesagt. Angenommen, der Dobermann hat tatsächlich die Hufnagel umgebracht. Und davon muss ich erst mal ausgehen. Wie hat er es dann gemacht? Der Fundort der Leiche ist nicht der Tatort, das steht laut Großmann fest. Das muss aber nicht heißen, dass die Tat nicht doch auf dem Friedhof stattgefunden hat. Sie könnte an einem weiter entfernten Grab gestanden haben, als Dobermann sie überraschte.

Aber warum hat er sie dann ausgerechnet an den Grabstein von Martha Helfer gebunden? Reiner Zufall? Ich glaube nicht an Zufälle. Gott auch nicht, hat Pfarrer Gottwald einmal zu mir gesagt. Also muss es einen anderen Grund geben. Er könnte sie beobachtet haben, wie sie sich am Grab der Martha Helfer zu schaffen machte. Doch das Risiko, sie dort zu überfallen, war zu groß. Das Grab ist von mehreren Seiten her zu sehen. Also hat er gewartet. Sie muss dann aber an eine Stelle gegangen sein, die nur sehr wenig oder gar nicht einsehbar ist. Dort muss er sie erst niedergeschlagen …

Ich bleibe stehen. Natürlich, so muss es gewesen sein. Er hat sie erst niedergeschlagen. Dann hat er sie in seinen Wagen geschleppt, hat sie in eine Decke oder Folie eingewickelt und zwischen einundzwanzig und dreiundzwanzig Uhr umgebracht. In den Friedhof hat er sie dann erst viel später gebracht. So um Mitternacht oder ein Uhr.

Ich gehe weiter. Mir fällt der Feldweg ein, der an der Außenmauer des Friedhofs vorbeiführt. Dobermann könnte das kurze Stück von der Straße bis zur Mauer rückwärts gefahren sein. Er legt die Leiche, die er immer noch in die Decke oder Folie eingewickelt hat, auf die Mauer und klettert drüber. Dann schleppt er die Leiche zum Grabstein der Helfer und bindet sie daran fest, weil er sie am Abend dort gesehen hat. Für einen kräftigen Kerl wie Fred Dobermann wäre es sicher kein Problem gewesen, die kleine, magere Luise Hufnagel auf die Mauer zu hieven. Und von dort waren es nur noch wenige Meter bis zu dem Grabstein der Helfer.

War es so? Könnte es so gewesen sein?

Nein, nein, alles Quatsch. Das wäre doch viel zu aufwendig, viel zu umständlich und vor allem risikoreich gewesen. Es muss anders gelaufen sein.

Vermutlich hat er vorher schon ihr Haus beobachtet. Nach der Keilerei im Pfarrgarten, wo er sich eine blutige Nase geholt hat, ist seine Wut groß auf sie. Er will sich an ihr rächen. Als sie zum Friedhof geht, folgt er ihr. Um diese Zeit ist es noch nicht dunkel. Er muss warten, bis sie an ein Grab geht, das weiter hinten liegt. Ein Grab, das nicht von allen Seiten einsehbar ist. Dann schleicht er sich an, schlägt sie nieder, fesselt sie, steckt ihr einen Knebel in den Mund, legt sie an einer Stelle ab, an die vermutlich um diese Zeit keiner mehr kommt. Zur Sicherheit deckt er sie mit einer Plane zu.

So könnte es gelaufen sein. Man müsste wissen, wie lange die Hufnagel auf dem Friedhof war. Sie ist gegen sieben weggegangen, hat der Max gesagt. Wie viele Gräber hatte sie dort eigentlich zu betreuen? Ich habe keine Ahnung.

Ich nehme mir vor, nachher noch bei der Hanna Hader vorbeizugehen. Sie müsste eigentlich alles über die Hufnagel wissen.

Marina ist nicht im Büro. Aber auf meinem Schreibtisch steht ein Teller mit Wurst und Käse, abgedeckt mit einer Klarsichtfolie. Auf einem zweiten Teller liegen zwei frische Brötchen und daneben ein Messer. Und in einer Thermoskanne ist noch frischer, heißer Kaffee.

Bis zu diesem Moment habe ich nicht einmal daran gedacht, dass ich noch gar nicht gefrühstückt habe. Der Anblick der Toten war auch nicht dazu angetan, ans Essen zu denken. Doch jetzt macht sich mein Hunger so richtig bemerkbar.

Während ich mich mit Heißhunger über das Frühstück hermache, fällt mir auf, dass es doch schon sehr lange her ist, dass mir jemand das Frühstück so appetitlich auf den Tisch gestellt hat. Außer ich habe ausnahmsweise mal bei der Oma gefrühstückt. Aber das kommt eher selten vor. Meistens bin ich nur zum Mittagessen bei ihr.

Ich überlege mir gerade, ob ich der Marina heute noch einen Heiratsantrag machen soll. Das plötzliche Auftauchen meiner Mutter hat eine Blockade in mir gelöst. Ich konnte auf einmal ganz frei und ohne Hemmungen mit Marina über meine Mutter reden. Aber ist das der richtige Tag, um einen Heiratsantrag zu machen? Der Tag hat nicht gut angefangen. Erst der Unfall von Franz Käfer am frühen Morgen und dann noch die ermordete Hufnagel auf dem Friedhof.

Ich beschließe, alles erst mal auf mich zukommen zu lassen. Wenn der richtige Moment da ist, werde ich es wissen. Obwohl ich eine Scheidung hinter mir habe und als Polizist in so manche Ehestreitigkeit hineingezogen werde, bin ich trotzdem nicht abgestumpft. Ich bin, wenn auch vielleicht mit etwas mehr Realitätssinn, ein Romantiker geblieben. Bei all dem Stress, der sicher in den nächsten Tagen oder auch Wochen auf uns zukommen wird, gibt es etwas, auf das ich mich freue.

Ich beiße gerade in mein zweites belegtes Brötchen, als das Telefon klingelt. Ich nehme ab und melde mich, mit vollem Mund etwas undeutlich. »Köberle.«

»Erreiche ich dich endlich«, legt Marina sofort los. »Wenn du schon ein Handy mit dir herumträgst, solltest du es auch einschalten.«

»Hab ich total vergessen«, sage ich. »Der Stress am frühen Morgen und das ohne Frühstück, das geht auch an einem abgebrühten Polizisten nicht spurlos vorüber.«

»Aha, du gibst also zu, dass du abgebrüht bist.«

»Das hilft einem an so einem Tag ja auch. Aber wenn ich dann mal, zwischen Autounfall und brutalem Mord, ein paar Minuten Zeit habe, denke ich immer nur an dich.«

»Gut«, lacht Marina. »Dann sei dir verziehen. Trotzdem solltest du dein Handy einschalten.«

»Später. Im Moment verschlinge ich gerade mein Frühstück, das du mir so schön hergerichtet hast. Könntest du das jetzt öfter machen?« Ich beiße wieder in mein Brötchen.

»Darüber reden wir später. Ich habe, einer Eingebung folgend, noch mal die Kontoauszüge durchgesehen. Es ist, wie ich es fast schon vermutet hatte: Deine Mutter hat uns nach meinen Recherchen angelogen.«

»Das überrascht mich keineswegs. Und ich bin auch nicht geschockt.«

»Ich schon ein wenig. Ich habe eigentlich angenommen, dass sie es ehrlich meinte, als sie sagte, sie möchte dir zu einem Erfolg verhelfen, um etwas gutzumachen.«

»Das will sie vielleicht tatsächlich, aber nicht ohne Hintergedanken. Was hast du rausgefunden?«

»Es gibt auf den Kontoauszügen keine Einzahlung von fünfzigtausend Euro unter ihrem Namen.«

»Hast du sie schon danach gefragt?«

»Nein. Sie ist nach Ulm gefahren und will gegen Abend wieder zurück sein.«

»Ich wette, wenn du sie darauf ansprichst, wird sie sagen, sie hat es dem HorstArsch bar gegeben. Das nennt man neuerdings die ›Wulff'sche Verschleierungstaktik‹.«

»Ich könnte mir vorstellen, dass du Recht hast.«

»Hat sie gesagt, was sie in Ulm will?«

»Das Dreckstück beobachten.«

»Hat sie das so gesagt?«

»Natürlich.«

»Damit meinte sie die reiche Witwe?«

»Die meinte sie. Aber ich habe noch mehr festgestellt. Es gibt auch Auszahlungen an Leute, von denen keine Einzahlungen zu finden waren.«

»Und was folgerst du daraus?«

»Dass es Kunden gab, die ihm das Geld bar anvertraut haben. Also Schwarzgeld.«

»Das hast du eindeutig aus den Kontoauszügen herausgelesen?«, frage ich.

»Eindeutig. Ich habe auch nachgerechnet. Wenn man von einem Zinssatz von fünfzehn Prozent ausgeht, dann hat er inzwischen mehr als zwei Millionen gebunkert.«

»Die Leute müssen ja großes Vertrauen zu ihm gehabt haben.«

»Bei den Zinsen, die er bezahlt hat, wundert mich das nicht. Das spricht sich rum.«

»Jetzt wird die Sache richtig interessant. Falls wir dazu kommen, fahren wir heute noch auf die Alb rauf. Wir könnten dem Lauterdörfle einen Besuch abstatten.«

»Wie willst du in das Haus kommen?«

»Ich habe da so meine Methode.«

»He, du wirst doch nicht einbrechen wollen?«

»Na, na, na, was denkst du denn von mir? Es gibt bessere Methoden. Wo bist du jetzt?«

»Noch bei Oma Dodel.«

»Frag die Oma, ob sie weitere Freundinnen von der Carmen kennt. Schulkameradinnen oder so was. Vielleicht ist sie bei einer ehemaligen Schulfreundin untergekommen, von der der Dobermann nichts weiß. Sollte die Oma keine Idee haben, könntest du es dann mal bei der Langer versuchen? Ich habe noch immer den Eindruck, sie hat mir nicht die ganze Wahrheit gesagt. Vielleicht kriegst du mehr aus ihr raus. Du kannst das sehr gut. Ich muss noch mal beim Pfarrer reinschauen. Der war ganz schön fertig, nachdem er die blutüberströmte Leiche der Hufnagel auf dem Friedhof gefunden hat. Außerdem will ich bei der Barbara noch mal nachhaken. Möglich, dass sie auch mehr weiß, als sie uns sagt. Wir müssen endlich rauskriegen, ob die Carmen schon entbunden hat.«

»Okay, ich frag mal die Oma und lauf dann zur Langer raus. Und du vergiss nicht, dein Handy einzuschalten. Ich möchte nicht …«

»Es wird eingeschaltet«, sage ich.

»Mach es gleich.«

»Ja.«

Sie legt auf, ich auch. Ich esse noch vollends mein Brötchen auf, trinke eine Tasse Kaffee und mache mich auf den Weg zum Pfarrhaus. Diesmal vergesse ich auch nicht, mein Handy einzuschalten.

22

Barbara sitzt am Schreibtisch und tippt etwas in einen Laptop. Neben ihr sitzt die kleine Doris Goggel. Sie hat ein Blatt Papier in der Hand.

»Hallo, Barbara. Wie ich sehe, geht es dir wieder besser.«

»Ja, viel besser.« Sie wendet sich an das Mädchen. »Geh schon mal rüber zu den anderen. Ich komme gleich nach.«

Doris zeigt mir ihre Zeichnung. »Das hab ich gemalt.«

»Ah ja, schön«, sage ich. »Und wer ist das?«

»Das ist der liebe Gott.«

»Aber niemand weiß, wie Gott aussieht.«

»Jetzt weißt du es.« Damit lässt sie mich stehen und geht hinaus.

»Ein aufgewecktes Kind«, sage ich.

»Ja, das ist sie. Willst du zu Roman ...« Sie unterbricht sich, fährt hastig fort: »Ich meine, zum Pfarrer?«

»Ich weiß doch, dass er mit Vornamen Roman heißt und dass ihr euch duzt.«

»Woher weißt du ...?«

»Von dir. Du hast es mir doch mal bei einem Bierchen verraten.«

»Stimmt. Du musst schon entschuldigen. Ich bin in letzter Zeit ziemlich vergesslich geworden. Der Stress, der Ärger, die Migräneanfälle ...«

Ich deute auf einen Stuhl neben dem Schreibtisch. »Darf ich mich setzen?«

»Ja, bitte, setz dich.«

»Hast du die öfter? Ich meine, die Migräneanfälle.«

»Mindestens einmal im Monat, ein oder zwei Tage vor Beginn der Menstruation. Manchmal auch öfter. Je nachdem, wie viel Stress und Ärger ich habe.«

»Ich weiß, du bist nicht ›nur‹ Pfarrhaushälterin, wie das früher einmal war. Du bist für vieles zuständig. Der Pfarrer nennt dich die Seele des Pfarramts.«

»Ich mach das alles ja auch wirklich gern. Ich bin gern mit den Kindern zusammen, um sie auf die Kommunion vorzubereiten. Ich liebe Kinder. Die Leitung vom Frauenkreis habe ich auch sehr gern übernommen. Auch in den Teilorten, die der Roman seelsorgerisch zu betreuen hat, übernehme ich Aufgaben. Sogar als Ministrantin helfe ich manchmal aus. Ich unterstütze den Roman wirklich, wo ich kann. Aber die Kirche hat dafür nicht mal ein Wort des Dankes übrig. Im Gegenteil, sie grenzt uns Frauen aus. Dabei hat sogar Gott einsehen müssen, dass es ohne uns Frauen nicht geht. Weißt du, was ich am liebsten machen würde?«

»Du würdest am liebsten alle Frauen, die für die Kirche und die kirchlichen Einrichtungen ihre Zeit opfern, zum Streik aufrufen.«

Sie sieht mich überrascht an. »Hab ich das etwa schon mal gesagt?«

»Nein. Aber aus allem, was du mir bisher erzählt hast, habe ich diesen Schluss gezogen. Ich tu nämlich das, was die Kirche uns Christen am liebsten verbieten würde: Ich benutze mein Hirn zum Denken. Und wer in Glaubenssachen den Verstand befragt, bekommt meist unchristliche Antworten.«

»Du denkst an den Zölibat und die Dogmen, stimmt's?« Sie holt tief Luft. »Das alles ist wie eine Zwangsjacke für das Hirn. Es ist nichts anderes als das ausdrückliche Verbot zu denken.«

»Ja, so sehe ich es auch. Mein Arbeitgeber verlangt ausdrücklich von mir, dass ich denke.«

»Was könnte die Kirche nicht alles leisten, wenn sie ehrlicher wäre. Und das sage nicht nur ich. Ich habe mir neulich ein Buch mit dem provokanten Titel: ›Die Angst der Kirche vor den Frauen‹ gekauft. Darin lässt die Autorin Frauen zu Wort kommen, die den Beruf der ›Pfarrhaushälterin‹ gewählt haben. Viele von ihnen machen ihre Arbeit, wie auch ich, sehr gerne. Aber ein Großteil dieser Frauen ist auch darüber verärgert, dass man es ihnen sehr schwermacht, in höhere Positionen aufzusteigen. Von der Weihe zur Priesterin, was manche wünschen würden, ganz zu schweigen.«

»Ich würde es durchaus begrüßen, wenn ich auch bei der katholischen Kirche mit einer Frau Pfarrerin sprechen könnte«, stimme ich ihr zu.

»Wir Frauen könnten in der Beziehung sicher viel mehr ausrichten, wenn es nicht so viele gäbe wie die …« Sie bricht ab, beißt sich auf die Lippen.

»Das dürfte sich ja jetzt bessern«, sage ich.

»Wie meinst du das?«

»Na, die Hufnagel. Sie ist es doch, die dir so sehr zu schaffen gemacht hat. Mir übrigens auch«, füge ich noch hinzu.

»Ja, die Hufnagel.« Sie klappt den Laptop zu. »Ich mochte sie nicht, das gebe ich ehrlich zu. Sie hat mich so manches Mal fast so weit gebracht, dass ich die Beherrschung verloren hätte. Aber so einen Tod wünscht man nicht mal seinem ärgsten Feind.«

»Ihr Mörder muss sie sehr gehasst haben. Fast ein Dutzend Mal hat er auf sie eingestochen.«

»Großer Gott!« Das klang ehrlich entsetzt. »Das ist ja schrecklich. Hast du schon einen Verdacht?«

»Verdacht schon«, sage ich. »Du kennst ihn auch. Er war gestern hier, hatte eine handfeste Auseinandersetzung mit der Frau Hufnagel.«

»Der Dobermann?«

»Kennst du im Dorf auch nur einen Menschen, dem du so eine Tat zutrauen würdest?«

»Nein, natürlich nicht. Habt ihr ihn schon? Ich meine, den Dobermann.«

»Nein, aber es ist sicher nur noch eine Frage der Zeit. Er wird uns nicht entwischen.«

»Ja«, sagt sie. »Du kriegst ihn schon.«

»In diesem Fall habe ich sogar Hilfe bekommen. Die Kripo aus Ulm ist mit dabei. Ich bin ja noch nicht mal richtig dazu gekommen, mich um den Fall des toten Kindes in der Garage der Hufnagels zu kümmern.«

»Wolltest du zum Pfarrer?«, fragt sie mich und schlägt ihren Laptop wieder auf.

»Ja. Ich wollte nur mal sehen, wie es ihm geht. Er wirkte ziemlich verstört, als ich ihn auf dem Friedhof traf.«

»Das war er auch noch, als er zurückkam. Er ist im Moment nicht da, müsste aber bald wieder zurück sein.«

»Gut, ich warte.« Ich deute auf den Laptop. »Was schreibst du gerade?«

»Die Grabrede für den Manfred Weisel. Der wäre doch heute beerdigt worden.«

»Wäre?«

»Der Pfarrer ist der Meinung, dass man die Beerdigung, wegen der schrecklichen Tat auf dem Friedhof, verschieben sollte, auf morgen. Er ist gerade bei den Hinterbliebenen.«

»Ist vielleicht auch vernünftiger so«, bemerke ich und füge dann hinzu: »Schreibst du alle seine Grabreden?«

»Ja, alle. Manchmal ändert er sie ein wenig ab. Aber nur, weil er sich nicht immer alles einprägen kann. Er spricht frei, will nicht vom Blatt ablesen. Das macht sich nicht gut.«

»Er ist eben ein guter Pfarrer.«

»Ja, das ist er.« Sie kommt wieder ein bisschen ins Schwärmen. Das kenne ich schon bei ihr. Wir haben uns zwar seit vier oder gar fünf Monaten nicht mehr gesprochen, aber an ihrer Haltung und Einstellung zu ihrem Pfarrer hat sich nichts geändert. »Er ist ein wunderbarer Mensch und der beste Gemeindepfarrer, den man sich vorstellen kann.«

»Das ist mir bekannt«, sage ich.

»Ist dir auch bekannt, dass er sich seiner Haut zu wehren weiß, wenn es darauf ankommt?«

»Nein, das weiß ich nicht. Aber ich traue ihm durchaus zu, dass er sich wehren kann.«

»Gehe ich recht in der Annahme, dass er dir noch nichts gesagt hat?«

»Was hätte er mir sagen sollen?«

»Der Dobermann war gestern noch mal hier.«

»Noch mal? Wann?«

»Gestern Abend. So gegen halb zehn Uhr kam er plötzlich durch diese Tür.«

»Was wollte er?«

»Er war der festen Überzeugung, Carmen hier bei uns zu finden.«

»Und? Ist sie hier?«

»Der Roman hat ihn aufgefordert, das Haus sofort zu verlassen«, überging Barbara meine Frage. »Aber der widerwärtige Kerl wollte sich mit Gewalt Zugang zu unseren Privaträumen verschaffen.«

»Und?«

»Der Roman kann Judo. Wusstest du das nicht?«

»Sag bloß, er hat den Kerl auf die Bretter gelegt«, grinse ich.

»Und das mit einem perfekten Hüftwurf. Den beherrscht er immer noch sehr gut.«

»Großartig!«, freue ich mich. »Hoffentlich ist er so auf den Boden geknallt, dass es wehgetan hat.«

»Es hat wehgetan. Als Dobermann sich wieder hochgerappelt hatte, ist Roman sofort in Karatestellung gegangen. Das kann er auch, aber nicht sehr gut. Doch als Drohgebärde hat es allemal gereicht. Der Dreckskerl hat sich jedenfalls sehr schnell mit schmerzverzerrtem Gesicht getrollt. Aber nicht, ohne eine wüste Drohung auszustoßen.«

»Gegen halb zehn Uhr war er also hier«, hake ich nach.

»Ja.«

»Laut unserem Pathologen liegt die Todeszeit der Hufnagel zwischen einundzwanzig und dreiundzwanzig Uhr.«

»Dann muss er sie getötet haben, nachdem er ...« Barbara bricht erschrocken ab, sieht mich mit aufgerissenen Augen an und fährt dann fast flüsternd fort: »... das Pfarrhaus wütend verlassen hat.«

»Es sieht so aus«, stimme ich zu.

»Dann ... dann sind wir schuld!«

»Nein, nein«, falle ich ihr hastig ins Wort. »So was solltest du nicht mal denken. Der Dobermann hatte ja gedroht, sich an der Hufnagel zu rächen. Und sie war eben gerade zur falschen Zeit am falschen Ort.«

»Wenn ich das dem Roman sage, dann macht er sich ein Leben lang Vorwürfe.«

»Dann sag's ihm nicht.«

»Er ist einfach zu gut für diese Welt.« Plötzlich stehen Tränen in ihren Augen. »Er will immer nur das Beste.«

»Verrenn dich jetzt nicht in irgendetwas, das ich noch nicht ganz abgeklärt habe. Nach meinen Überlegungen hat der Dobermann die Hufnagel schon vorher niedergeschlagen oder auch getötet, also bevor er zu euch kam. Denn nach neun Uhr abends war die Hufnagel ganz sicher nicht mehr auf dem Friedhof. Der Max hat gesagt, sie hätte gegen halb sieben das Haus verlassen, um auf den Friedhof zu gehen. Danach wollte sie noch einen Besuch bei der Hader Hanna machen. Dort ist sie offensichtlich nicht angekommen, wie mir der Max sagte. Er selbst ist dann gegen halb neun zum Friedhof gegangen, um nach ihr zu schauen. Aber dort hat er sie nicht gesehen. Ich werde das recherchieren. Ich werde versuchen rauszufinden, was sie zwischen sieben und neun Uhr gemacht hat. Ich sag dir Bescheid, sobald ich was weiß.« Ich stehe auf und gehe zur Tür. »Alles okay?«

Sie nickt, blickt zur Seite und wischt sich die Tränen aus den Augen. Ich bleibe an der Tür stehen. »He, du bist mir noch eine Antwort schuldig.«

»Ja, ja, ich bin okay.«

»Das meine ich nicht. Auf meine Frage, ob die Carmen hier ist, habe ich keine Antwort bekommen.«

»Sie ist nicht hier.«

»Hat sie sich wieder gemeldet?«

»Ja.«

»Würdest du mir jetzt bitte sagen, was sie geschrieben hat und was du ihr darauf geantwortet hast?«

»Sie hat mir eine SMS geschickt und mir kurz mitgeteilt, dass es ihr gutgeht und dass sie an einem Ort ist, wo der Dobermann sie nie finden wird. Darauf habe ich ihr zurückgeschrieben, was hier passiert ist, dass der Dobermann vermutlich die Hufnagel umgebracht hat.«

»Der Dobermann ist bisher nur unter Verdacht. Solange er noch nicht verurteilt ist, heißt das laut Gesetz ›mutmaßlicher‹ Mörder.«

»Das ist mir egal«, sagt die Barbara.

»Hat sie dir mitgeteilt, ob sie schon entbunden hat?«

»Nein.«

»Und du hast sie auch nicht gefragt?«

»Nein.«

»Warum nicht? Das wäre doch wichtig, wegen des toten Kindes, das wir bei den Hufnagels gefunden haben.«

»Wenn es so weit ist, wird sie es schon sagen. Und wenn sie schon entbunden hat und es mir nicht sagen will, wird sie ihre Gründe haben.«

»Das gefällt mir aber gar nicht. Sie bringt sich nur unnötig in Gefahr. In dem Zusammenhang wäre es doch gut zu wissen, was sie Schlimmes gehört hat. Schon zu ihrem Schutz.«

»Habe ich ihr ja auch gesagt, aber sie meint, solange der Dobermann und sein Partner frei herumlaufen, wird sie nichts sagen.«

»Aber wenn sie doch so einen sicheren Zufluchtsort hat …«

»Hanno, lass es. Sie sagt nichts. Sie denkt nur an ihr Kind. Und da hat sie auch wieder Recht. Jede Aufregung könnte dem Kind schaden. Sie hätte sich nie mit ihm einlassen sollen. Ich habe sie damals gewarnt.«

»Ja, der Pfarrer hat mir das schon gesagt. Du willst mir also nichts weiter sagen?«

Sie schüttelt nur den Kopf.

»Na schön. Wir kriegen den Dobermann auch so. Er hat nämlich noch einen Unfall verursacht, als er heute Nacht fluchtartig das Dorf verließ.«

»Sag uns Bescheid, wenn ihr den Kerl geschnappt habt«, bittet Barbara.

Ich sehe sie eine Weile schweigend an. Dann sage ich leise seufzend: »Warum werde ich das Gefühl nicht los, dass du mir nicht die ganze Wahrheit gesagt hast?«

»Hanno, ich weiß, du bist ein guter Polizist, und ich bin eine lausige Lügnerin. Aber ich habe es ihr geschworen …«

»Dann mach ihr klar, dass ich ihr wirklich helfen will und auch kann. Wenn sie aussagt, können wir beide gleichzeitig festnehmen.«

»Erst der Dobermann, dann sagt sie aus. Punkt. Die Audienz ist beendet.«

Da ist nichts zu machen. Ich kenne die Barbara lange genug. Argumente überzeugen sie nicht, wenn sie nichts sagen will. Dabei bin ich mir fast sicher, dass die Carmen schon seit gestern im Pfarrhaus wohnt. Der sicherste Platz, den die Carmen haben kann, ist hier. Auch wenn es stimmen sollte, dass die Carmen noch nicht entbunden hat, ist sie im Pfarrhaus gut aufgehoben. Nur hundert Meter entfernt hat ein Arzt seine Praxis, und er wohnt auch dort.

Ich nehme mir vor, meinen Verdacht mit der Marina zu besprechen. In solchen Fällen hat die Marina fast immer mehr Erfolg als ich. Ich gehe, ohne mit dem Pfarrer gesprochen zu haben.

23

Hanna Hader wohnt in einem ziemlich großen Einfamilienhaus im nördlichen Teil des Dorfes. Vom Friedhof bis zu ihrem Haus sind es etwa 800 Meter, vom Pfarrhaus aus ist es etwas mehr als einen Kilometer. Es gibt keinen Fußweg oder Schleichweg oder gar eine Abkürzung. Man muss einfach der Straße folgen, um zu ihrem Haus zu gelangen.

Also beschließe ich, für heute genug gelaufen zu sein. Ich steige in meinen Dienstwagen und fahre zur Hader. Sie sieht noch etwas verschlafen aus, als sie mir endlich öffnet. Sie ist noch unfrisiert und trägt einen alten Bademantel. Als sie mich in der Polizeiuniform sieht, erschrickt sie.

»Großer Gott, doch nicht noch etwas!«

»Ach?«, frage ich überrascht. »Sie wissen es schon?«

»Vor zwei Tagen habe ich erfahren, dass eine meiner Enkelinnen im Krankenhaus liegt. Sie hatte einen Autounfall. Gestern Abend hat meine Tochter angerufen. Man hat Brustkrebs bei ihr festgestellt. Sie muss sofort operiert werden. Haben Sie auch noch eine Hiobsbotschaft für mich?«

»Ich werde es Ihnen nicht ersparen können«, sage ich.

»Um wen geht es? Wenn ich es vorher weiß, kann ich entscheiden, ob ich es hören will oder nicht.«

»Es geht um die Frau Hufnagel«, erkläre ich.

»Die Luise?« Das schien sie jetzt doch nicht so aufzuregen, wie sie erst dachte. »Was ist mit ihr? Hat sie wieder mal jemanden beleidigt?«

»Schlimmer«, sage ich. »Jemand hat sie umgebracht.«

»Umgebracht?« Sie sieht mich jetzt mit weit aufgerissenen Augen an. »Sie meinen, sie wurde ermordet?«

»Das meinte ich damit.«

»Kommen Sie rein.« Sie tritt zur Seite, schließt die Tür hinter mir und geht vor mir her ins Wohnzimmer. Sie geht schwer. Es sieht aus, als wären ihre Beine nicht mehr ganz in Ordnung. Allerdings trägt sie auch zu viel Gewicht mit sich herum. »Das interessiert mich jetzt. Wissen Sie, ich habe ihr mindestens hundert Mal, nein, tausend Mal habe ich zu ihr gesagt, sie soll sich etwas zurückhalten. Eines Tages, habe ich zu ihr gesagt, eines Tages schlägt dir einer den Schädel ein. War es so? Hat ihr jemand den Schädel …«

Sie lässt sich in den einzigen Sessel fallen, der im Wohnzimmer steht. Ich sehe mich überrascht um. Selten habe ich ein so unaufgeräumtes Wohnzimmer gesehen. Überall stehen oder liegen Gegenstände und Kleidungsstücke herum. Mit der Sauberkeit hat sie es offensichtlich auch nicht. Der Teppichboden schreit nach einem Staubsauger. Aber dazu müsste man vorher aufräumen.

»Noch schlimmer«, sage ich, während ich beides meine, die Ermordung der Hufnagel und die unaufgeräumte Wohnung. »Sie wurde erstochen.«

»Großer Gott, auch das noch.« Sie deutet auf das Sofa, auf dem ich Platz nehmen soll. Aber da liegen etliche Kleidungsstücke, ein Kleid und ein stoffähnliches Ding, das vermutlich ein Rock ist. Außerdem ein schmutziges Handtuch und irgendwas, das wie das Oberteil eines Schlafanzuges aussieht.

Nachdem sie keine Anstalten macht, die Kleidungsstücke zur Seite zu räumen, tu ich es selbst und setze mich. »Ist es richtig, dass die Frau Hufnagel gestern Abend zu Ihnen kommen wollte?«, beginne ich meine Befragung.

»Davon weiß ich nichts. Oder ich habe es vergessen. Der Unfall meiner Lieblingsenkelin und die Krankheit meiner Tochter haben mir gestern ganz schön zu schaffen gemacht. Alles innerhalb von zwei Tagen.«

»Und jetzt komme ich am dritten Tag noch mit der Nachricht vom Tod der Frau Hufnagel«, sage ich.

»Warum hat sie nur nicht auf mich gehört«, sagt sie. Es klingt vorwurfsvoll. »Tausend Mal hab ich zu ihr gesagt, sie soll nicht immer die Leute ausrichten. Nicht alle vertragen das.«

»Sie meinen Klatsch verbreiten.«

Sie sieht mich überrascht an. »Natürlich meine ich das. Dr Schwob sagt ›Leit ausrichta‹.« Es hört sich allerdings nicht sehr schwäbisch an. Als Nichtschwäbin hat sie immer noch Probleme mit dem Dialekt.

»Ja, so sagt man hier«, gebe ich ihr Recht.

»Wie und wo ist es denn passiert?«

»Auf dem Friedhof.«

»Auf dem Friedhof! Ausgerechnet auch noch auf dem Friedhof! Der ist doch ihre zweite Heimat.«

»Ihre zweite Heimat?«, frage ich.

»Es hat doch jeder gewusst, dass sie jeden Tag mindestens ein oder zwei Stunden auf dem Friedhof verbracht hat. Gräber richten ist, äh, war ihre Lieblingsbeschäftigung. Dort, wo man seine Lieblingsbeschäftigung hat, ist die zweite Heimat, hat die Luise immer gesagt. Nachdem sie sich ihrem Mann sexuell verweigert hat, hat sie ihre Befriedigung auf dem Friedhof gefunden.«

»Wenn man das so sieht ...«

»Das hat sie so gesehen.«

»Hat sie Ihnen das auch so gesagt?«

»Natürlich. Ich war ihre einzige Freundin ... Das heißt, Freundin ist nicht ganz richtig. Ich war ihre Vertraute. Mir hat sie viele Dinge anvertraut, weil sie wusste, dass ich nichts weitererzähle. Ich hasse Klatsch.«

»Hatten Sie sich für gestern Abend verabredet?«

»Verabredet? Mit wem? Mit der Luise? Nein, wir verabreden uns nie. Sie kommt einfach, wenn sie mal wieder mit mir reden will. Wenn ich da bin, ist es recht, wenn nicht, geht sie halt wieder. Aber wann bin ich schon mal weg? Ich bin nicht mehr so gut zu Fuß, und ein Auto habe ich auch nicht. Ich hab ja noch nicht mal einen Führerschein.«

»Wenn Sie ihre Vertraute sind oder waren, dann wissen Sie doch sicher, wie viele Gräber sie zu ... betreuen hatte.«

»Achtzehn«, kam es wie aus der Pistole geschossen.

»Du lieber Himmel«, sage ich überrascht. »Da hatte sie ja ganz schön zu tun.«

»Sag ich doch. Jeden Tag ein bis zwei Stunden. Manchmal noch länger.«

»Auch abends?«

»Abends ging sie meistens noch gießen. Hauptsächlich, wenn es tagsüber warm war.«

»So wie gestern.«

»Ja, gestern war es warm.«

»Wenn man so Gräber … ich sag mal gärtnerisch betreut, dann hat man doch zu dem einen oder anderen ein besonderes Verhältnis. Gab es das bei ihr?«

»Es gab zwei Gräber. Das von der Martha Helfer und das von Josef Vorderhand.«

»Josef Vorderhand? Der Name ist mir nicht bekannt.«

»Er starb vor sieben Jahren an Herzversagen. Er war Luises Freund.«

»Was?«

»Nicht das, was Sie jetzt meinen. Jedenfalls glaube ich das nicht. Sie hat sich ein wenig um ihn gekümmert, nachdem seine Frau an Krebs gestorben war. Die Luise betreut ja auch das Grab von Josefs Frau.«

»Aha. Und das Grab der Martha Helfer? Was hat es mit dem auf sich?«

»Sie gießt es einfach gern.« Hanna Hader schmunzelt. »Und meistens viel zu viel. Sie hat mal gesagt: Falls die Nutte noch leben sollte, ersäuf ich sie noch postum.«

»Das ist ja ziemlich bösartig.«

»Na ja, die Martha hat halt ihr Leben genossen. Sie hat in erster Linie von dem gelebt, was ihr die Männer für ihre Dienste bezahlten. Das hat die Luise immer gestört. Sie hat sie schon zu Lebzeiten eine Nutte genannt. Hauptsächlich war die Luise auf die Martha wütend, weil sie vermutete, dass auch ihr Mann die Dienste der Martha in Anspruch nahm. Verdenken konnte man es ihm eigentlich nicht. Gesehen hat ihn jedoch niemand bei der Martha. Dafür den Richard Mager umso mehr. Der war Dauergast bei ihr.«

»Sie hat dem Richard mal Wasser ins Gesicht geschüttet, als sie ihn am Grab der Martha knien sah.«

»Das hat sie mir erzählt. Und sie war sehr böse auf Sie und auf die Art, wie Sie den Streit geschlichtet haben. Männer halten eben zusammen, hat sie gesagt.«

»Hatte sie öfter mal Streit mit dem Richard?«

»Nach Ihrer Schlichtung schon. Er hat ihr ständig was angestellt. Mal war Luises Gießkanne verstopft, mal ihr kleiner Rechen versteckt. Zweimal hatte sie einen platten Reifen am Fahrrad. Aber sie konnte nicht beweisen, dass der Richard da seine Finger im Spiel hatte.«

»Den Leichnam der Hufnagel hat der Mörder an den Grabstein der Martha Helfer gebunden.«

Sie sieht mich erschrocken an. »Und jetzt glauben Sie, dass der Richard …« Sie unterbricht sich und fährt dann erregt fort: »Vergessen Sie, was ich über den Richard gesagt habe. Er ist ein lieber Mensch. Nie und nimmer würde der jemanden erstechen, und wenn er noch so eine Wut auf ihn hat. So was würde er nie tun!«

»Beruhigen Sie sich, Frau Hader. Ich habe doch nicht behauptet, dass ich glaube, der Richard hätte mit dem Mord was zu tun.«

»Aber Sie verdächtigen ihn.«

»Ich verdächtige ihn nicht mehr als andere. Das muss ich als Polizist doch. Im Übrigen haben wir ja schon einen Hauptverdächtigen.«

Ich berichte ihr von dem Streit, den die Hufnagel mit dem Dobermann hatte. Weil, wenn man schon mal mit einer Vertrauten der Toten spricht, soll man das nutzen, um weitere Informationen zu bekommen. Vor allem bin ich natürlich an Informationen interessiert, was das Ehepaar Hufnagel betrifft. Ich kann ja den Max auch nicht ganz ausschließen.

Nachdem ich ihr alles gesagt habe, nickt die Frau Hader. »Ja, das ist sie. Kämpferisch. Sie hat sich von niemandem was gefallen lassen.«

»Das hat sie vermutlich jetzt das Leben gekostet«, sage ich und hänge gleich mit an: »Hat sie auch ab und zu mal über ihre Ehe mit Max gesprochen?«

»Von Zeit zu Zeit schon. Aber ich klatsche nicht.«

»Frau Hader, Sie sind vielleicht eine wichtige Zeugin. Es muss ja nicht direkt was mit Max zu tun haben ...« Mein Handy klingelt.

»Ich klatsche nicht.« Frau Hader bleibt stur.

Ich schaue auf das Display. Es ist Marina. Ich drücke auf die grüne Taste. »Ja.«

»Es gibt Neuigkeiten«, sagt Marina. »Bei Lammbraten, Bratkartoffeln und grünen Bohnen könnte man das besprechen. Die Oma weiß auch was Neues.«

»In zwanzig Minuten?«

»Das passt.« Marina legt auf.

»Frau Hader«, sage ich ruhig. »Was Sie mir hier über die Ehe von der Frau Hufnagel sagen können, ist kein Klatsch. Sie helfen mir damit vielleicht, ihren Mörder zu finden.«

»Ich dachte, Sie haben ihn schon.«

»Nein, wir haben ihn nicht. Der Dobermann ist nur der Hauptverdächtige. Sie sind eine Zeugin.«

»Eine Zeugin? Ich weiß doch gar nichts.«

»Sie sollen mir doch nur sagen, was die Frau Hufnagel Ihnen so über ihre Ehe erzählt hat. Alles, auch wenn Sie glauben, dass es unwichtig ist, könnte wichtig sein.«

»Aber es kann doch nicht wichtig sein, wenn die Luise zu mir sagt, ihr Mann wäre ein Voyeur. Er beobachte ständig die Nachbarin, die nackt in ihrer Wohnung herumläuft.«

»Ob das wichtig ist, weiß ich noch nicht. Und weiter?«

»Er beschimpft sie manchmal. Er nennt sie eine vertrocknete, alte Kuh.«

»Hat sie gesagt, wie sie ihn beschimpft?«

Sie zuckt mit den Schultern. »Daran kann ich mich nicht erinnern. Sie erzählt immer so viel ... hat immer so viel erzählt.«

»Denken Sie nach. Ich muss jetzt weg. Aber ich komm noch mal vorbei. Denken Sie daran, alles kann wichtig sein. Sie wollen doch auch, dass wir ihren Mörder überführen.«

»Natürlich will ich das.«

»Na also. Ich melde mich wieder bei Ihnen.« Ich verabschiede mich und fahre auf dem Rückweg noch beim Brenner Michel vorbei.

24

Der Michel hängt wie immer im Fenster. Ausnahmsweise raucht er mal nicht. Ich steige aus dem Wagen und begrüße ihn wie immer. »Hallo, Herr Doktor! Bist du bereit, mir ein paar Fragen zu beantworten?«

»Es derf halt nix Intimes sei. Woisch jo, des mag mei Frau net so.«

Neben ihm streckt seine Frau ihren Kopf heraus. Sie hat ein rundes, hübsches Gesicht, lange blonde Haare und volle Lippen.

»Er kann's net lassa. Emmr muass er gega mi stichla. Wenn i den Affa net so möga dät, hätt i ihn scho längst vrlassa.« Und schon verschwindet ihr Kopf wieder.

»Jetzt hosch's selber ghört. Se will mi vrlassa.« Er grinst, schreit »Au!« und grinst noch breiter. »Dass se mi in da Hintera dabbt, hosch jetzt ao mitkriagt. Wenn's mir zviel wird, mach i a Anzeig. Ond was willsch sonscht no wissa?«

»Hast du gestern irgendwann hier in der Gegend einen schwarzen BMW gesehen?«

»Han i. 's war a 550i. Am Steier isch oiner ghockt mit schwarze Haar und ama Ring im Ohr.«

»Den mein ich. Um welche Zeit war das ungefähr?«

»Des muass so zwischa sechse und siebene gwesa sei. Moinsch, der war's?«

»Der war was?«

»Hod der se ombrocht, dia da drüba?«

»Das weißt du schon?«, wundere ich mich.

»Ao wenn de größt Ratschkatl em Dorf nemme unter de Lebende isch. D' Buschdrommla funktionieret trotzdem.«

»Na ja, hat vielleicht auch was für sich. Danke für deine Auskunft. Bleib auf jeden Fall am Ball … Ich mach es auch.«

»Wie wär's mal wiedr mit ama Bier?«

»Wenn der Fall gelöst ist, melde ich mich.«

»Zwoi Dag vorher melda. Dann halt i mi dahoim zrück, dass noch no mehr Bier Platz hod.«

»Ich werd dran denken«, sage ich, hebe die Hand und steige in meinen Wagen.

Oma und Marina warten schon. Zum Empfang gibt es erst mal eine Rüge von Oma, weil ich es versäumt habe, sie als Erste über den Mord an der Hufnagel zu unterrichten. Ich stecke die Rüge weg, und statt darauf zu antworten, stelle ich die mir wichtigste Frage: »Ist das Essen schon fertig?«

Das verschlägt ihr für einen Moment doch tatsächlich die Sprache. »Hast du das gehört?«, wendet sie sich empört an Marina. »Ist das noch zu fassen? Da passiert im Dorf ein Mord und der Polizist, der mein Enkel ist, sagt mir nicht zuerst Bescheid! Was sagt man nur dazu?«

»Da meldet sich nach Jahren die Mutter des Polizisten bei der Oma des Polizisten und die Oma sagt dem Polizisten nicht einmal, dass sie angerufen hat«, kontere ich.

»Also, das ist doch …«

»Schon gut, Oma. Wir sind quitt. Außerdem hat dir die Marina ja schon alles erzählt.«

»Sollen wir diesem eingebildeten Polizisten sagen, was wir herausgefunden haben?«, wendet sich Oma an Marina.

»Wir werden es ihm sagen müssen, Kathi«, sagt Marina in einem verschwörerischen Ton. »Weißt du, er ist Polizist. Er kann uns dazu zwingen.«

»Dich auch?«

»Mich in erster Linie. Ich bin schließlich Polizistin. Ich darf keine Fakten verschweigen.«

»Gut, dann sag du es ihm. Ich deck den Tisch. In zehn Minuten können wir essen.«

»Endlich wird hier wieder vernünftig geredet«, stelle ich zufrieden fest und setze mich schon mal an den Tisch.

Marina setzt sich zu mir. »Die Kathi hat sich Gedanken gemacht, mit wem die Carmen während ihrer Schulzeit eng befreundet war. Ihr ist nur die Eva Briegel eingefallen.«

»Stimmt«, bestätige ich. »Die Eva Briegel und die Carmen. An die Schulzeit erinnere ich mich nicht. Die beiden sind ja fast zehn Jahre jünger als ich. Aber die wohnt doch gar nicht mehr hier.«

Oma bringt Teller und Besteck an den Tisch. »Die Eva wohnt seit einem halben Jahr in der Albstraße in Ehingen, mit ihrem Freund.«

»Ich bin mit Kathis Auto hingefahren«, erklärt Marina. »Es hat aber niemand aufgemacht. Eine Nachbarin hat gesagt, die beiden wären verreist.«

»Also kommt Evas Wohnung als Versteck für die Carmen wohl nicht in Frage.«

»Kann man so sagen.«

»Ich muss übrigens heute Abend Bier trinken gehen.«

»Was?«

»Oma, du kennst doch meine Methode. Ich will beim Biertrinken Frieden stiften, zwischen Eduard Schenkel und dem Franz Käfer. Der Franz zahlt.«

»Der Franz zahlt dem Eduard ein Bier? Das kann ich nicht glauben. Die haben sich doch ständig gegenseitig was angestellt und zweimal haben sie sich sogar schon geprügelt.«

»Genau. Und jetzt trinken wir ein Bier miteinander und die beiden sind wieder Freunde, so wie früher.«

»Wie hast du denn das geschafft?«

»Hast du ihr die Sache mit dem Autounfall noch nicht erzählt?«, frage ich die Marina.

»Es hat sich noch nicht ergeben.«

»Was für ein Autounfall?«, will Oma sofort wissen.

»Später, Oma. Jetzt würde ich gerne essen.«

»Ja, ja, der Lammbraten ist ja schon fertig.«

Während dem Essen erzähle ich der Oma von dem Unfall, den der Käfer vermutlich mit dem Dobermann hatte, und dass der Eduard Schenkel dazugekommen ist. Und ich erzähle ihr, wie ich die Situation ausgenutzt habe, um die beiden Streithähne wieder zu Freunden zu machen.

Das interessiert sie dann doch eigentlich eher weniger, denn plötzlich fragt sie: »Und wie ist das nun mit euch beiden?«

»Wie war das nun mit meiner Mutter?«, lenke ich ab. »Warum hast du mir nicht gesagt, dass sie angerufen hat und dass sie in Ulm lebt?«

»Ich habe mich doch nur an das gehalten, was du gesagt hast. Du wolltest nie wieder was von ihr hören.«

»Oma, das hab ich doch als Kind gesagt. Einem erwachsenen, mit beiden Beinen im Leben stehenden Polizisten hättest du es sagen können.«

»Offensichtlich ist mein Gedächtnis doch noch besser als deines. Als du vor fünf Jahren den Polizeiposten hier im Dorf vom Kowalski übernommen hast, habe ich dich gefragt, ob ich deine Mutter hierher einladen soll, da hast du gesagt: ›Oma, wie oft soll ich dir das noch sagen: Ich will sie hier nicht sehen!‹«

»Wenn ich das gesagt habe, habe ich es auch so gemeint. Trotzdem hättest du mich drüber informieren können, dass du mit ihr telefonierst und dass sie sogar schon mal hier im Dorf war.«

»Wozu? Es hätte ja doch nichts gebracht. Du wolltest sie nicht sehen.« Dann fuhr sie energisch fort: »Bekomme ich jetzt eine Antwort auf meine Frage?«

»Auf welche Frage?« Ich versuche mich noch einmal vor der Beantwortung der schon gestellten Frage zu drücken.

»Ich will wissen, was mit euch beiden ist«, wiederholt Oma Dodel ihre Frage.

Ich sehe Marina an. Sie hebt sofort abwehrend beide Hände. »Ich habe nichts gesagt.«

»Das war auch nicht nötig«, sagt die Oma zu Marina. »Ich habe dir doch angesehen, dass sich zwischen euch was verändert hat.«

»Na schön, Oma, du gibst ja doch keine Ruhe. Ich hab der Marina gesagt, dass ich sie heiraten möchte und dass ich das sehr ernst meine. Und wenn wir diesen Fall abgeschlossen haben, dann mache ich ihr einen wunderschönen Heiratsantrag, so wie …«

Weiter komme ich nicht. Oma nimmt Marina jubelnd in die Arme. »Du glaubst gar nicht, wie ich mich freue!«, sagt Oma ein ums andere Mal. »Und weißt du was? Ich habe sogar schon das Hochzeitskleid für dich.«

»Was?«

»Wenn du willst, fahren wir heute noch nach Ehingen rein. Dort habe ich es gesehen. Nicht nur einmal. Ich war schon ein paar Mal dort. Du wirst darin aussehen wie eine Königin.«

»Der Lammbraten war wie immer köstlich«, versuche ich mich wieder ins Gespräch zu bringen. Aber das ist völlig zwecklos. Oma ist ganz und gar aus dem Häuschen.

»Und noch was. Das Kleid kaufe ich dir«, verkündet Oma, ohne auf mein Lob einzugehen. Eigentlich existiere ich im Moment für sie gar nicht.

»Das kann ich nicht annehmen«, sagt Marina anstandshalber, obwohl sie weiß, dass es sinnlos ist, Oma zu widersprechen. Wenn sie sich was in den Kopf gesetzt hat, dann zieht sie es auch durch.

»Natürlich kannst du es annehmen«, wischt Oma Marinas Einwand zur Seite. »Es macht mich glücklich, wenn ich dir das Kleid kaufen darf. Und keine Sorge, wenn dir das Kleid, das ich ausgesucht habe, nicht gefällt, darfst du auch ein anderes aussuchen. Ich zahle dir jedes Kleid. Hauptsache, ihr heiratet bald und bekommt schnell Nachwuchs.«

»Oma, was soll das?«

»Ich habe doch nur noch den einzigen Wunsch«, sagt Oma. »Ich möchte noch einen Urenkel haben, bevor ich in die Kiste springe.«

»Was redest du da für einen Unsinn?«, tadle ich sie. »Ich kenne keine Frau, die mit achtundsiebzig Jahren noch so gut in Form ist wie du.«

»Aber ich spüre, wie meine Kräfte nachlassen. Ich will für meinen Urenkel noch fit sein.«

»Ich wette, du bist mit neunzig noch in der Lage, mit deinem Urenkel Fußball zu spielen.«

»Siehst du«, strahlt Oma. »Genau das möchte ich. Ich möchte mit meinem Urenkel noch Fußball spielen. Und mit neunzig kann ich das sicher nicht mehr. Also …« Sie sieht Marina an.

»Oma«, sage ich schnell, bevor Marina antworten kann. »Die Marina ist siebenundzwanzig …«

»Neunundzwanzig.«

»Siebenundzwanzig.«

»Neunundzwanzig!«

»Dann hast du mir ein falsches Datum gesagt.«

»Ich habe dir das richtige gesagt. So steht es auch in meinem Ausweis.«

»Ach was? Diese Schlamper. Ich regle das.«

»Na schön«, seufzt Marina. »Ich bin siebenundzwanzig.«

»Also können wir uns noch etwas Zeit lassen mit dem Nachwuchs.«

»Meine biologische Uhr tickt aber, als wäre ich neunundzwanzig.«

»Und auf die Uhr muss man hören«, mischt sich Oma ein. »Außerdem habt ihr grad gestritten wie ein altes Ehepaar. Und ihr habt den Streit beendet, wie ein vernünftiges Ehepaar das tut. Die Frau hat nachgegeben und setzt ihren Willen über einen Umweg doch durch.«

Mein Handy klingelt. »Darüber reden wir noch«, sage ich zu Oma und halte Marina mein Handy hin. »Das habe ich nun davon, dass ich es eingeschaltet habe. Jetzt klingelt es.«

»Vermutlich ist es wichtig«, sagt Marina.

Ich melde mich. »Köberle … Wer ist da? – Abele! Ach, Sie sind es. Kann ich was für Sie tun? – Wir waren verabredet? Davon weiß ich gar nichts … Oh, zu den Hartels … Schaffen Sie das nicht alleine? – Ja, ja, okay. Ich komme. Wo sind Sie jetzt? Am Rathaus … Gut. Bis gleich.« Ich drücke das Gespräch weg und sage zu Marina: »Der Gerichtsvollzieher braucht mich zu seinem Schutz, sagt er. Er muss bei den

Hartels pfänden und der Erwin hat ihn jetzt schon zweimal rausgeschmissen. Beim letzten Mal hat er ihm angedroht, wenn er noch mal kommt, verprügelt er ihn.«

»Und jetzt sollst lieber du dich verprügeln lassen.«

»Das macht der Erwin nicht. Bei mir ist der immer lammfromm.«

»Na, dann viel Glück.«

»Ich bin in einer halben Stunde wieder zurück, dann fahren wir ins Lauterdörfle.«

»Falsch«, mischt sich die Oma ein. »Die Marina und ich fahren nach Ehingen. Sie muss sich schließlich mal ihr Brautkleid anschauen.«

»Aber vorher fahr ich noch zu Hause vorbei und zieh Zivilklamotten an.«

»Du bist im Dienst ...«

»Erstens«, fällt sie mir ins Wort, »kann ich nicht in Uniform in einen Laden gehen und mir ein Brautkleid aussuchen. Und zweitens habe ich eigentlich Urlaub.«

»Ach, macht doch, was ihr wollt.«

25

Der Abele ist ein großer schlanker Mann Mitte dreißig. Er hat dunkles, schon ziemlich lichtes Haar und eine leicht gebogene Hakennase. Eigentlich wäre er ein recht sympathischer Mensch, wenn dieser traurige Ausdruck nicht in seinem Gesicht wäre. Aber vermutlich bringt das der Beruf so mit sich. Als Gerichtsvollzieher hat er es halt meistens mit Leuten aus der unteren Schicht zu tun. Oder mit gewieften Betrügern. Für seinen Beruf halte ich ihn nicht so sehr geeignet. Ich habe ihn ja schon mal zu einem seiner »Kunden« in einen kleinen Teilort unseres Dorfes begleiten müssen. Ziel war ein halb zerfallenes Haus am Ortsrand. Ich kannte zwar das Haus, aber ich hatte keine Ahnung, wer da wohnte. Das war damals ein ziemlich frustrierendes, um nicht zu sagen erschreckendes Erlebnis gewesen. Nicht dass die Frau etwa renitent oder gar bösartig gewesen wäre, wie der Abele mir das vorher geschildert hatte. Es waren die katastrophalen Zustände, in denen die Frau gelebt hat.

Mir hat der Abele damals berichtet, er hätte zweimal versucht, die Frau zu überreden, ihm die Tür zu öffnen. Jedes Mal hätte sie gedroht, wenn er gewaltsam in ihr Haus eindringen würde, würde sie ihn mit einer Mistgabel abstechen. Als ich gemeinsam mit dem Abele angekommen bin, hat sie uns zunächst auch mit der Mistgabel gedroht. Ich habe ihr damit gedroht, wenn sie uns nicht freiwillig öffnen würde, müssten wir die Tür aufbrechen und gegen meine Pistole hätte sie mit ihrer Mistgabel keine Chance. Daraufhin war es eine Weile still. Dann wurde ein Riegel zurückgeschoben und die Tür öffnete sich. Eine kleine, vollschlanke Frau stand im Türrahmen. Ihr rundes Gesicht hatte so viele Falten und kleine Runzeln, wie ich es in meinem ganzen Leben noch nie gesehen hatte. Die meisten kleinen Fältchen waren um ihren Mund herum sowie um ihre Augen. Ganz vorne auf ihrer Nase saß ein Kneifer. Vermutlich brauchte sie die

Brille ohne Gestell nur zum Lesen. Ihre lebhaften Augen glitzerten angriffslustig über die Brille hinweg. Das Alter der Frau war schwer zu schätzen. Aber das Renteneintrittsalter hatte sie sicher schon einige Zeit hinter sich. Irgendwie wirkte sie, trotz der Mistgabel in ihrer Hand, sehr sympathisch.

»Grüß Gott, Frau Natterer«, begrüße ich sie freundlich. »Dürfen wir eintreten?«

Sie zeigt auf Abele. »Abr der bleibt draußa!«

»Der kommt mit rein«, sage ich ruhig.

»Der bleibt draußa!«

»Der kommt mit rein«, sage ich nun streng. »Er macht doch auch nur seine Arbeit.«

»Er isch a Geldeitreibr«, sagt sie kategorisch. »I mag koine Geldeitreibr.«

»Das sehen Sie falsch«, kläre ich sie auf. »Er ist kein Geldeintreiber. Er ist Gerichtsvollzieher.«

»Wo isch da a Unterschied? Er will doch ao Geld von mir, und i han koins.«

»Frau Natterer, der Herr Abele will kein Geld von Ihnen, wenn Sie keines haben. Aber es ist seine Aufgabe, in Ihrem Haus nachzusehen, ob Sie irgendwelche wertvollen Gegenstände besitzen.«

»Des oinzig Wertvolle em Haus bin i«, gibt sie zurück. Das wage ich nicht zu bestreiten, denn wer so ein interessantes Gesicht hat, darf sich schon als wertvoll bezeichnen.

»Da gebe ich Ihnen durchaus Recht«, beruhige ich sie. »Und ich verbürge mich dafür, dass der Herr Abele nur seiner Pflicht nachkommt und nur das pfändet, was pfändbar ist.«

»Pfända will der?« Sie stellt sich vor Abele hin. »Bäbb mir da Gugugg auf mei Hirn, noch kasch wiedr ganga.«

»Sie sind was Besonderes«, sage ich zu ihr. »Sie darf der Herr Gerichtsvollzieher nicht pfänden.«

Nach einigem Hin und Her durften wir dann doch noch das Haus betreten. »Abr aufbassa«, warnte sie uns. »Nix kaputt macha, gell!«

Und dann standen wir vor der Küche. Im Türrahmen blieben wir beide stehen. Es war nicht zu fassen. Neben dem Herd und links und rechts neben dem Küchenschrank stapelte sich der Müll. Flaschen, Dosen, leere Milchtüten, Pappkartons, Zeitungen und sogar Obstabfälle. Alles fein säuberlich etwa meterhoch aufgeschichtet. Nur um den Tisch herum konnte man noch gehen, wenn einen der Schmutz auf dem Boden nicht störte. Der Geruch, der aus der Küche kam, ließ uns schnell weitergehen. Das Wohnzimmer war nicht weniger voll. An den Wänden stapelten sich Kleider, Bücher und Zeitschriften. Jede Menge Zeitschriften. Nur von der Tür bis zum Sofa und vom Sofa zum alten Fernseher war ein schmaler Weg. Auf einem kleinen Tisch neben dem Sofa standen ein paar Gläser und eine angebrochene Flasche Wein.

»Nix durchanandrbringa«, warnte sie uns. Sie wich uns nicht von der Seite. »Des koschtet mi sonscht Tage, bis i älles wiedr am richtiga Platz han.«

»Wir rühren nichts an«, versicherte ich ihr.

Der Abele sagte nichts. Eine Tür weiter war das Schlafzimmer. Es war gerade mal so groß, dass ein Bett und ein kleiner Schrank Platz hatten. Dafür gab es hier kaum Unordnung. Ein paar Kartons standen unter dem Fenster. Zwischen dem Schrank und der Außenwand war ein Spalt von einem halben Meter Breite. Dort waren Kartons bis zur Decke gestapelt. Aber der Boden war hier sauber. Der Abele sagte immer noch nichts. Aber ich sah ihm an, wie erschüttert er war. Ich war es auch.

Nicht lange danach hatte ich ein ausführliches Gespräch mit der Oma. Sie fuhr rauf zu der Frau Natterer. Vier Wochen später hatte sie sie so weit, dass sie freiwillig in ein Altersheim ging. Dort war sie schon nach wenigen Wochen dem Pflegepersonal eine große Hilfe, weil sie sich mit den pflegebedürftigen Frauen bestens verstand.

Jetzt bin ich wieder mit Abele unterwegs. Diesmal weiß ich, was uns erwartet. Mit dem Hartel ist nicht gut Kirschen essen. Er kann schon ein umgänglicher Mensch sein, wenn er will. Aber oft will er nicht.

Ich setze mich zu Abele ins Auto. Es riecht nach Alkohol. »Haben Sie mir auch einen?«, frage ich, bevor wir losfahren.

»Was?«

»Einen Obstler. Sie haben doch einen.«

Er wirft mir einen erschrockenen Blick zu. »Nein.«

»Jetzt tun Sie nicht so. Ich rieche es doch.«

»Ich habe nur einen winzig kleinen Schluck getrunken«, sagt er hastig. »Einen ganz kleinen. Das meiste habe ich verschüttet. Ich bin immer nervös, wenn ich so einen Besuch vor mir habe. Er hat mir letzte Woche richtig Angst gemacht. Aber ich muss doch hin. Ich mache nur meine Arbeit, auch wenn ich sie grässlich finde.«

»Warum machen Sie dann den Job?«

»Warum besteigt man einen Berg?«, antwortet er, während er einen kleinen Plastikbecher und einen Flachmann aus dem Handschuhfach nimmt. Er reibt den Becher mit einem Papiertaschentuch sauber und schenkt mir aus dem Flachmann ein. Es ist ein kräftiger Schluck. »Um vom Berg oben ins Tal hinunterzusehen. Eine ziemlich unnütze Tätigkeit.«

»Das beantwortet aber nicht meine Frage«, sage ich und kippe den Schnaps hinunter.

»Ich mache den Job, um meine Familie zu ernähren«, erklärt er. »Wir haben zwei Kinder. Beides Mädchen. Die Älteste ist sechs. Sie wird dieses Jahr eingeschult. Die Jüngere wird drei Jahre alt und kommt im Herbst in den Kindergarten. Dann will meine Frau einen Halbtagsjob annehmen, um die Haushaltskasse aufzubessern.«

»Sie machen die Arbeit nicht besonders gern«, stelle ich fest.

»Anfangs dachte ich, ich pack das. Aber es wird immer schlimmer. Das hält doch kein normaler Mensch auf Dauer aus. Jeden Tag nur Elend und Armut und Lügen und Ausflüchte … Manchmal möchte man eine Sau satteln und davonreiten.«

»Warum gerade eine Sau?«, frage ich und gebe ihm seinen Becher zurück.

»Weil das alles zur Sau ist«, klagt er. »Was glauben Sie, was ich schon alles gesehen habe … Was ich schon alles durchgemacht habe. Und da sauf ich mir manchmal einfach einen an, dann muss ich das Elend nicht mehr mit ansehen.«

»Da, wo wir jetzt hinfahren, ist kein Elend«, versuche ich ihn zu beruhigen.

»Aber Gewalt«, sagt er.

»Unsinn. Sie werden sehen, wenn ich dabei bin, ist der lammfromm. Er weiß, dass ich kurzen Prozess mache.«

»Und wie machen Sie das?«

»Ich sage zu ihm, wenn er nicht sofort Ruhe gibt, dann … dann …«

»Was dann?« Er fährt an, gibt Gas.

»Dann gehe ich und drohe ihm, dass ich morgen wiederkomme.«

Er wirft mir einen kurzen Blick zu, verzieht den rechten Mundwinkel. »Sehr witzig.«

»Sie werden sehen, er ist harmlos.«

Kurz darauf halten wir vor einem Vierfamilienhaus. Die Hartels wohnen unten rechts. Das Haus ist in einem schmutzigen Grau gestrichen. An manchen Stellen bröckelt schon der Putz. Die Fensterrahmen weisen schon ziemlich breite Risse auf. Ich sehe, wie eine Gardine kurz zur Seite geschoben wird und dann wieder zurückfällt. Man erwartet uns. Wir steigen aus. Der Abele klemmt sich seine Aktentasche unter den Arm, und ich drücke auf den Klingelknopf.

Es dauert eine Weile, bis die Tür aufgeht. Der Erwin öffnet uns persönlich. Er ist ein Schrank von einem Mann, etwa eins neunzig groß, mit breiten Schultern und Händen wie Schaufeln. In meiner Erinnerung war er so ein Curd-Jürgens-Typ. Den Curd Jürgens habe ich natürlich nie persönlich kennengelernt, sondern nur auf Bildern und in Filmen bewundert. Und da habe ich immer einen gutaussehenden, stattlichen Mann in ihm gesehen. Ich erinnere mich, dass ich gelesen habe, die Brigitte Bardot hätte ihm den Beinamen »Der normannische Schrank« gegeben. Und in einer Zeitung erreichte der Jürgens in der Liste der Männer mit dem meisten Sexappeal den zweiten Rang. Davon ist bei Hartel jetzt aber nichts zu sehen. Außer der Größe hat er so gar nichts von dem Jürgens. Mit seinem Drei-Tage-Bart, der ohnehin sehr dünn ausgefallen ist, und der Säufernase kann man ihn wirklich nicht mit Curd Jürgens verwechseln. Vermutlich war es schon dunkel, als ich früher mit ihm zu tun hatte.

»Högerle, was für eine Freude, dich in meiner bescheidenen Hütte begrüßen zu dürfen«, strahlt er. Am falschen Ton seiner Stimme merke ich gleich, dass es ihm alles andere als eine Freude ist, mich zu sehen.

Er duzt mich tatsächlich. Ich kann mich nicht erinnern, ihm das jemals erlaubt zu haben. »Köberle«, berichtige ich ihn. »Mit K wie Konto.«

»Richtig, Köberle mit K wie König. Du bist doch der König hier im Dorf.«

Er streckt mir immer noch strahlend seine Pranke entgegen. Ich reiche ihm meine Hand. Sie verschwindet fast völlig in seiner Hand. Ich schüttle sie kurz, unterdrücke einen Schmerzensschrei und gebe ihm seine Hand wieder zurück. »Köberle«, sage ich noch mal. »Polizeioberkommissar Köberle. Nicht König.«

»Sei doch nicht so bescheiden, Köberle. Jeder hier im Dorf weiß doch, dass du der absolute König bist. Komm doch bitte rein.« Er macht mir Platz, hält Abele zurück, der ebenfalls eintreten will. »Wen hast du uns denn da mitgebracht?«, fragt er mich unschuldig.

»Das ist doch der Herr Abele. Er war schon zweimal hier, aber Sie haben ihn …«

»Ach, Sie sind das!« Er schlägt Abele die Pranke auf den Rücken, dass der regelrecht ins Haus stolpert. »Warum sind Sie denn letztes Mal nicht reingekommen?«

»Da … Darüber möchte ich jetzt nicht reden«, sagt Abele mühsam beherrscht.

»Der Herr Abele ist Gerichtsvollzieher«, sage ich. »Aber das wissen Sie ja, Herr Hartel. Ich denke, dass er Ihnen was zu sagen hat.«

»Aber nun kommt doch erst mal rein ins Wohnzimmer. Hier im Hausgang ist schlecht reden.«

Wir treten ins Wohnzimmer. Überrascht bleibe ich stehen. Da ist nichts ärmlich, nichts alt oder abgenutzt. Die Sitzecke, eine Eckcouch mit Fernsehsessel, sieht ziemlich teuer und noch neu aus. Dazu ein passender Couchtisch, auf dem ein Buch von Konsalik liegt. Neben dem riesigen Wohnzimmerschrank steht ein großer Plasma-Fernseher mit mindestens 60 Zoll, daneben ein DVD-Spieler sowie eine Stereoanlage. In der Essecke ein großer Tisch mit sechs gepolsterten Stühlen.

Mit einem schnellen, geübten Blick hat Abele die Einrichtung abgeschätzt und setzt sofort zu seinem Spruch an. »Ich habe hier zwei vollstreckbare Titel über …«

Erwin Hartel fällt ihm sofort ins Wort. Laut schreit er Richtung Tür, die offensichtlich in die Küche führt: »Lydia! Lydia, wir haben Besuhuch!«

Abele hat inzwischen aus seiner Aktentasche ein paar DIN-A4-Blätter herausgenommen. Mit »Vollstreckbare Titel über …« will er fortfahren. Aber Hartel ignoriert ihn einfach. Noch einmal schreit er Richtung Küchentür, diesmal energischer: »Lydia, wir haben Besuhuch!«

Und dann kommt sie. Das heißt, sie schreitet. Es ist ein einstudierter theatralischer Auftritt. Sie trägt ein lila Rüschenkleid, das gerade mal knapp die Hälfte ihrer dicken Oberschenkel bedeckt. In ihrem tiefen Ausschnitt gönnt sie uns einen Blick auf einen Teil ihres mächtigen Busens. Der Schminke in ihrem Gesicht sieht man deutlich an, dass sie in großer Eile und nicht besonders sorgfältig aufgetragen wurde. Um ihren Nacken hängt ein mit flauschigen Federn besetzter, etwa zwei Meter langer, hellgrüner Schal oder auch eine Boa.

Mit nach vorn gestrecktem Handrücken kommt sie auf zehn Zentimeter hohen Stöckelschuhen unsicher gehend mit einem breiten Lächeln auf mich zu. »Herr Polizeipräsident, wie schön, Sie in unserem Heim begrüßen zu dürfen.«

Ich nehme ihre zum Handkuss dargebotene Hand in meine, schüttele sie fest und drücke extra kräftig zu. Sie verzieht keine Miene.

»Polizeioberkommissar, nicht Präsident«, sage ich und deute auf Abele, den sie gar nicht beachtet hat. »Wir wollten nur mal ...«

»Ist sie nicht eine Wucht, meine Gattin«, fällt mir der Hartel hastig, mit vor Stolz geschwellter Brust, ins Wort. »Immer wieder überrascht sie mich mit einer neuen Variante. Wir haben ja leider kein Geld, um ihr ständig neue Kleider zu kaufen. Aber mit ihrem Ideenreichtum macht sie aus den alten Kleidern immer wieder was Neues. Ich habe ja mal gelesen, dass eine Schlange ...«

»Was?! Eine Schlange?!«, schreit Lydia Hartel hoch und schrill.

»Ja«, sagt der Hartel zu ihr und wendet sich wieder an uns. »Also, eine Schlange ...«

»Eine Schlange?!«

»Verdammt noch mal, was soll das denn?«, fährt sie ihr Mann ärgerlich an.

»Ich mag keine Schlangen«, sagt Lydia trocken und völlig ruhig.

»Das ist mir doch egal!«, schleudert der Hartel ihr ins Gesicht. »Jetzt lass mich endlich zu Ende erzählen.« Er wendet sich wieder zu uns, hauptsächlich eigentlich an mich. Der Abele schien weder für ihn noch für seine Frau zu existieren. »Schlangen haben die Fähigkeit ...«

»Schlangen haben Fähigkeiten?!« Der schrille Ton in ihrer Stimme schmerzt in meinen Ohren.

Die verarschen uns nach Strich und Faden, denke ich.

»Gib mir mal das Buch!«, befiehlt Hartel seiner Frau.

Sie gibt ihm den Konsalik und er schlägt ihn ihr auf den Kopf. »So! Vielleicht hältst du jetzt endlich deinen Mund!«

Sie starrt ihn einen Moment mit verzerrtem Gesicht an. Dann schreit sie plötzlich los: »Aaaah! Du hast mich geschlagen! Du Teufel hast mich geschlagen!« Sie zieht einen Schuh aus und es sieht aus, als wollte sie damit auf ihn einschlagen. Aber noch bevor ich eingreifen kann, wendet sie sich ab und humpelt wütend zur Küchentür. »Das wirst du mir büßen! Das wirst du mir büßen!« Kaum ist sie draußen, hören wir, wie ein Teller oder eine Schüssel auf dem Küchenboden zersplittert. Dem folgt sogleich ein zweiter.

»Dieses Weib!«, schimpft der Hartel. »Dieses elende Weib! Jetzt dreht sie wieder durch!« Er schiebt uns zur Tür. »Raus. Die ist jetzt nicht mehr zu bremsen. Jetzt muss ich als Erstes alle Messer und Gabeln wegschließen. Macht, dass ihr rauskommt, bevor was passiert!«

»Aber da kann ich doch …«, setze ich an.

»In diesem Zustand kann nur ich sie bremsen. Raus mit euch. Ich kann es nicht verantworten, dass euch was passiert.« Er reißt die Haustür auf, schiebt uns hinaus und wirft die Tür hinter uns zu.

Wir bleiben noch eine Weile stehen und hören die beiden streiten. Dann setzen wir uns in Abeles Wagen. »Das war jetzt eine perfekte Inszenierung«, sage ich. »Was meinen Sie?«

»Ich fand's ziemlich echt«, sagt der Abele und der Schreck steht ihm noch ins Gesicht geschrieben. »Ich bin froh, dass ich da heil rausgekommen bin.«

»Glauben Sie mir, Herr Abele, das war gespielt und geprobt, wenn auch ziemlich schlecht. Vermutlich nicht nur für uns. So einfach kriegt man Leute los.«

»Mir hat auf jeden Fall gereicht, was ich gesehen habe. Da ist einiges zu pfänden.« Er legt den Gang ein, fährt los.

»Wie viele Kunden haben Sie heute noch?«, erkundige ich mich.

»Zwei.«

»Wann, glauben Sie, sind Sie fertig?«

»Um halb vier, spätestens um vier.«

»Hätten Sie Lust, mit mir auf die Alb zu fahren? Ins Lauterdörfle bei Hayingen.«

»Ich kenne das Lauterdörfle. Freunde von uns aus München haben dort mal eine Woche Urlaub gemacht. Wir haben sie zweimal da oben besucht. Es ist ein schönes, sehr ruhiges Dörfchen. Ideal für Wanderfreunde.«

»Stimmt. Aber wir werden nicht wandern. Ich habe einen Durchsuchungsbeschluss für ein Haus.«

»Ach, wirklich?« So etwas wie ein kleines Strahlen erscheint in seinem Gesicht. »Da bin ich dabei«, sagt er begeistert.

»Wir müssen aber um vier los.«

»Ich bin da, versprochen. Wo treffen wir uns?«

»Auf dem Polizeiposten, neben dem Rathaus. Wir fahren mit meinem Dienstjaguar.«

»Abgemacht. Wo soll ich Sie absetzen?«

»Am Pfarrhaus. Ich habe noch mit dem Pfarrer zu reden.«

»Gut.« Wenig später lässt er mich aussteigen. »Ich bin pünktlich«, versichert er mir.

26

Im Vorgarten des Pfarrhauses bleibe ich erst mal stehen, zücke mein Handy und wähle die gespeicherte Nummer von Marina. Es dauert eine Weile, bis sie sich meldet.

»Wo bist du gerade?«, frage ich.

»In Ehingen. Hochzeitskleid gucken.«

»Nur gucken?«

»Ja, nur gucken. Das Kleid ist ein Traum. Du hast mich allerdings gerade dabei gestört, deiner Oma auszureden, dass sie mir das Kleid gleich kauft.«

»Ja, ich weiß. Wenn sie sich mal was in den Kopf gesetzt hat, ist sie schwer wieder davon abzukriegen.«

»Ich schaffe das schon.«

»Das ist gut. Ich … ich möchte nicht, dass du dich überrumpelt fühlst.«

»Hanno, du bist ein Idiot … aber ein lieber.«

»Puuuh!«, stöhne ich. »Das war jetzt aber nötig. Ich meine das Anhängsel. Aber dass ich ein Idiot bin, weiß ich selbst.«

»Das ist doch schon was.«

»Wir reden heut Abend. Ganz ernsthaft.«

»Ich dachte, du gehst heute Abend Bier trinken.«

»Das dauert nicht so lange. Ich treffe mich um sieben mit dem Franz und dem Eduard im Pub. Spätestens um halb neun hab ich die beiden bestimmt versöhnt. Ich trinke auch nur zwei Bier. Wo sehen wir uns?«

»Bei mir?«

»Gut. Hätte ich auch vorgeschlagen. Ich fürchte, es wird eine sehr lange Nacht werden.«

»Ich liebe lange Nächte. Was machst du gerade?«

»Ich stehe vor dem Pfarrhaus. Wusstest du übrigens, dass die Hufnagel auf dem Friedhof achtzehn Gräber betreut hat?«

»Nein.«

»Ich hab es von der Hader erfahren. Jetzt will ich vom Pfarrer wissen, wo sich diese Gräber befinden. Ich meine, an welcher Stelle. Ich hab da so eine Theorie.«

»Ah, ist da der Sherlock Holmes wieder am Werk?«

»Ich sag dir heut Abend Bescheid. Um vier fahr ich mit dem Abele ins Lauterdörfle. Ich dachte mir, das wäre eine gute Verbindung. Polizei, Gerichtsvollzieher und ein Gerichtsbeschluss, den sich der Hausmeister allerdings nicht so genau ansehen darf, das wird uns die Tür öffnen. Außerdem braucht der Abele einen kleinen Trost. Wir sind nämlich im hohen Bogen beim Hartel rausgeflogen.«

»Obwohl du dabei warst?«, fragt Marina erstaunt.

»Die beiden, der Hartel und seine Frau, haben eine einstudierte, bühnenreife Show abgezogen. Ich erzähl es dir heute Abend.«

»Du lieber Himmel, was du mir alles erzählen willst. Da reicht eine Nacht nicht. Dazu brauchen wir drei Nächte.«

»Wär auch keine schlechte Idee.«

»Ich glaube, wir machen jetzt besser Schluss. Ich will mich einfach nur auf eine Nacht mit dir freuen.«

»Ich freue mich auch, sehr sogar …« Aber da hat sie schon aufgelegt.

Der Pfarrer sitzt im Besucherzimmer am Schreibtisch. Er steht sofort auf. »Gut, dass Sie kommen, Herr Köberle. Ich wollte Sie schon anrufen. Ich habe heute Morgen in der Aufregung vergessen, Ihnen davon zu berichten, dass der Dobermann gestern Abend noch hier war …«

»Hab ich schon gehört«, sage ich. »Die Barbara hat es mir erzählt. Auch das mit dem Hüftwurf.«

»Dann wissen Sie es schon.« Er atmet befreit auf. »Ich hatte ein richtig schlechtes Gewissen.«

»Müssen Sie nicht haben. Die Aufregung heute Morgen ist auch mir ganz schön auf den Magen geschlagen.«

»Hat sich schon was ergeben?«, erkundigt er sich zaghaft.

»Nein, noch nicht. Aber Sie könnten mir vielleicht helfen, etwas Licht in die Sache zu bringen?«

»Ich? Ich wüsste nicht ...«

»Die Hufnagel hat achtzehn Gräber auf dem Friedhof betreut. Ist das richtig?«

»Das ist richtig. Ich könnte Ihnen aber jetzt auf Anhieb nicht alle namentlich nennen.«

»Das ist auch nicht nötig. Ich will nur wissen, ob sich eines oder auch mehrere der Gräber an einer Stelle befinden, die man vom Haupteingang und auch vom Seiteneingang nicht gleich sieht.«

»Warten Sie, das haben wir gleich.« Er nimmt einen Ordner aus dem Regal und zieht einen Bogen Papier im DIN-A3-Format heraus. »Das ist ein Plan vom Friedhof. Da sind alle Gräber eingezeichnet. Hier, sehen Sie, es sind etwa fünfunddreißig Gräber, die weder vom Haupteingang noch vom Nebeneingang sofort zu sehen sind. Hier ist auch noch Platz für weitere Gräber. Dort befindet sich auch der kleine Schuppen, in dem die Leute ihre Gießkannen abstellen können. Und es gibt ein paar kleinere Gartengeräte, die jeder benutzen darf.«

»Und die von Zeit zu Zeit immer wieder jemand hat mitgehen lassen, weil der Schuppen ja nie abgesperrt ist.«

»Ja, zum Ärger der Frau Hufnagel.«

»Und zu meinem. Ich musste den Diebstählen ja immer nachgehen, obwohl von vornherein klar war, dass ich da nichts ausrichten konnte.«

»Sie hat sich von den Leuten, für die sie die Gräber pflegt, das Geld für neue Gartengeräte immer wieder zusammengebettelt.«

»Sonst hätte ich ja auch nicht insgesamt vier Anzeigen von ihr auf den Tisch bekommen. Einmal hatte ich jemanden im Verdacht. Aber er hat hartnäckig geleugnet. Er gehörte zu einer Clique, die der Hufnagel immer wieder mal einen Streich gespielt hat. Wie viele von diesen Gräbern hatte die Hufnagel in der Ecke zu betreuen?«

»Vier. Warten Sie, ich schreibe Ihnen die Namen auf.« Er schreibt sie mir auf einen Zettel. Ich bedanke mich und gehe zur Tür.

»Halten Sie mich auf dem Laufenden?«, fragt er.

»Ja, klar«, sage ich und füge dann hinzu: »Ich gehe übrigens heute Abend Frieden stiften.«

»Oh, das hör ich gern. Wo findet die Friedensfeier statt?«

»Im Pub. Ich treffe mich um sieben mit dem Franz und dem Eduard, rede den beiden gut zu und nebenher trinken wir ein oder zwei Bierchen …«

»Alkohol ist die Geißel der Menschheit«, sagt der Pfarrer in vollem Ernst.

»Dann kommen Sie doch heute Abend einfach mit dazu«, erwidere ich. »Da werden Sie sehen, dass diese ›Geißel der Menschheit‹ auch ihre guten Seiten haben kann.« Ich winke ihm grinsend zu und verlasse das Pfarrhaus.

Während ich zu Fuß zum Posten gehe, rufe ich den Mack an. Er hebt sofort ab. »Na, hast du den Dobermann schon festgenommen?«

»Wie soll man jemanden festnehmen, der spurlos verschwunden ist?«, antwortet der Mack. »Auch sein Wagen ist heute noch nirgends gesehen worden.«

»Der Dobermann stand doch auch mal im Verdacht, Autos geklaut und verschoben zu haben.«

»Na und?«

»Da muss er doch eine gute Verbindung zu einer Werkstatt gehabt haben.«

»Wir haben drei in Frage kommende Werkstätten abgeklappert. Nichts. Es ist, als ob er sich in Luft aufgelöst hätte.«

»Einer wie der löst sich nicht in Luft auf. Habt ihr …«

»Die Fahndung läuft, wenn du das meinst.«

»Gut. Sagst du mir Bescheid, wenn sich was Neues ergibt?«

»Du sagst mir Bescheid, wenn du was rauskriegst. Ist das klar? Ich will den Kerl in die Finger kriegen.«

»Du musst ja eine ganz schöne Wut auf ihn haben«, bemerke ich.

»Das ist meine Sache!« Er legt auf.

Inzwischen bin ich am Ziel angelangt. Ich gehe ins Büro und wähle vom Diensttelefon die Nummer von Großmann. »Köberle«, melde ich mich.

»Sag jetzt nicht, du hast noch eine Leiche!«

»Wo denkst du hin«, beruhige ich ihn. »Außer dem Autounfall, zu dem ich schon morgens um sechs gerufen wurde, und der Ermordeten auf dem Friedhof hatten wir einen recht ruhigen Tag. Es wurde keine weitere Leiche gefunden und auch keine angeschwemmt. Es gab keine Meldung über eine tote Katze im Briefkasten, und es wurden keine abgetrennten Gliedmaßen in einem Müllcontainer entdeckt.«

»Dann sieh zu, dass das so bleibt. Ich hab keine Lust, noch mal zu dir rauszufahren.«

»Hast du dann wenigstens Lust, mir ein paar Fragen zu beantworten?«

»Wenn du schnell zur Sache kommst? Wie du weißt, habe ich gerade einen Kunden auf dem Tisch.«

»Gut, erste Frage: Könnte es sein, dass die auf deinem Tisch liegende Leiche erst mit einem Schlag auf den Kopf betäubt und später erst erstochen wurde?«

»Hanno, lass es mich auf Schwäbisch sagen: Du bisch a Käpsele.«

Schwäbisch wird er nie beherrschen, der Großmann aus dem Osten. »Was ist jetzt? War es so?«

»Sie hat tatsächlich einen Schlag auf den Hinterkopf bekommen. Der Schlag war nicht tödlich. Den winzigen Spuren nach zu urteilen, scheint es sich um eine Holzlatte gehandelt zu haben. Wie kommst du darauf?«

»Ich hab nur nachgedacht«, sage ich.

»Ach was? Pflegt man in deinen Kreisen tatsächlich zu denken?«

»So ist es. Meine Kollegin, die Marina Domino und ich, haben uns der schwersten Arbeit, die es gibt, verschrieben: dem Denken.«

»Seit wann ist Denken Schwerstarbeit?«

»Weißt du nicht, was Henry Ford einmal gesagt hat?«

»Ach, der hat auch mal was gesagt? Ich dachte, der hat nur Autos gebaut.«

»Dazu muss man ja vorher erst mal denken. Er hat gesagt: ›Denken ist die schwerste Arbeit, die es gibt. Das ist wahrscheinlich auch der Grund, warum sich so wenige damit beschäftigen.‹ Das sollte man unseren Politikern mal sagen. Da steht einer vorne, der den Ton angibt und sagt, wo's langgeht, und der Großteil der anderen rennt einfach hinterher wie die Lemminge, ohne selbst zu denken. Und die paar Ausreißer unter den Politikern, die tatsächlich noch selber denken, werden entweder verhöhnt oder mundtot gemacht.«

»Darf ich jetzt auflegen?«, sagt Großmann und spielt den Eingeschüchterten. »Es ist mir zu anstrengend, mich mit dir zu unterhalten.«

»Nein. Apropos mundtot. Sagt dir das was?«

»Du meinst den Knäuel im Mund der Leiche?«

»Siehst du, auch du schaffst es, zu denken.«

»Die Unterhaltung mit dir beflügelt eben.«

»Verarsch mich nicht. Sag mir lieber, was das für ein Papier war, das die Hufnagel im Mund hatte.«

»Ein DIN-A4-Blatt mit Namen drauf. Handgeschrieben.«

»Kannst du mir die Namensliste zumailen?«

»Mailen? Auch noch mailen? Jetzt überforderst du mich aber.«

»Wenn du jetzt nicht aufhörst, mich zu verarschen, kriegst du übermorgen die nächste Leiche.«

»Gut. Ich leg jetzt auf.«

»Moment noch!«, halte ich ihn zurück. »Konntest du an der Leiche Fesselspuren an Hand- und Fußgelenken feststellen?«

»Es gibt welche, ja. Wie kommst du darauf? Hast du da eine Theorie?«

»Habe ich. Gehe ich recht in der Annahme, dass ihr in dem kleinen Geräteschuppen im hinteren Eck des Friedhofs nicht nach Spuren gesucht habt?«

Eine Weile ist es still. »In einer Dreiviertelstunde ist der Meringer bei dir«, sagt der Großmann dann hastig. Seiner Stimme ist anzuhören, dass er sich über den Fehler ärgert.

»Ich warte am Friedhofstor auf ihn.« Ich lege auf. Es ist halt schon eine Freude, wenn man den gescheiten Kripoleuten mal einen Schritt voraus ist. Meistens nimmt man uns Dorfpolizisten ja nicht sehr ernst.

Ich stecke ein paar der weißen, dünnen Gummihandschuhe ein, die man sich überstreifen soll, um am Tatort keine Spuren zu hinterlassen oder zu verwischen. Bisher habe ich die Handschuhe erst einmal überziehen müssen. Das war, als mich die Frau Hieber wegen eines Einbruchs in ihrem Haus angerufen hatte.

Den Einbruch habe ich aber nicht klären können, weil der Einbrecher längst über alle Berge war und kein Zeuge was gesehen haben wollte. Die Handschuhe habe ich dann aber nicht weggeworfen, weil man so was schließlich immer wieder mal brauchen kann.

Auf dem Weg zum Friedhof klingle ich kurz beim Angerer Helmut. Der Max hat ja gesagt, dass der Mager bei dem Angerer war. Wie der Angerer mich sieht, poltert er sofort los: »Na, das wird jetzt aber auch höchste Zeit, dass sich die Polizei endlich die Mühe macht, bei mir vorbeizuschauen.«

Der Angerer ist etwa Mitte siebzig. Er hat ziemlich viel Bauch und ein breites, fleischiges Gesicht. Auf seinem Kopf nimmt die blanke Haut deutlich am meisten Platz ein. Haare sind nur noch wenige zu sehen.

»Ich kann nicht überall gleichzeitig sein«, erkläre ich ihm ruhig. »Aber jetzt bin ich ja da. Haben Sie etwas gesehen, gestern Abend oder heute Nacht?«

»Und ob ich was gesehen habe. Da hat sich so ein Kerl herumgetrieben, gestern Abend. Schwarzes Haar, Lederjacke und Ohrring. Ziemlich unsympathischer Typ. Er ist hier zweimal auf- und abgegangen und ging dann den Buchenweg runter. Danach habe ich ihn nicht mehr gesehen.«

»Der Buchenweg führt direkt zum Seiteneingang des Friedhofs«, sage ich. »Ist er reingegangen in den Friedhof?«

»Das kann ich vom Haus aus nicht sehen«, sagt er. »Und nachgegangen bin ich ihm nicht. Ist das der Kerl, der die Carmen sucht?«

»Der Beschreibung nach könnte er es sein«, bestätige ich ihm, obwohl die Beschreibung doch recht dürftig war. »Also haben Sie nicht gesehen, dass er in den Friedhof reinging?«

»Habe ich doch gesagt.«

»Um welche Zeit war das denn?«

»So um halb acht.«

»War da der Mager gerade bei Ihnen?«

»Nein, der kam erst nach halb neun. Warum?«

»Nur so. Und später haben Sie den Mann auch nicht mehr gesehen?«

»Nein. Da war ja dann auch der Richard da. Wir spielen zweimal in der Woche Schach.«

»Wann ist der Richard wieder gegangen?«

»Weiß ich nicht mehr. Halt, als die Flasche leer war. Wir trinken immer eine Flasche Wein dazu. Mal bringt der Richard eine mit, das nächste Mal spendier ich die Flasche. Wenn sie leer ist, geht er nach Hause. Das ist meistens zwischen zehn und elf.«

»Gut, das war's dann mal fürs Erste. Vielen Dank für Ihre bereitwillige Auskunft.« Ich gehe Richtung Friedhof.

»Das ist doch Bürgerpflicht!«, ruft er mir hinterher. Ich hebe nur kurz den Arm, drehe mich aber nicht mehr um. Mit dem Mager Richard werde ich mich unbedingt unterhalten müssen. Und mit dem Hufnagel auch. Irgendwas stimmt an seiner Aussage nicht.

Auf dem Friedhof herrscht Ruhe. Vielleicht war die Hufnagel deshalb so gerne hier. Sie brauchte die Ruhe vermutlich als Ausgleich. Hier war keiner, der ihr widersprach oder sie beschimpfte. Hier konnte sie schalten und walten, wie sie wollte, und die ihr anvertrauten Gräber hegen und pflegen. Vermutlich hat sie dabei auch mit den Verstorbenen gesprochen. Mit der Martha Helfer auf jeden Fall. Die soll sie ja besonders gern kräftig gegossen haben.

Ich nehme mir den Zettel vom Pfarrer her und suche die Gräber mit den Namen, die mir der Pfarrer aufgeschrieben hat. Eines ist nur knapp zehn Meter von der Holzhütte entfernt. Drei Gräber weiter ist das nächste. Die anderen beiden Gräber sind weiter weg. Ich stecke den Zettel wieder ein und bleibe vor der Hütte stehen. Die Hütte ist auf jeden Fall groß genug, um eine bewusstlose und gefesselte Person darin zu verstecken.

Ich schlüpfe in meine Gummihandschuhe und öffne die Tür. Links an der Wand lehnt ein Spaten. Daneben ein Rechen. Auf einer Kiste liegen zwei kleine Handrechen. An der Wand rechts hängen zwei Gießkannen an einem Haken. Auf dem Boden stehen noch etliche andere Gießkannen. Ich hebe kurz den Deckel der Kiste an, ohne die Hütte zu betreten. Außer einem Sack Humus kann ich nichts entdecken. In einer Ecke lehnen zwei ungefähr eineinhalb Meter lange Holzlatten, etwa zehn oder zwölf Zentimeter breit und vier Zentimeter dick. Hat nicht der Großmann von Spuren einer Holzlatte gesprochen?

Ein kleines Glücksgefühl durchströmt mich. Ich hatte den richtigen Riecher. Hier müsste der Meringer fündig werden. Ich hoffe nur, dass heute noch niemand in der Hütte war.

Mit den Augen suche ich den Boden in der Hütte ab. Die Gießkannen sind eng zusammengestellt. Ein Leichtgewicht wie die Hufnagel hätte daneben locker Platz gehabt. Auf den ersten Blick kann ich nichts erkennen. Aber die vom Erkennungsdienst haben da ihre Möglichkeiten. Dass sie die Hütte nicht schon heute Morgen untersucht hatten, zeugt nicht gerade von Gründlichkeit. Einem Profi darf so was eigentlich nicht passieren.

Ich werfe einen Blick auf meine Uhr. Es ist zwanzig vor vier. Um vier habe ich den Termin mit dem Abele. Ich kann nur hoffen, dass der Meringer bald eintrifft. Und vor allem hoffe ich, dass er nicht alleine kommt. Ich habe nicht die Absicht, hier herumzustehen. Das Lauterdörfle wartet auf mich. Und darauf freue ich mich schon.

Und dann kommen sie tatsächlich zu zweit. Der Lukas Graf ist mit dabei.

»Mich müsst ihr entschuldigen«, sage ich. »Ich habe um vier einen Termin.« Ich deute auf die offene Hüttentür. »Ich wette, da drin werdet ihr fündig. Vor allem die Holzlatten. Ich habe übrigens die Hütte nicht betreten.«

»Ja, schon klar«, sagt der Meringer. »Und Köberle, vielen Dank für den Tipp. Dass wir hier nicht gleich nachgesehen haben, ist eine unverzeihliche Schlamperei.«

»Ich werd's nicht weitererzählen«, beruhige ich ihn. »Aber sollte ich mal eure Hilfe brauchen …«

»Schon genehmigt«, fällt mir der Meringer ins Wort.

»Gut«, sage ich. »Ich bin dann mal weg.«

27

Der Abele ist schon da. Er sitzt noch in seinem Wagen.

»Kommen Sie«, sage ich. »Wir nehmen mein Dienstfahrzeug. Es ist schließlich dienstlich.«

Er steigt ein. »Wundert mich aber schon ein bisschen, dass Sie mich mitnehmen.«

»Na ja«, sage ich grinsend. »Ich denke eben, es könnte durchaus hilfreich sein, bei dem, was ich vorhabe, einen Gerichtsvollzieher dabeizuhaben.«

»Sie haben doch nicht etwa etwas Ungesetzliches vor?«, erkundigt sich Abele leicht beunruhigt.

»Ungesetzlich? Herr Abele, was denken Sie denn? Ich bin Polizist. Nein, ungesetzlich ist das nicht. Was ich vorhabe, dient eher dem Gesetz. Es ist nur – sagen wir mal – eine unkonventionelle Art der Gesetzesausübung.«

»Ginge das auch etwas genauer?«

Während wir auf die Lutherischen Berge und durch Grötzingen fahren, schiebe ich eine CD ein. Die Musik auf der CD ist eine eigene Zusammenstellung aus Country und Rock 'n' Roll. Marina und ich lieben beide Oldies. Nach Fats Dominos »I'm Walkin'« kommt Wanda Jacksons »Let's Have A Party« und danach Paul Anka mit »Lonely Boy«. Das gefällt Abele gar nicht.

»Wenn Sie mit einer scharfen Braut im Auto die Musik hören, sucht die bestimmt im Handschuhfach nach Ihrem Rentnerausweis«, meint er so ganz nebenbei.

»Das ist die Musik meiner scharfen Braut«, sage ich.

»Dann sollten Sie mal in deren Ausweis nachsehen, ob ihr Haltbarkeitsdatum nicht schon abgelaufen ist.«

»Was hören Sie denn für Musik?«, frage ich schmunzelnd.

»Heavy Metal. Das brauche ich zur Ablenkung.«

»Ah ja, das hab ich auch schon mal probiert. Danach war ich zwei Wochen krank. Jetzt höre ich wieder die Musik meiner scharfen Braut und meiner künftigen Frau. Die ist völlig ohne Nebenwirkungen.«

»Sie wollen heiraten?«, fragt er überrascht.

»Es ist an der Zeit«, sage ich.

»Darf man fragen, wer die Glückliche ist?«

»Meine Kollegin, die Marina Domino.«

»Was?« Er starrt mich eine Weile an, dann sprudelt er plötzlich los. »Vergessen Sie alles, was ich gesagt habe. Das war purer Blödsinn, das mit dem Rentnerausweis und so. Die Frau Domino ist sicher noch keine dreißig, und sie ist eine wunderschöne Frau. Eine Klassefrau.«

»Das meine ich auch.«

»Da ... da darf man Ihnen wirklich gratulieren. Wann wollen Sie denn heiraten?«

»Der Termin steht noch nicht fest. Aber ich denke, irgendwann in den nächsten Wochen.«

»Wie kann man nur so einen Blödsinn reden«, schimpft er weiter mit sich selber.

»Na ja, Sie mögen halt keine Oldies.«

»Wissen Sie, ich brauch was Stärkeres, so was wie Heavy Metal, damit ich all das Elend vergessen kann, das ich jeden Tag sehe.« Wir schweigen eine Weile. Dann fragt er: »Was wird mich jetzt wohl erwarten?«

Ich erkläre ihm, was ich vorhabe. Wie ich in das Haus kommen will, lässt er zunächst unkommentiert. Dass es dabei um fast zwei Millionen geht, scheint ihm die Sprache zu verschlagen. Erst als wir an Tiefenhülen vorbei sind und auf Frankenhofen zufahren, findet er die Sprache wieder.

»Zwei Millionen Euro, sagen Sie.« Er stößt die Luft durch die Zähne aus. »Wirklich zwei Millionen?«

»Die Information kommt aus absolut sicherer Quelle.«

»Und von wem haben Sie die Information?«

»Das kann ich Ihnen jetzt noch nicht sagen«, erkläre ich. »Erst müssen wir mal das Geld finden.«

Ich habe nicht die Absicht, ihm von meiner Mutter zu erzählen. Solange niemand von ihr weiß, kann ich sie am besten heraushalten. Dass ich den Abele für meine Zwecke ausnutze, sehe ich eigentlich nicht so eng. Ich verschaffe ihm einfach nur ein wenig Abwechslung in seinem tristen Alltag. So sieht er halt auch mal was anderes als immer nur Armut, Elend und manchmal auch Verwahrlosung.

Aber so ganz gibt er sich mit meiner Erklärung nicht zufrieden. Es geistert noch was in seinem Kopf herum. »Aber was ich nicht verstehe, ist: Warum durchsuchen wir das Haus illegal? Warum gehen Sie nicht zum Staatsanwalt und lassen sich einen Durchsuchungsbeschluss ausstellen? Sie haben doch einen sicheren Tipp.«

Darauf war ich vorbereitet. Die Frage musste ja kommen. »Weil ich vom Staatsanwalt nur auf Grund eines Tipps keinen Durchsuchungsbeschluss bekommen würde«, antworte ich ihm. »Selbst der sicherste Tipp ist erst dann sicher, wenn er zum Erfolg geführt hat.«

»Aha.« Er schweigt eine Weile und fügt dann hinzu: »Das leuchtet mir ein.« Er braucht halt ein bisschen länger. Er ist es offensichtlich gewohnt, eine Sache gründlich zu überdenken. Aber mir ist klar, dass da noch eine weitere Frage nachkommen wird. Wir fahren schon in Granheim ein, da kommt sie, die Frage, mit der ich noch gerechnet habe.

»Und warum lassen Sie das nicht die Kripo machen? Wie Sie sagen, haben die den Betrüger doch schon vor Tagen festgenommen.«

»Sie brauchen doch in Ihrem Beruf immer wieder Erfolge. Ist das richtig?«

»Natürlich brauche ich das. Und zwar möglichst täglich.«

»Sehen Sie«, sage ich bloß und gebe ihm damit wieder was zum Nachdenken. Diesmal hat er es schnell kapiert.

»Okay, okay, ich hab's geschnallt. Wir alle brauchen im Leben unsere Erfolge.« Er sieht mich an, grinst. »Das ziehen wir durch. Ich höre täglich so viele Lügen, dass ich es inzwischen auch kann.«

Ich grinse auch. »Ich wusste doch, dass ich auf Sie zählen kann. Beim Hartel können Sie übrigens auf mich zählen. Ich krieg schon raus, woher er das Geld hat, um all die neuen Sachen zu kaufen.«

»Da wäre mir wirklich sehr geholfen.«

Wir fahren eine leicht kurvige Straße runter ins Lautertal. Von dieser Seite aus kommt man als Erstes nach Indelhausen. Wir lassen Anhausen links liegen, fahren vorbei an einem Wanderparkplatz und sehen bald vor uns das »Flair-Hotel Gasthaus Hirsch« liegen.

»Wenn Sie Ihre Frau mal schön zum Essen ausführen möchten, kann ich Ihnen den ›Hirsch‹ empfehlen«, sage ich zu Abele. »Da isst man sehr gut, hauptsächlich einheimische Gerichte. Es gibt alles, was auf der Alb wächst und gedeiht. Wild, Lamm, Pilze und sogar Schnecken.« Ich biege links ab und fahre die Straße hoch. »Wissen Sie, dass es im Lautertal sogar eine Schneckenzucht gibt?«

»Nein, das wusste ich nicht. Allerdings mag ich auch keine Schnecken.«

»Gut, gut«, lache ich. »Ich auch nicht. Dafür esse ich lieber Wild.«

»Ich esse lieber ruhig und gesittet.«

Ich werfe ihm einen kurzen Blick zu. Er sieht mit ernstem Gesicht geradeaus. Als er merkt, dass ich ihn aus den Augenwinkeln immer wieder kurz ansehe, grinst er.

»Mensch, Abele, Sie können ja sogar witzig sein.«

»Ja, manchmal erlaube ich mir das«, sagt er.

Wir nähern uns Hayingen. Vor der Ortseinfahrt gibt es den unvermeidlichen Kreisverkehr. Fast jede Gemeinde in Baden-Württemberg hat jetzt ihren Kreisverkehr. Die meisten sind ein Segen für die Autofahrer. Es läuft flüssiger und es gibt weniger Staus. Aber manche, na ja.

Der Weg zum Lauterdörfle ist ausgeschildert. Das Dorf, das aus 105 Holzhäusern besteht, liegt oberhalb des Hayinger Naturtheaters. Ich fahre zum oberen Parkplatz. Gleich daneben ist der Bauhof, das Reich des Hausmeisters Kling.

»Wir müssen überzeugend sein, klar? Er darf sich meinen Durchsuchungsbeschluss nicht näher ansehen wollen.«

»An mir soll's nicht liegen.«

»Ich hoffe nur, dass der Hausmeister hier in seiner Werkstatt ist, damit wir ihn nicht im Dörfle suchen müssen. Ich will ja nicht die Gäste mit meiner Uniform nervös machen.«

Der Abele steigt aus, beugt sich gleich wieder rein. »Ich glaube, er ist da.«

Wir gehen in den Hof. Der Herbert Kling erkennt mich sofort wieder. »Ah, der Herr Polizeioberkommissar. Habe ich das richtig gesagt?«

»Absolut richtig«, sage ich.

»Schön, Sie wieder mal zu sehen. Kann ich was für Sie tun?«

»Ich habe da einen Durchsuchungsbeschluss für das Haus Nummer 75«, informiere ich ihn und zeige meinen Durchsuchungsbeschluss, den ich mir für solche Fälle aufbewahrt habe. Er ist noch zu weit entfernt, um das Datum und den Namen lesen zu können. Und bevor er da ist, stecke ich das Schreiben wieder weg.

»Für das Haus Nummer 75, sagen Sie. Hat sie was angestellt?«

»Kennen Sie die Frau? Blond, Schmollmund, klasse Figur. Aber ziemlich eingebildet.«

»Ja, ich habe sie immer mal wieder gesehen. Früher, als ihr Mann noch lebte, waren sie öfter hier. Nach seinem Tod war sie erst zwei- oder dreimal wieder da. Sie kam mit einem anderen Mann. So ein schwarzhaariger, geschniegelter Typ. Etliche Jahre älter als sie.«

»Genau. Wann kam sie denn zum ersten Mal mit diesem anderen Mann?«

»Jetzt, wo Sie das sagen … Das war schon kurz, nachdem ihr Mann verunglückt war. Ich dachte noch, die hat sich aber schnell getröstet.«

»Wie kurz war das? Ich meine, wann haben Sie ihn zum ersten Mal gesehen?«

»Höchstens fünf, sechs Wochen nach dem Tod ihres Mannes. Der erste Mann war übrigens auch älter als sie.«

»Der geschniegelte Typ sitzt gerade. Er wurde vorgestern festgenommen. Deshalb auch der Durchsuchungsbeschluss. Über Beziehungen habe ich von dem Haus hier oben erfahren.« Ich deute auf Abele. »Das ist übrigens Herr Abele. Auch er hat großes Interesse an der Durchsuchung des Hauses. Er ist Gerichtsvollzieher.«

»Oh, also gleich im Doppelpack.«

»Würden Sie uns bitte Ihren Generalschlüssel geben? Wir hätten zwar das Recht, das Haus aufzubrechen, aber davon möchten wir wirklich keinen Gebrauch machen. Schon im Interesse der anderen Eigentümer hier. Und auch wegen der Gäste. Wir wollen das alles so unauffällig wie möglich machen.«

»Und ich bekomme keine Schwierigkeiten?«

»Sie haben die Deckung vom Staatsanwalt«, lüge ich. »Sie geben uns den Schlüssel, erzählen niemand davon, und wir versuchen, möglichst kein Aufsehen zu erregen.«

»Dass mit der was nicht stimmt, hab ich schon immer geahnt«, meint der Kling. »Als sie kurz nach dem Tod ihres Mannes mit dem Neuen kam, dachte ich mir schon, dass das so eine ist, die sich reiche, ältere Männer krallt und sie ausnimmt. Ist der Neue auch reich?«

»Irgendwie schon«, antworte ich ausweichend.

»Einen Vertrauen erweckenden Eindruck machte der ja auch nicht gerade.«

»Den Eindruck hatten wir auch«, bestätige ich.

Er zieht einen Schlüssel aus der Tasche. »Das Haus ist zwar gleich da drüben. Aber mit der Uniform …«

»Ich zieh meinen Arbeitsmantel an, den ich immer im Auto habe«, sage ich. »Und Sie sagen uns Bescheid, falls die Frau Kappel kommen sollte.«

Wenige Minuten später sind wir im Haus Nummer 75. Die Einrichtung besteht aus einer grünen Eckcouch, einem kleinen Tisch, Fernseher, zwei kleinen Schränken. Die Küche ist neu, der Esstisch schon älter. Hier beginnen wir mit der Suche. Wir sehen in jeden Schrank, in jede Schublade, unter die Betten. Nichts. Auch in den beiden kleinen Gästezimmern, die mit je zwei Stockbetten, zwei schmalen, offenen Schränken und einem kleinen Schreibtisch ausgestattet sind, finden wir nichts. Verstecke gibt es da so gut wie keine. Auch nicht in der Gästetoilette und nicht im Bad. Eigentlich nirgends. Nach einer Stunde geben wir auf.

»Das war wohl nichts«, sagt der Abele.

»Und ich hätte wetten können, dass wir hier fündig werden«, erwidere ich, schon leicht enttäuscht. Ich gebe den Schlüssel zurück, lasse mir aber noch ein Hintertürchen offen. »Falls mir noch was einfällt und ich noch mal kommen muss, eventuell auch nachts«, erkundige ich mich bei Hausmeister Kling, »wo erreiche ich Sie dann?«

Er gibt mir seine Telefonnummer. Wir bedanken uns bei ihm und fahren los. »Kennen Sie die Burg Derneck?«, frage ich Abele.

»Ich hab schon von ihr gehört«, antwortet er.

»Wenn Sie Ihren Kindern mal eine Freude machen wollen, dann fahren Sie mit ihnen dahin. Von hier aus sind es gerade mal noch fünf oder sechs Kilometer. Es lohnt sich.«

Abele bedankt sich für den Tipp. Im Dorf angekommen fährt er sofort weiter nach Hause, nachdem ich ihm versprochen habe, mit dem Hartel ein ernstes Wort zu reden.

Marina ist noch nicht zurück. Ich setze mich an den Schreibtisch und denke nach. Etwas war da noch. Mir ist etwas aufgefallen, über das ich mir zunächst keine weiteren Gedanken gemacht hatte. Es hat mit den Ferienhäusern im Lauterdörfle zu tun. Die Häuser, die ich gesehen habe, stehen alle nur auf einem Fundament. Natürlich, das ist es!

Ich rufe bei der Kripo in Ulm an und frage, wer den Fall Barsch bearbeitet. Man verbindet mich mit dem Wittner vom Betrugsdezernat. Mit dem Wittner Manni hatte ich schon mal zu tun. »Köberle hier«, melde ich mich. »Du bearbeitest doch den Fall Barsch.«

»Woher weißt du das denn schon wieder?«

»So was spricht sich bis in unser Dorf rum. Sitzt er noch in U-Haft?«

»Er soll morgen gegen Auflagen freikommen.«

»Habt ihr denn nichts gegen ihn in der Hand?«

»Nicht viel. Uns fehlen die Beweise. Alle seine Kunden, die wir befragt haben, sagten aus, er hätte ihnen regelmäßig jedes Quartal die versprochenen Zinsen ausbezahlt.«

»Gib mir mal deine Handynummer. Ich will was überprüfen. Ich ruf dich an, wenn ich was Genaues weiß.«

»Was mischst du dich da ein?«

»Ich bin nur durch Zufall an die Geschichte gekommen. Jetzt lass mich nur machen.«

Er gibt mir seine Handynummer, aber nicht, ohne mich nachdrücklich darauf hinzuweisen, dass ich auf keinen Fall allein etwas unternehmen soll. Ich sage ihm natürlich nicht, was ich vorhabe. Schließlich will ich erst genau wissen, ob der HorstArsch das Geld wirklich im Ferienhaus versteckt hat. Eigentlich wäre dort das ideale Versteck.

28

Ich fahre zu Oma Dodel. Sie und Marina sind schon aus Ehingen zurück. Ich höre mir eine Weile an, wie schön das Hochzeitskleid ist. Oma hört gar nicht mehr auf zu schwärmen.

»Wir müssen noch mal los«, sage ich zu Marina, als sie mich fragt, was ich dazu meine. »Ich war schon oben im Lauterdörfle. Mit dem Gerichtsvollzieher Abele. Aber wir haben nichts gefunden. Vorher ist mir aber eingefallen, dass wir was übersehen haben.«

»Nun hör dir das an!«, empört sich meine Oma. »Wir wollen von ihm wissen, was er von dem Hochzeitskleid hält, und er denkt nur an die Arbeit.«

»Oma, was soll ich über ein Kleid sagen, das ich noch gar nicht gesehen habe? Außerdem ist mir jedes Kleid recht, das die Marina aussucht. Können wir jetzt gehen? Wir sind immer noch im Dienst.«

»Du bist im Dienst«, stellt Marina klar. »Ich nicht.«

Ich öffne den Mund zu einer heftigen Erwiderung, aber Marina kommt mir zuvor. »Ja, ja, schon gut. Wir fahren.«

»Und was ist mit dem Essen?«

»Wir essen unterwegs, Oma. Es ist wirklich wichtig. Es geht um den HorstArsch.«

»Der sitzt doch im Gefängnis, hat deine Mutter gesagt.«

»Nicht mehr lange. Morgen soll er rauskommen. Drück uns die Daumen, dass wir es schaffen, ihn dauerhaft hinter Gitter zu bringen. Das wäre eine echte Genugtuung für mich. Und für dich doch auch.«

»Ja, für mich auch. Glaubst du, du schaffst das?«

»Das hängt davon ab, ob wir im Lauterdörfle fündig werden. Ich glaube, die Chancen stehen gut.«

»Und was sage ich deiner Mutter, wenn sie kommt?«

»Nichts. Du weißt nichts, basta.«

»Gut, sag ich ihr das. Basta.«

Ich lasse Marina ans Steuer, weil ich noch telefonieren muss. Normalerweise mag ich das Handy nicht. Aber manchmal ist es doch von Vorteil. Ich rufe erst Hausmeister Kling an. »Ich bin es wieder, Köberle. Herr Kling, wir müssen noch mal ins Haus Nummer 75. Ich glaube, wir haben was übersehen. Diesmal ist meine Kollegin mit dabei … Nein, Sie müssen nicht extra kommen. Sagen Sie mir, wo Sie wohnen. Wir kommen vorbei. Sie geben uns den Schlüssel mit, und wir bringen ihn anschließend wieder zurück.« Das ist ihm auch recht. Danach rufe ich den Franz Käfer an. »Franz, das mit heut Abend, das klappt bei mir nicht …«

»Guat, dass du anrufsch«, unterbricht er mich. »I wollt di ao scho anrufa. I kann heit Obend ao net.«

»Macht deine Frau Probleme?«

»Noi, Schwierigkeita. I hab dem Eduard scho Bescheid gsagt. Er schlägt morga Obend vor. Ging des bei dir ao?«

»Ich hoffe, dass es geht. Ich sag euch aber noch Bescheid. Alles klar mit deinem Auto?«

»Klar isch bloß, dass es a Totalschada isch. Ond klar isch, mei Vollkasko zahlt. Aber se wellet den Nama vom Halter von dem schwarza BMW wissa.«

»Die Fahndung nach ihm läuft. Ich sag dir Bescheid, wenn wir ihn haben. Dann bis morgen.« Ich schalte das Handy aus.

»Also findet das Friedens-Saufen heute Abend nicht statt?«, fragt Marina.

»Dem Käfer seine Frau macht Schwierigkeiten.«

»Kenne ich die überhaupt?«

»Ich hab sie heute Morgen kurz gesehen. Es ist nicht nötig, dass du sie kennenlernst. Der Franz hat sie so beschrieben: Als er sie kennenlernte, war sie schlank, zierlich und brav wie ein Lamm. Heute ähnelt sie eher einem wesentlich größeren Tier.«

»Dann pass nur auf. Italienerinnen neigen auch dazu, mit den Jahren in die Breite zu gehen.«

»Du nicht. Ich bin ein sehr schlechter Koch. Übrigens essen wir heute Abend im ›Hirsch‹ in Indelhausen.«

»Oh, klingt sehr gut. Und was machen wir danach mit dem ausgefallenen Bierabend?«

»Wir gehen zu dir, legen uns ins Bett und stehen morgen früh nicht vor acht Uhr auf.«

»Na, da bin ich aber gespannt. Wer kennt deine Handynummer?«

»Nur die Kriminalaußenstelle in Ehingen. Und noch ein paar Leute in Ulm. Und die Oma.«

»Das sind genug Leute, die stören könnten. Das Handy wird ausgeschaltet.«

»Schon passiert.«

Wir fahren durch Frankenhofen, überqueren die B 465. Ich berichte kurz, wie wir ins Haus gekommen sind und was ich übersehen habe.

»Na, dann ist es ja einfach«, sagt Marina. »Dann wissen wir doch, wo wir suchen müssen.«

Danach erzähle ich ihr noch von meinen Überlegungen, was den Mord an der Hufnagel betrifft, und von dem Versäumnis der Leute vom Erkennungsdienst.

»Wie haben sie es aufgenommen?«, fragt Marina gespannt.

»Der Großmann hat sofort reagiert und den Meringer losgeschickt. Er hatte sogar ein kleines Lob für mich übrig, nachdem ich auch mit meinen Vermutungen über die Leiche richtig lag. Nämlich, dass die Hufnagel erst niedergeschlagen und gefesselt und geknebelt wurde. Erstochen wurde sie vermutlich später. Und vielleicht ist sie noch später erst an den Grabstein gebunden worden.«

»Dafür hast du aber was gut bei denen.«

»Der Meringer hat sich sogar fast entschuldigt. Und wir haben tatsächlich was gut bei denen«, füge ich noch grinsend hinzu.

29

Hausmeister Kling wohnt in Hayingen. Er erwartet uns schon. Wir übernehmen den Schlüssel und fahren zum Lauterdörfle raus. Es sind jetzt mehr Autos auf dem Parkplatz. Marina versucht, zwischen zwei Fahrzeugen einzuparken. Aber es klappt nicht. Sie würgt den Motor ab. Offensichtlich ist sie nervös. Auch beim zweiten Versuch stirbt der Motor ab. Aber wir sind jetzt schon ein Stück weiter drin. Ich versuche es mit einem Scherz. »Noch einmal abwürgen, und wir sind drin.«

»Noch so ein Spruch und du bist draußen!«, fährt sie mich an.

Ups, der Gag kam nicht an. Endlich stehen wir in der Parklücke. Ich warte noch mit dem Aussteigen.

»Ich weiß auch nicht, warum«, versucht sie zu erklären. »Aber ich bin nervös. Es ist ungesetzlich, was wir machen.«

»Wenn es zum Erfolg führt, nicht. Wir müssen es ja auch niemandem erzählen.«

»Ja, ja, schon gut.«

Wir steigen aus. Marina ist noch in Zivilkleidung. Ich ziehe wieder meinen grauen Arbeitsmantel an und stecke eine Taschenlampe ein. Am Haus Nummer 75 klopfe ich sicherheitshalber erst an ein Fenster, dann noch an die Terrassentür. Marina entdeckt an der Vorderseite der Terrasse, dass unter den Dielenbrettern alles frei ist. Auch kann man das Fundament sehen, auf dem das Haus steht.

Nachdem sich drinnen nichts rührt, schließe ich auf und wir gehen rein. Ich schließe die Tür sofort wieder hinter uns ab und ziehe die Vorhänge zu. Diesmal müssen wir vorsichtiger sein. Wir haben keinen Aufpasser vorne am Parkplatz.

Es ist noch nicht dunkel draußen. Trotzdem brauchen wir die Taschenlampe, weil die Vorhänge alle zugezogen sind. Marina sieht sich erst mal um. Die beiden kleinen Schränke interessieren sie am meisten. Auf einem steht der Fernseher.

In den Fächern darunter liegen ein paar Bilder und Gebrauchsanweisungen für Fernseher und Radio. Aber das hatten Abele und ich am Nachmittag schon alles durchsucht. Den anderen Schrank betrachtet Marina eine Weile und fragt schließlich: »Warum steht der Schrank wohl auf einem Teppich?«

»Vielleicht um zu verdecken, dass der Boden darunter zerkratzt ist?«

»Ich glaube eher, er ist dazu da, dass man den Schrank leichter von der Wand wegziehen und auch leichter wieder hinschieben kann.«

»Na schön, versuchen wir unser Glück.« Es geht relativ leicht. Den Inhalt des Schrankes hatten wir am Nachmittag schon unter die Lupe genommen. Außer zwei Regenjacken, ein paar Laufschuhen und zwei Wolldecken war nichts drin.

Nachdem wir den Schrank weit genug zurückgezogen haben, begutachten wir die Dielen. Es ist nichts Auffälliges zu entdecken. Ich bin mir nicht sicher, ob ich mir die Mühe gemacht hätte, den Boden genauer zu untersuchen. Marina tut es. Sie beugt sich mit der Taschenlampe und einem kleinen Vergrößerungsglas, das sie an einem Schlüsselbund immer bei sich trägt, über die Holzdielen. Anhand der Schraubenköpfe ist zu erkennen, dass die Balken, auf denen die Dielenbretter festgeschraubt sind, etwa sechzig bis siebzig Zentimeter auseinander liegen.

Marina untersucht die Dielen der Reihe nach. Ich kann auf den ersten Blick nichts erkennen. Aber Marina scheint was entdeckt zu haben. »Raffiniert«, flüstert sie. Sie deutet auf eines der Bretter. »Siehst du das?«

»Ich sehe gar nichts«, gebe ich zu.

»Hier ist ein Keil eingesetzt, um zu kaschieren, dass die Diele an dieser Stelle durchgesägt wurde.«

Ich sehe es mir genauer an. Jetzt, wo ich weiß, worauf ich achten muss, sehe ich es auch. Der Keil ist in der Farbe der Diele gestrichen. Dieser kurze Teil der Diele ist nicht festgeschraubt, aber durch den Keil wird er fixiert.

Marina ist schon auf dem Weg in die Küche. Sie stöbert in einigen Schubladen herum und kommt mit einem Brotmesser zurück. Sie schiebt die Klinge in den kaum sichtbaren Spalt und hebelt so die kurze Diele heraus. Den Keil legt sie sorgfältig zur Seite. Darunter sehen wir nur blanken Boden. Sonst nichts. Marina greift unter die Dielen und bringt eine Schnur zum Vorschein. Sie zieht daran und nach und nach kommen an der Schnur hängende Päckchen zum Vorschein. Sie sind etwa zehn bis zwölf Zentimeter hoch, gerade mal so hoch, dass sie durch die Lücke passen. Es sind fünfzehn an der Zahl, alle in fester Plastikfolie verpackt.

Eine Weile starren wir beide die Päckchen an. »Treffer«, sage ich nur.

»Darin sind also ungefähr zwei Millionen Euro verpackt«, sagt Marina.

»Wir müssen wenigstens in eins dieser Päckchen reinschauen«, sage ich. »Nur, um ganz sicher zu sein.«

Marina sieht sich ein Päckchen näher an. »Das sind Plastiktaschen. Sie sind nur mit Tesafilm zugeklebt. Der lässt sich sicher lösen, wenn wir vorsichtig sind.«

»Gut, mach du das. Du kannst das sicher besser als ich.«

»Schau mal, ob du irgendwo eine Rolle Tesafilm findest. Dann ist es einfacher.«

»In der oberen Schublade«, erinnere ich mich. »Da habe ich heute schon eine Rolle Tesa gesehen.« Ich ziehe die Schublade auf und reiche ihr die Tesafilmrolle. Marina reißt den Tesastreifen an dem mittleren der fünfzehn Päckchen ab, schlägt die Verschlussklappe zurück und entnimmt der Plastiktasche ein Bündel Fünfhundert-Euro-Scheine. Die Scheine sind noch einmal in eine dünne, durchsichtige Folie verpackt.

»Wir haben ihn«, triumphiere ich. »Kannst du dir vorstellen, was das für mich bedeutet?«

»Nicht ganz«, sagt Marina. »Aber aus deiner Stimme höre ich heraus, dass es dir sehr viel bedeutet. Du glaubst ja auch immer noch, dass er deinen Vater umgebracht hat.«

»Ja, natürlich. Aber darüber reden wir später. Versteck jetzt das Geld wieder. Wir müssen Barsch dabei erwischen, wenn er das Geld holt und abhauen will.«

Marina verschließt das Päckchen sehr geschickt und schiebt alle Päckchen wieder unter die Dielen. Dann legen wir sorgfältig die abgeschnittene Diele wieder in die Lücke ein und verschließen den Schlitz mit dem Keil. Wir schieben den Schrank an seinen alten Platz und verlassen das Haus, nachdem wir uns vergewissert haben, dass niemand draußen auf dem Weg ist. Ohne gesehen zu werden, kommen wir zu unserem Wagen.

Nachdem wir den Schlüssel beim Hausmeister abgegeben haben, fahren wir runter nach Indelhausen und setzen uns im »Hirsch« in eine ruhige Ecke. Ich bestelle ein Bier und den Wildschweinbraten. Marina entscheidet sich für Apfelsaftschorle und das Rehragout.

»Und jetzt sagst du mir, warum du so zielsicher auf die Dielen losgegangen bist, auf denen der Teppich lag. Ehrlich gesagt, ich hätte das ganze Haus noch einmal abgesucht, hätte mein Hauptaugenmerk schon auch auf die Dielen gerichtet. Aber ich glaube nicht, dass mir das aufgefallen wäre.«

»Ein Überbleibsel aus meiner Kindheit«, lächelt Marina. »Mein Vater trank gerne mal ein Schnäpschen. Aber meine Mutter konnte das nicht leiden. Um einem Streit mit ihr aus dem Weg zu gehen, suchte er nach einem Versteck. Auf unserem alten Dachboden wurde er fündig. Er hat es genauso gemacht, wie wir es da oben vorgefunden haben. Abgesägte Diele, darunter ein Hohlraum. Den durch das Sägen entstandenen Spalt hat er mit einem Keil kaschiert. Ich habe ihn einmal dabei beobachtet und heute ist mir das wieder eingefallen.«

»Guter Papa«, lobe ich. »Ich werde es mir merken.«

»Du kannst dich nicht mehr bei ihm bedanken.«

»Ja, schade. Er ist früh gestorben, hast du mir mal gesagt. Mein Vater auch. Dem HorstArsch wünsche ich zwar nicht gerade den Tod, aber ich würde es gern sehen, wenn er den Rest seines Lebens hinter Gittern verbringen müsste.«

»Für den Betrug, den er offensichtlich begehen wollte, kriegt er höchstens vier Jahre, vielleicht sogar noch weniger«, sagt Marina.

»Mord verjährt nicht.«

»Aber du wirst es beweisen müssen.«

»Ich weiß.« Mir ist klar, dass der Beweis erbracht wäre, wenn meine Mutter ihre Aussage widerruft. Doch daran war gar nicht zu denken.

Nach dem Essen, das wie immer ausgezeichnet schmeckte, fahren wir zu Marinas Wohnung. »Ich muss noch ein Telefonat führen«, sage ich zu Marina. »Der Barsch soll morgen entlassen werden. Die von der Kripo in Ulm müssen ihn überwachen.«

Der Wittner meldet sich schon nach dem ersten Klingeln. »Und? Hast du was?«

»Nur eine Frage. Habt ihr vor, den Barsch nach seiner Entlassung im Auge zu behalten?«

»Davon war nicht die Rede. Keiner seiner Kunden hat ihn belastet. Die freuen sich über die hohen Zinsen, die sie von ihm bekommen.«

»Könntest du veranlassen, dass er überwacht wird? Man sollte sich aber ziemlich auffällig an ihn dranhängen und dann abhängen lassen.«

»Warum?«

»Der Barsch soll sich sicher fühlen. Und wenn er glaubt, seinen Bewacher abgehängt zu haben, fühlt er sich sicher. Dann wird er das Geld holen, das er in einem sicheren Versteck wähnt.«

»Und was haben wir …«

»Ich kenne das Versteck.«

»Was?!«

»Schrei nicht so.« Ich erkläre ihm kurz meinen Plan und füge meine Bedingung hinzu: »Aber Marina und ich sind bei der Festnahme dabei.«

»Wer ist Marina?«

»Eine liebe Kollegin vom Blaubeurer Polizeiposten, mit der ich sehr gerne zusammenarbeite. Dank ihrer Spürnase haben wir das Geldversteck gefunden.«

»Okay, einverstanden. Ich hab ohnehin nicht genug Leute. Um wie viel Geld handelt es sich eigentlich? Wir haben ein paar seiner Kunden ausfindig gemacht. Demnach müsste er etwa vierhunderttausend weiterverliehen haben. So jedenfalls hat er es uns gesagt. Er verleiht das Geld seiner Kunden, denen die zwei Prozent Zinsen von der Bank zu wenig sind, an Firmen, die von ebendiesen Banken kein Geld mehr bekommen. Von den Firmen bekommt er zwischen zwölf und fünfzehn Prozent Zinsen, die der Barsch dann nach Abzug seiner Provision an seine Kunden weitergibt. So hat er es uns erklärt, und seine Kunden haben uns bestätigt, dass sie diese Zinsen auch wirklich bekommen haben.«

»So weit stimmt das auch. Wir haben es überprüft. Nur: Es ist nie Geld an irgendwelche Firmen geflossen, sondern immer nur in sein Versteck. Und es sind zwischenzeitlich nicht nur vierhunderttausend Euro, sondern zwei Millionen.«

»Was?!«

»Du schreist ja schon wieder.«

»Wo ist das Versteck?«

Ich sage es ihm. Aber er kann mit dem Lauterdörfle nichts anfangen. Er hat noch nie davon gehört. Das liegt ganz einfach daran, dass nicht Ulm für Hayingen zuständig ist, sondern das Kriminalkommissariat Reutlingen.

»Eigentlich wäre ja Reutlingen dafür zuständig«, erinnere ich ihn deshalb daran.

»Nix da«, sagt er. »Das ist unser Fall. Wie bist du überhaupt an die Sache rangekommen?«

»Das sage ich dir, wenn die Sache abgeschlossen ist.«

»Hör zu, wenn da was faul ist …«

»Willst du den Kerl morgen mit zwei Millionen Euro im Koffer schnappen oder nicht?«

Darauf gibt er mir keine Antwort. Wir verabreden, dass wir ständig in Verbindung bleiben. »Ich bin aber erst wieder morgen früh ab acht Uhr ansprechbar«, sage ich.

»Schon okay. Horst Barsch kommt morgen um neun aus der Haft.«

Ich schalte das Handy ganz aus. »So, ab sofort sind wir ungestört«, sage ich.

Im selben Moment klingelt es an der Wohnungstür. Marina geht hin und öffnet. Oma Dodel. »Deine Mutter ist bei mir«, platzt sie sofort heraus. »Sie will wissen, ob du schon was erreicht hast.«

»Sag ihr, wir arbeiten daran.«

»Sie sagt, ihr Horst wird morgen aus der Untersuchungshaft entlassen.«

»Das wissen wir auch.«

»Was soll ich jetzt mit dem Luder machen?«

»Das Luder ist immerhin deine Tochter«, sage ich vorwurfsvoll.

»Na und? Deshalb kann sie trotzdem ein Luder sein.«

Ich wende mich an Marina. »Wo sind jetzt eigentlich die Kontoauszüge?«

»Bei der Kathi.«

»Ich hab sie in meinen Safe gesperrt.«

»Du hast einen Safe?«, frage ich verwundert. »Das wusste ich gar nicht.«

»Du musst ja auch nicht alles wissen.«

»Könntest du dafür sorgen, dass deine Tochter die Kontoauszüge an den Platz zurücklegt, wo sie sie weggenommen hat?«

»Warum?«

»Wenn der HorstArsch morgen aus dem Knast kommt, wird er doch als Erstes nachschauen, ob die Kontoauszüge noch da sind. Wenn sie nicht da sind, wird er Verdacht schöpfen und uns nicht in die Falle laufen.«

»Ihr habt ihm eine Falle gestellt?«, erkundigt sich Oma strahlend.

»Ja, Oma. Aber dazu müssen die Kontoauszüge unbedingt in das Versteck im Schrank zurück. Kann ich mich auf dich verlassen?«

»Also das ist doch die Höhe!«, empört sich Oma Dodel. »Mein Enkel fragt, ob auf mich Verlass ist …«

»Der Enkel weiß das ja«, versichere ich ihr hastig. »Aber der Polizist muss das fragen.«

»Kathi, du machst das schon«, mischt sich Marina ein. »Es ist wirklich wichtig. Und lass dich auf keinen Fall von deiner Tochter davon abbringen.«

»Sollte sie Probleme machen, ruf hier an.«

»Gut, wird erledigt.«

»Und sie soll heute Nacht und auch morgen den ganzen Tag bei dir bleiben«, sage ich.

»Das will sie sowieso. Sie will nicht in ihrer Wohnung sein, wenn der Kerl aus dem Knast kommt.« Und dann fügt sie noch hinzu: »Ich glaube, sie hat Angst vor ihm.«

»Ist es bösartig, wenn ich sage, dass ich ihr das gönne?«

Marina sagt: »Ja.«

Oma sagt gleichzeitig: »Nein.« Dann grinst sie und sagt zu Marina: »Einigen wir uns auf Jein.«

»Einverstanden.«

»Das ist mir egal«, sage ich. »Hauptsache, du verrätst ihr nicht, wo wir zu erreichen sind.«

»Ich werde mich hüten.«

»Und jetzt würden wir gerne mal eine Nacht für uns alleine haben«, sage ich zu Oma, mit Nachdruck. »Und nur, wenn meine Mutter Schwierigkeiten macht, rufst du hier an.«

Oma versteht sofort. »Ich bin schon weg.« Sie dreht sich aber an der Tür noch mal um. »Und wann kann ich mit den Hochzeitsvorbereitungen beginnen?«

»Oma, du bist die Erste, die es erfährt!«, erkläre ich lauter, als ich eigentlich vorhatte.

»Denkt daran, dass ich noch einen Urenkel haben möchte. Ihr seid meine einzige Chance.« Oma Dodel blinzelt Marina verschwörerisch zu und ist auch schon draußen.

»Sie kann es kaum erwarten, einen Urenkel in den Armen zu halten«, lacht Marina.

»Aber wir können schon noch warten.«

»Ja, mindestens neun Monate.«

Ich nehme sie in den Arm. Wir küssen uns lange, stehend, mitten im Wohnzimmer. Dann hebe ich sie hoch und trage sie ins Schlafzimmer.

30

Um neun Uhr sind wir beide auf dem Polizeiposten, Oma Dodel hat in der Nacht nicht angerufen. Die Tür haben wir hinter uns abgeschlossen. Wir küssen uns wieder.

»Der Heiratsantrag heute Nacht war wunderschön«, schwärmt Marina und hält mich fest umschlungen.

»Und erst das, was danach kam«, füge ich hinzu.

»Das war auch wunderschön«, bestätigt Marina. »Aber irgendwie müssen wir jetzt wieder in den Alltag finden. Mit der Kindsleiche sind wir noch nicht weitergekommen.«

»Mit dem Mord an der Hufnagel auch nicht. Aber ich denke, da könnten die von der Gerichtsmedizin inzwischen neue Informationen haben. Von der Kindsleiche auch.« Ich wähle die Nummer von Großmann.

»Ja, ist man im Dorf endlich erwacht!«, brüllt er gleich los, nachdem ich mich gemeldet habe. »Ich hab schon mindestens fünfmal angerufen. Eure Handys waren abgeschaltet, der Polizeiposten unbesetzt. Habt ihr zusammen Winterschlaf gehalten?«

Ich übergehe die Anspielung und kontere: »Fünfmal hast du angerufen? Wir fühlen uns wirklich sehr geehrt.«

»Könnte der Geehrte jetzt mal zuhören? Wegen dir habe ich die ganze Nacht durchgearbeitet.«

»Donnerwetter. Ich hoffe, es ist was Brauchbares dabei herausgekommen.«

»Ist es. Also, wir haben jetzt die Spuren, die der Meringer in der kleinen Hütte gefunden hat, ausgewertet. Sie decken sich mit denen, die wir an der Kleidung der Ermordeten gefunden haben. Das bedeutet, dass die Frau vermutlich schon vor einundzwanzig Uhr getötet wurde. Der Mörder hat sie dann in eine Plane eingewickelt. Auf diese Art ist der Körper noch eine Weile länger warm gehalten worden. Bei der Plane handelt es sich mit großer Wahrscheinlichkeit um eine Abdeckplane für Autos.«

»Könnte es sich bei der Plane um eine Abdeckplane für einen BMW 550i gehandelt haben?«

»Was fragst du mich so was? Bring mir die Plane und ich sag dir alles, was du wissen willst.«

»Okay, ich werde mich umsehen. Aber vermutlich hat sie der Mörder mitgenommen.«

»Das ist jetzt deine Arbeit. Ich hab meine gemacht. Übrigens, die Tatwaffe war, wie ich schon andeutete, ein Stilett. Zuvor wurde das Opfer aber mit einer Holzlatte aus dem Schuppen niedergeschlagen. Fingerabdrücke gibt es jede Menge auf der Holzlatte. Vom Dobermann habe ich aber keine darauf gefunden.«

»Das heißt, ich muss dir die Fingerabdrücke von anderen möglichen Verdächtigen bringen.«

»So ist das gemeint. Viel Vergnügen bei der Suche.«

»Und was ist mit der Kindsleiche?«

»Dito.«

»Was heißt das?«

»Der Dobermann ist nicht der Vater des toten Kindes.«

»Nach welcher Blutgruppe muss ich suchen, wenn ich den Erzeuger finden will?«

»Blutgruppe A positiv.«

»Oh, dann kann ich ja mit den Ermittlungen gleich bei mir anfangen. Ich habe auch A positiv.«

»Dann erwarte ich umgehend noch eine Speichelprobe von dir. Sonst noch was?«

»Ich kann also definitiv davon ausgehen, dass die Hufnagel schon vor einundzwanzig Uhr ermordet worden ist?«

»Nein. Ich sagte, vermutlich vor einundzwanzig Uhr. Um genauere Angaben machen zu können, brauche ich noch ein oder zwei Tage Zeit.«

»Schon gut. Es reicht mir auch so. Wolltest du mir nicht noch eine Mail schicken?«

»Eine Mail?«

»Na, den Zettel, den die Tote als Knäuel im Mund hatte.«

»Wann hast du zuletzt in deinen Computer geschaut?«

»Okay, alles klar«, sage ich hastig. »Du meldest dich, wenn du über den Zeitpunkt des Todes der Frau nähere Angaben machen kannst.« Ich lege auf.

»Habe ich das richtig mitgekriegt?«, fragt Marina. »Du könntest auch der Vater des toten Kindes sein?«

»Stimmt, ich könnte, wenn ich nicht die letzten zwei Jahre wie ein Mönch gelebt hätte.« Ich schalte den Computer ein. »Das heißt also, das tote Kind in Hufnagels Garage ist nicht von der Carmen.«

»Richtig.«

»Aber wir wissen nicht, ob sie schon entbunden hat.«

»Ich glaube, dass sie hier im Dorf ist … Entweder bei ihrer Mutter oder im Pfarrhaus.«

»Würdest du das heute übernehmen? Ich bin mir ziemlich sicher, dass mir die Barbara nicht alles gesagt hat. Bevor ich ging, sagte sie, ich wäre ein guter Polizist und sie eine lausige Lügnerin. Aber sie hätte der Carmen geschworen … Mehr nicht. Ich kenne sie lange genug. Sie weiß was. Und die Langer hält auch was zurück.«

»Und du glaubst, mir sagen sie mehr?«

»In solchen Dingen hast du bisher immer mehr erreicht als ich. Außerdem muss ich noch eine Sache überprüfen. Irgendwie stimmt da was mit den Zeitangaben nicht. Angaben, die der Max gemacht hat, über den Mager. Und Angaben, die der Angerer Helmut über den Richard Mager gemacht hat. Der Angerer hat übrigens den Dobermann auch am Friedhof gesehen. Aber die Zeiten, wann wer wen gesehen haben will, stimmen nicht überein. Auch der Michel hat den Dobermann gesehen. Nämlich als der das Haus der Hufnagels beobachtet hat, bevor die Frau zum Friedhof ging.«

»Das ist doch schon eine ganze Menge«, sagt Marina.

»Ja, alles deutet darauf hin, dass der Dobermann der Täter ist. Aber der Richard Mager ist auch am Tatort gesehen worden. Und die Zeiten, die man mir genannt hat, passen nicht zueinander. Ich muss da noch einmal nachhaken. Außerdem brauche ich wegen der Holzlatte die Fingerabdrücke vom Max und vom Richard.«

»Da sind bestimmt die Abdrücke von beiden drauf.«

»Schon möglich. Ich brauche sie trotzdem. Wie ich das machen soll, ohne dass die beiden Verdacht schöpfen, weiß ich noch nicht.«

»Das Foto, das du vom Grab der Helfer mal gemacht hast, wäre ideal.«

»Ich hab ein Foto ...« Ich ziehe die untere Schublade raus, öffne den Schnellhefter »Salomonische Urteile«. Da war tatsächlich noch das Foto drin, das ich damals gemacht hatte, bevor ich die beiden zu mir ins Dienstzimmer geladen habe. »Das ist die Idee! Ich werde sagen, das hatte die Hufnagel in ihrer Tasche.«

»Wieso hast du das Foto damals eigentlich gemacht?«

»Einfach nur so. Zu dem Zeitpunkt wusste ich noch nicht, wie ich den Streit schlichten sollte.«

»Für was so eine plötzliche Eingebung doch gut ist.«

»Genau.« Ich wische das Foto sorgfältig ab und stecke es in eine Plastikhülle. »Und die Hader will ich auch noch mal befragen. Die wollte mir nämlich nicht sagen, was sie alles über die Ehe der Hufnagels weiß. Sie will nicht klatschen, hat sie gesagt.«

»Vergiss nicht, bei deiner Mutter vorbeizuschauen«, erinnert mich Marina.

»Ja, das mache ich gleich als Erstes.«

Der Computer ist hochgefahren. Ich öffne den Anhang von Großmanns Mail. Eine Namensliste taucht auf. Aber die Namen sind kaum zu entziffern. Dadurch, dass das Blatt zusammengeknüllt im Mund der Hufnagel gesteckt hatte, sind die Namen ziemlich unleserlich geworden.

»Was ist das?«, erkundigt sich Marina.

»Ein Blatt Papier, das der Mörder der Hufnagel wie einen Knebel in den Mund gesteckt hat.«

Ich nehme den Zettel zur Hand, den der Pfarrer mir gegeben hat. »Hier, sieh mal. Den Namen kann man gerade noch lesen. Gerd Hohlbein. Passt zu der Liste, die mir der Pfarrer gegeben hat. Und den Namen Martha kann man auch noch entziffern. Das Grab liegt neben dem vom Hohlbein. Es ist die Liste der Gräber, die die Hufnagel betreut hat.«

Ich drucke das Blatt aus, falte es zusammen und stecke es in die Innentasche meiner Dienstjacke. Da klingelt das Telefon. Ich hebe ab. Es ist der Wittner. »Er ist draußen«, sagt er kurz.

»Gut. Wird er überwacht?«

»Ja. Der Alois Rapp hängt an ihm dran. Ich hab ihm gesagt, er soll dicht hinter ihm bleiben. Und sobald der Barsch ihn abgehängt hat, soll er mir Bescheid geben.«

»Gut. Ich geh mal davon aus, dass der Barsch ihn so schnell wie möglich loswerden will. Aber vorher beziehen wir unsere Posten. Wie viele Leute hast du?«

»Wir sind nur zu zweit. Der Kaminski und ich.«

»Kein Problem. Wir sind ja auch zu zweit. Der Barsch wird mit dem Auto kommen und wieder mit dem Auto wegfahren wollen. Und am Parkplatz greifen wir ihn uns.«

»Aber der Barsch kennt mich.«

»Kein Problem. Wir werden uns in einem Haus verstecken, von dem aus wir beide Eingänge des Zielobjekts im Auge haben.«

»Gut, sobald der Rapp meldet, dass er den Barsch verloren hat, komme ich mit Kaminski zu dir raus.«

»Lieber früher. Am besten gleich nach Mittag, damit wir auf jeden Fall vor ihm oben sind.«

»Gut. Ich halte dich auf dem Laufenden.«

31

Ich fahre zu Oma Dodel. Meine Mutter dort zu treffen erfüllt mich mit Unbehagen. Wie soll ich mich verhalten? Kann es jemals zwischen uns ein Mutter-Sohn-Verhältnis geben? So was gab es ja schon nicht, als ich noch Kind war.

Vor Omas Haus halte ich an und stelle den Motor ab. Ich bin mir immer noch nicht im Klaren, wie ich ihr gegenübertreten soll. Wie würde Oberamtsrichter Wilhelm Dodel so eine Familienangelegenheit regeln? Wen würde er wozu verurteilen, wenn er ein Urteil fällen müsste? Während ich aus dem Wagen aussteige und zur Haustür gehe, fällt mir ein, was der »schwäbische Salomon« vermutlich getan hätte: Er hätte uns beide dazu verurteilt, eine Woche gemeinsam in einer kleinen Wohnung zu verbringen. Wäre das eine Lösung?

Ich beschließe, es erst mal auf mich zukommen zu lassen. Der Fall HorstArsch wäre die Chance für meine Mutter, mir zu zeigen, dass sie es ehrlich meint. Im Moment bin ich eher der Meinung, dass sie nicht ehrlich zu mir ist.

Die beiden sitzen im Wohnzimmer und sehen mich an. »Gibt es was Neues?«, fragt Oma.

»Er ist draußen«, sage ich, setze mich meiner Mutter gegenüber und beobachte sie genau.

»Ich habe alles so gemacht, wie du es gesagt hast«, beeilt sie sich zu sagen. »Die Oma war ja dabei. Die Kontoauszüge liegen exakt am selben Platz wie zuvor. Er wird garantiert nichts merken.«

»Gut. Wir haben das Geld gefunden.«

»Und?«, erkundigt sie sich fast atemlos. »Wie viel ist es?«

»Wir haben es nicht gezählt«, sage ich. »Aber wir gehen davon aus, dass es mehr als zwei Millionen sind.«

»Zwei Millionen«, flüstert sie. »Zwei Millionen …«

»Mit dir wollte er das Geld offensichtlich nicht teilen. Sehe ich das richtig?«

Sie nickt. »Er will mit der Schlampe abhauen«, stößt meine Mutter hasserfüllt aus. »Sie will ihre Villa auf dem Michelsberg verkaufen. Ich habe sie und das Haus gestern den ganzen Tag beobachtet. Sie hat einen Makler beauftragt, und der hat mehrere Interessenten angeschleppt, die die Villa besichtigt haben.«

»Na, dann ist ja alles klar.«

»Könntest du …«, beginnt sie vorsichtig. »Könntest du meine fünfzigtausend vielleicht vorher schon abzweigen?«

»Die Wahrheit, Mutter. Nur wenn du mir die Wahrheit sagst, werde ich sehen, was sich machen lässt.«

»Aber es ist die Wahrheit!«

Ich erhebe mich und gehe Richtung Tür. »Gut, dann eben nicht.«

»Sag ihm doch endlich die Wahrheit, du dumme Kuh!«, fährt Oma meine Mutter an. »Merkst du denn nicht, dass er dich längst durchschaut hat? Er ist Polizist! Und er ist ein guter Polizist. Er merkt, wenn man ihn für dumm verkaufen will.«

»Ich hab alles gesagt, was es dazu zu sagen gibt«, behauptet meine Mutter stur.

»Ich habe noch einiges zu erledigen«, verkünde ich. »Marina und ich sind dann zum Mittagessen da.« Ich wende mich an Oma. »Was gibt es heute?«

»Eintopf.«

»Oh, sehr gut. Aber mit …«

»Ja, deine Nockerln gibt es auch dazu.«

»Wunderbar. Dann bis später.« Ich werfe meiner Mutter noch einen Blick zu. Aber sie sieht mich nicht an. Sie spielt die Beleidigte. Ich lasse sie schmoren, gehe und freue mich auf den Eintopf mit Nockerln.

Die Nockerln zum Eintopf sind auf meinem Mist gewachsen. Da ich ein ausgesprochener Spätzle-Fan bin, brauche ich zu fast allen Speisen meine Spätzle. Nockerln sind einfach nur größere Spätzle. Sie werden nicht mit dem Spätzlehobel gemacht und auch nicht geschabt. Man gibt einfach immer einen Kaffeelöffel voll Spätzlesteig ins kochende Wasser. Die fertigen Nockerln hält man in einer Pfanne warm und reicht sie extra zum Eintopf. So kann jeder nehmen, so viel er will. Marina und ich nehmen immer viel, die Oma gar keine. Sie will den Eintopf pur. Aber mit Nockerln schmeckt es einfach besser.

Ich setze mich in mein Dienstfahrzeug und fahre zu Max Hufnagel.

Der Max ist nicht zu Hause. Vermutlich wird er sich um die Formalitäten wegen der Beerdigung seiner Frau kümmern. Der Michel hängt im Fenster. Ich gehe rüber zu ihm.

»Isch dr Max net do?«, empfängt er mich, noch bevor ich ganz über die Straße gekommen bin.

»Offensichtlich nicht. Hast du ihn weggehen sehen?«

»Noi. Entwedr er isch schon sehr früh aus 'm Haus ganga, odr er macht bloß net auf.«

»Warum sollte er nicht aufmachen?«

»Woiß ma's?«

Irgendwie ist er heute anders, denke ich. Nicht so gesprächig wie sonst.

»Das wäre nicht seine Art«, sage ich.

»Dann isch er net do.«

»So weit bin ich jetzt auch.«

»Isch des net schön? Jetzt ham mir zwoi was gemeinsam. Wenn mir jetzt no gemeinsam a Bier trinka dätet …«

»Ich sag's dir, wenn ich wieder etwas Luft habe. Im Moment weiß ich nicht, was ich zuerst machen soll.« Ich drehe mich um, wende mich dann aber noch mal an den Michel. »Du hast mir doch gesagt, dass du vorgestern Abend diesen Kerl in dem BMW gesehen hast.«

»Hab i gsagt.«

»Und wann genau ist der losgefahren? Gleich nachdem die Hufnagel weggegangen ist?«

»Jetzt, wo du's sagst, genau drnoch.«

»Und wann ist der Max losgegangen?«

»Om halb neine. Ond kurz vor neine isch'r wiedr zruckkomma. Drnoch woiß i abr nix meh. Om neine isch a Krimi em Fernseha komma. Den hab i mir aguggt.«

»Danach hast du nicht zufällig noch eine Zigarette am Fenster geraucht?«

»Freile. Des dur i doch emmr. Om halb elfe war der Krimi aus, do han i no oine graucht. Dann bin i ins Bett ganga.«

»Und? Hast du da was gesehen?«

»Dr Ludwig isch grad hoimkomma. Er hod 's Auto abgstellt ond isch glei ins Haus.«

»Weißt du sonst noch was, was mich interessieren könnte?«, frage ich einfach so.

»Scho.«

»Dann raus damit.«

»Abr bloß, wenn i heit Obend beim Friedenssaufa drbei bin«, sagt er und beugt sich etwas weiter heraus. »Was sagsch jetzt? Ha, was sagsch jetzt? Von wega heit Obend koi Zeit.«

»Woher weißt du das schon wieder?«, frage ich.

»Des woisch du vielleicht net. Abr i schwätz mit älle Leit. Ao mit dem Käfer. I ben mit dem en d' Schual ganga.«

»Ich muss das heute Abend mit den zweien machen, damit endlich Ruhe ist«, erkläre ich.

»Wem verzehlsch des? I woiß es doch. Ond i woiß ao, dass dr Käfer zahlt. Er hod's mir selber gsagt. I be jo ao deiner Meinung, dass dia Streiterei endlich aufhört. Ond dass du's woisch. I bin heit Obend drbei.«

»Gut«, sage ich lachend. »Du bist dabei. Aber jetzt hoffe ich, dass du mir noch was zu sagen hast, das mir weiterhilft.«

Der Michel beugt sich noch ein Stück weiter aus dem Fenster, senkt etwas seine Stimme. »Dr Max isch manchmol mitta en dr Nacht wegganga. Hod sich eifach aus 'm Haus gschlicha.«

»Wo er hinging, weißt du natürlich nicht.«

»Noi, wissa dur i's net. Abr ma munkelt …«

»… dass er ein Verhältnis mit der Langer hat«, vollende ich seinen Satz.

Sofort geht er in seinen Fensterrahmen zurück, mault beleidigt: »Wenn du's scho woischt, was frogsch mi dann?«

»Ich dachte, du weißt vielleicht was Genaueres. Dass man das munkelt, weiß ich schon länger. Aber niemand hat ihn bisher bei ihr oder mit ihr gesehen. Und wenn es so wäre, was ginge uns das an?«

»Er isch jo ao emmer bloß nachts wegganga.«

»Letzte Nacht auch?«

»Solang i mei Zigarett graucht han, han i bloß den Ludwig gsehn, sonscht koin.«

»Weißt du was über den Richard Mager?«

»Bloß so viel: Er hod dia Alt gehasst wie die Pescht.«

»Da war er nicht der Einzige.«

»Scho, abr er hod se bsonders gehasst. Glaub mir, wenn dr Luise jemand was angstellt hod, dann wars en acht vo zehn Fällen dr Richard.«

»Ich werde ihn mal besuchen. Also, Herr Doktor, dann bis heute Abend. Kann aber auch sein, dass ich ein wenig später komme. Es steht da was an, wo ich unbedingt dabei sein muss.«

Ich winke ihm zu und gehe zu meinem Wagen. In dem Moment kommt der Max. Er stellt seinen Wagen vor seiner Garage ab. Das Garagentor ist geschlossen, das heißt, vermutlich ist es wie üblich nur leicht angedrückt.

Ich gehe zu ihm, reiche ihm das Foto von dem Grab. »Kannst du mir sagen, warum deine Frau das Foto in der Tasche ihres Kleides hatte?«, frage ich ihn.

Er nimmt es in die Hand, starrt es einen Moment an. »Das ist ja das Grab von Martha. Und das hatte meine Frau in ihrer Tasche?«

»Ja. Kannst du dir vorstellen, warum?«

Er schüttelt den Kopf, gibt mir das Bild zurück. »Nein.«

»Hast du das Foto jemals bei ihr gesehen?«

»Nein. Die Luise hatte gar keinen Fotoapparat.«

»Könnte der Richard das Foto gemacht und ihr gegeben haben?«

»Das musst du ihn schon selber fragen.«

»Ja, das mache ich.« Ich stecke das Foto wieder ein. »Sonst geht es dir gut?«

»Es geht.« Er lässt mich stehen und geht zur Haustür. Ich steige in meinen Wagen und fahre los.

32

Der Richard Mager wohnt in einem kleinen, aber feinen Einfamilienhaus drei Häuserreihen weiter östlich von den Hufnagels. Auf mein Klingeln rührt sich nichts. Ich gehe um das Haus herum und finde ihn auf seiner Terrasse sitzend beim Frühstück.

»Ah, die Polizei, dein Freund und Helfer«, begrüßt er mich strahlend. »Wobei wollen Sie mir helfen?«

»Guten Morgen, Herr Mager«, grüße ich ihn. »Ich denke, Sie können mir vielleicht helfen.«

»Aber gern. Fragen Sie, fragen Sie. Setzen Sie sich doch. Wollen Sie eine Tasse Kaffee? Es ist genug da.«

»Nein, danke.« Aber ich setze mich auf den angebotenen Stuhl. »Ich habe leider nicht viel Zeit.«

»Ja, klar. Sie haben zwei Leichen am Hals. Scheußliche Sache, was? Erst die Kindsleiche und dann die Alte. Dass mich der Tod der Alten nicht sehr traurig stimmt, können Sie sich denken. Trotzdem, schlimme Sache, so ein Mord. Haben Sie schon einen Verdacht?«

»Wir ermitteln noch. Sie sind vorgestern so gegen halb neun in der Nähe des Friedhofs gesehen worden.«

»Ach ja? Wer hat mich da gesehen?«

»Der Max Hufnagel. Er hat mir erzählt, Sie hätten ihm gesagt, Sie kämen gerade vom Angerer Helmut.«

»Da muss er was falsch verstanden haben«, sagt der Mager. »Es ist richtig, ich habe den Max in der Nähe vom Friedhof getroffen. Aber ich habe gesagt, ich gehe zum Angerer. Ich hatte ja die Flasche Wein dabei. Sie müssen wissen, wir spielen zweimal die Woche Schach. Mal bring ich die Flasche Wein mit, mal ist er dran. Wenn die Flasche leer ist, gehe ich heim. Das geht einen Monat so. Dann treffen wir uns einen Monat lang bei mir.«

»Jemand hat mal zu mir gesagt, wenn man der Hufnagel was angestellt hat, dann war es in acht von zehn Fällen der Mager Richard.«

»Absoluter Blödsinn! Absoluter Blödsinn. Niemals in acht von zehn Fällen. Höchstens in sechs. Seit dem Tag, an dem sie den Gießkannenüberfall auf mich verübt hat.«

Ich nehme die ausgedruckte Liste aus meiner Tasche und reiche sie dem Richard. »Haben Sie die Liste schon mal gesehen?«

Er nimmt die Liste entgegen, wirft einen Blick darauf. »Da kann man doch gar nichts lesen.«

»Der Name Gerd Hohlbein ist lesbar. Der Name müsste Ihnen doch bekannt sein.«

»Natürlich. Der liegt im Grab neben der Martha ... Ah, die Martha ist auch noch lesbar. Jetzt hab ich's. Das ist die Namensliste der Gräber, die die Luise zu betreuen hatte. Die Liste hatte sie immer dabei. Nach der hat sie ihre Gräber abgearbeitet. Marthas Grab war eines der letzten. Dann kam noch der Hohlbein und die Schramm. Aber wieso kann man die Namen kaum noch lesen?«

»Der Mörder hat ihr den Zettel zusammengeknüllt in den Mund gesteckt.«

»Ach du Scheiße, auch das noch! Ich hab gehört, sie soll schlimm zugerichtet gewesen sein.«

»Es war kein schöner Anblick«, bestätige ich und füge dann hinzu: »Dann waren Sie also vorgestern Abend nicht auf dem Friedhof?«

»Nein. Definitiv nein.« Er gibt mir die Liste wieder zurück.

Ich nehme das Foto aus der Hülle und reiche es ihm. »Haben Sie das Foto schon mal gesehen?«

Er nimmt das Foto vorsichtig in die Hand. »Das ist ja das Grab von Martha!«

»Genau. Sie hatte es in der Seitentasche ihres Kleides.«

»Sie hat das Grab von der Martha fotografiert!«, sagt er empört. »Wozu?«

»Ich dachte, Sie könnten mir das sagen.«

»Nein, kann ich nicht!«, sagt er grob und gibt mir das Bild wieder zurück. Zwei schöne Fingerabdrücke sind mit Sicherheit drauf.

»Und wie spät war es, als Sie nach Hause gegangen sind?«, frage ich ihn, während ich Liste und Foto in meiner Innentasche verstaue.

»Wie immer. Zwischen halb elf und elf. Genaue Zeit kann ich Ihnen nicht sagen.« Er deutet auf die Kaffeekanne. »Wollen Sie nicht doch noch eine Tasse Kaffee?«

»Nein, danke.« Ich erhebe mich. »Es ist möglich, dass ich noch mal mit Ihnen sprechen muss.«

»Jederzeit. Dann bringen Sie aber etwas mehr Zeit mit. Ich habe auch einen sehr guten Wein.«

»Ich werd's mir merken«, sage ich und verabschiede mich.

Er könnte es durchaus getan haben, überlege ich. Die Zeit passt. Er hat von dem Streit zwischen der Hufnagel und dem Dobermann gehört. So was spricht sich im Dorf schnell herum. Vermutlich sieht auch er den Dobermann um den Friedhof schleichen. Aber das verschweigt er mir. Er geht hinein, vielleicht nur mit der Absicht, Marthas Grab einen Besuch abzustatten. Dann sieht er die Hufnagel an Marthas Grab. Um sie, wie so oft, zu ärgern, holt er eine der Holzlatten aus dem Schuppen und beginnt damit, die Arbeit der Hufnagel an dem Grab zu sabotieren. Es kommt zum Streit zwischen den beiden und er schlägt ihr im Handgemenge die Latte auf den Hinterkopf. Als er merkt, was er angerichtet hat, schleppt er sie in den Schuppen, fesselt und knebelt sie und geht zum Nebenausgang raus. Vorne an der Straße trifft er auf Max. Dann geht er Schach spielen.

Aber dann kann es nur so gewesen sein, dass Max in den Friedhof hineinging und nicht herauskam. Er aber hat gesagt, er hätte den Mager Richard getroffen, als er aus dem Friedhof herausgekommen ist. Ich nehme mir vor, den Max noch mal genau zu befragen.

Es hat zu regnen begonnen, als ich vor dem Haus der Hanna Hader aus dem Wagen steige. Die Frau Hader ist wie gewöhnlich zu Hause. »Ah, Herr Köberle«, begrüßt sie mich freundlich. »Sie schon wieder. Im Moment stehe ich bei Ihnen wohl hoch im Kurs.«

»Wir müssen uns einfach noch mal unterhalten.«

»Ich denke, ich habe schon alles gesagt.«

»Da bin ich anderer Meinung.«

Sie führt mich wieder in ihr vollgestopftes Wohnzimmer. Der Platz auf dem Sofa, den ich mir am Tag zuvor freigemacht hatte, war noch immer frei. Ich warte, bis sie sich gesetzt hat. Dann lasse ich mich auch auf dem Sofa nieder.

»Ich wüsste nicht, was ich Ihnen noch sagen könnte«, beginnt sie unser Gespräch.

»Sie müssen mir alles sagen, was Ihnen die Frau Hufnagel über ihre Ehe anvertraut hat«, versuche ich es erst ganz sanft.

»Das kann ich nicht«, erwidert sie prompt.

»Frau Hader, Sie wollen doch auch, dass wir den Mörder von der Luise Hufnagel überführen können.«

»Natürlich will ich das. Das habe ich Ihnen doch schon gesagt. Aber was hat das mit ihrer Ehe zu tun?«

»Nun, solange wir den wirklichen Mörder nicht haben, kann ich auch nicht ausschließen, dass ihr Mann sie umgebracht hat.«

»Sie glauben, der Max hat …« Sie hält erschrocken inne.

»Ich muss auch diese Möglichkeit in Betracht ziehen.«

Sie schweigt.

»Frau Hader, es ist wichtig …«

»Jetzt lassen Sie mich doch mal überlegen«, fällt sie mir ins Wort. »Ich muss doch erst mal sortieren. Es interessiert Sie bestimmt nicht, was die Luise über die Bergmann, die Müllerin und den Mager gesagt hat …«

»Was sie über den Mager gesagt hat, will ich auch wissen«, widerspreche ich.

»Was sie über den Mager gesagt hat, auch?« Sie überlegt kurz. »Stimmt. Der könnte in der Tat ein Motiv gehabt haben. Die beiden haben sich immer gestritten. Einmal hat er sie mit einer Holzlatte bedroht, weil sie ihm Wasser ins Gesicht geschüttet hat …«

»Den Fall kenne ich«, unterbreche ich sie. »Aber dass er ihr vorher mit einer Holzlatte gedroht hat, war nicht zur Sprache gekommen.«

»Das war ja auch erst hinterher. Mit Ihrem seltsamen Urteil war sie halt gar nicht einverstanden. Sie hat den Mager beschimpft und ihm unterstellt, er hätte Sie bestochen.«

»So ein Blödsinn. Ich habe nur versucht …«

»Mir müssen Sie das nicht erklären. Ich habe das schon verstanden, damals. Aber sie nicht. Männer halten eben zusammen, hat sie gemeint. Ihr Zorn auf den Mager war allerdings schon berechtigt. Dazu muss man wissen, dass der Mager ihr ständig was angestellt hat. Angefangen hat das alles mit Martha Helfers Tod. Die Verwandten von der Martha haben der Luise die Grabpflege übertragen und nicht dem Richard. Die Luise aber hatte zu Marthas Lebzeiten kein gutes Wort für sie gehabt. Sie hasste ihre offene, fröhliche und freizügige Lebensweise. Sie nannte sie auch schon mal eine Dorfmatratze. Da auch bekannt war, dass die Martha gerne Alkohol getrunken hat, goss die Luise ihr Grab oft so stark, dass die Blumen, die der Richard ihr immer wieder gepflanzt hat, kaputtgegangen sind.«

»So manch lang währender Streit endete mit einem Mord«, sage ich.

»Aber dass der Richard Mager zwanzigmal auf sie eingestochen haben soll, kann ich mir wirklich nicht vorstellen.«

»Wer hat Ihnen denn das erzählt?«

»Das redet man im Dorf. Stimmt es etwa nicht?«

»Es war nur halb so oft. Und was hat sie über den Max erzählt?«, füge ich hastig hinzu.

»Dass er ihr oft gesagt hat, den Fraß, den sie kocht, könnte kein Mensch essen. Zweimal pro Woche ging er ins Gasthaus zum Essen. Ab und zu hat er sich nachts aus dem Haus geschlichen. Die Luise war sich sicher, dass er zu Marthas Lebzeiten auch bei der war.« Sie senkt die Stimme, beugt sich etwas vor. »Die hat es auch für Geld gemacht.«

Ich lasse das unkommentiert und frage: »Und sonst? Was hat sie sonst noch über den Max erzählt? Ist er handgreiflich geworden? Hat er sie geschlagen oder gequält?«

»Nein, nichts dergleichen. Sie haben ja auch nur das Nötigste miteinander geredet. Nachdem er wegen seines Herzinfarkts vorzeitig in den Ruhestand entlassen worden war, hat sie ihn manchmal einen Faulpelz genannt, weil er meist nur tatenlos herumgesessen ist. Er hat sich nur um sein Auto gekümmert. Und ab und zu kleine Reparaturen am Haus vorgenommen. Nach Marthas Tod ist er wohl auffallend oft nach Ulm gefahren. Das ist auch schon alles, was ich weiß.«

»Gab es Themen, über die sie nicht reden wollte?«

»Ja. Dass sie keine Kinder bekommen konnte, darüber hat sie nicht gern geredet. Und dass der Max seit einiger Zeit nachts vermutlich die Langer besuchte, war das andere Thema, das für sie tabu war.«

»Darüber wird im ganzen Dorf geredet, aber niemand hat die beiden jemals zusammen gesehen«, sage ich.

»Da war sie offensichtlich anderer Meinung. Ich halte es für möglich, dass sie ihm mal nachgeschlichen ist. Aber wie gesagt, was Genaues weiß ich nicht.«

»Wie können zwei Menschen so lange Zeit einfach nur nebeneinander herleben?«, frage ich sie. »Können Sie mir das erklären?«

Sie sieht mich eine Weile lächelnd an und ihr Lächeln wird immer breiter. Ich sehe es ihr an. Sie kann.

»Ein halbes Jahr nach dem Tod meines Mannes hat sie mich auf dem Friedhof angesprochen«, beginnt sie. »Sie hat mich gefragt, ob ich ihn sehr vermisse. Ich sagte ihr dann unverblümt, dass er mir eine schöne Pension hinterlassen hat und dass er eigentlich viel früher hätte sterben können. Wer früher stirbt, kann länger geben, habe ich gesagt. Das hat ihr so gut gefallen, dass sie mich fortan ein- bis zweimal pro Woche besucht hat. Sie hat es zwar nicht direkt gesagt, aber es war auch so deutlich genug: Es wäre ihr egal gewesen, wenn Max damals an seinem Herzinfarkt gestorben wäre.«

Ich kann mir ein Grinsen nicht verkneifen. »Und dann hat sie Ihnen ihr Herz ausgeschüttet.«

»So kann man es nennen. Sie fasste Vertrauen zu mir. Sie erzählte, dass der Max sich damals, als endgültig feststand, dass sie keine Kinder bekommen konnte, schon scheiden lassen wollte. Er hat sie nicht um die Scheidung gebeten, aber sie hat gemerkt, dass er mit dem Ehevertrag zum Anwalt gegangen ist. Das hat ihn dann offensichtlich von den Scheidungsgedanken abgebracht. Luise hatte damals bei der Heirat auf diesen Ehevertrag bestanden. Sie hatte so viel Geld mit in die Ehe gebracht, dass das Haus innerhalb kurzer Zeit abbezahlt war. Im Ehevertrag war festgehalten, dass er bei einer Trennung aus dem Haus ausziehen und ihr Unterhalt zahlen müsste. Das hätte ihn ruiniert. Also arrangierte man sich. Jeder führte sein eigenes Leben. Dass der Max ab und zu nach Ulm fuhr und Geld für Sex ausgab, störte sie nicht besonders. Aber dass er ganz offen und ungeniert zur Nachbarin rübersah, wenn die sich wieder mal nackt im Spiegel betrachtete, das störte sie. Voyeur nannte sie ihn dann immer und die Frau Ludwig nannte sie eine Exhibitionistin. ›So eine gehört genauso eingesperrt wie die Männer, die mit heruntergelassener Hose Frauen erschrecken‹, hat sie voller Wut hier mal gesagt. ›Mir sollte mal so einer kommen‹, hat sie gesagt. ›Danach wäre an dem nichts mehr dran, das er herzeigen könnte.‹ Sie hatte im Allgemeinen was gegen die Männer. Und im Besonderen oft gegen den Max. Deshalb ließ sie sich auch mal zu einem Satz hinreißen, den ich nicht vergessen werde: ›Ich habe eine Mitgift in die Ehe gebracht, besser hätte ich Gift mitgebracht.‹«

Wir reden noch eine Weile. Dann erhebe ich mich. »Vielen Dank, Frau Hader. Das hat mir jetzt zwar weitergeholfen, aber viel leichter ist es dadurch auch nicht geworden.«

»Sie wollten es ja unbedingt wissen.«

Ich verabschiede mich und gehe zur Tür.

»Etwas hätte ich noch!«, ruft sie mir hinterher.

Ich gehe noch einmal zurück.

»Mir ist eingefallen, dass der Max etwas getan hat, was er vorher nur einmal gemacht hat. Er hat hier bei mir angerufen und nach ihr gefragt.«

»Er hat sich eben Sorgen gemacht«, sage ich.

»Das hat er früher doch auch nie. In den letzten Jahren war die Luise mindestens hundertmal bei mir und er hat nur einmal angerufen, weil die Luise ihm die Fernbedienung für den Fernseher versteckt hatte. Das hat sie übrigens auch bald sein lassen, weil sie festgestellt hat, dass man den Fernseher auch ohne Fernbedienung einschalten kann.«

»Fällt Ihnen noch was ein?«

»Hilft es Ihnen, wenn ich sage, er hatte im Keller einen Raum, den sie nie betreten durfte? Wenn er allein sein wollte, ging er immer in den Keller.«

Ich bedanke mich noch mal und fahre zu meiner Oma. Noch einmal lasse ich Revue passieren, was ich von der Frau Hader erfahren habe. Vor allem die Tatsache, dass Max sich offensichtlich zum ersten Mal Sorgen um seine Frau gemacht hat, lässt mich nachdenklich werden.

Marina ist auch schon da. Und meine Mutter natürlich. Der Wittner hat sich noch nicht gemeldet. Meine Mutter will natürlich unbedingt wissen, was wir in ihrer Sache unternehmen. Ich sage es ihr nicht. Soll sie ruhig ein wenig zappeln.

Das Essen ist fertig. Es gibt den versprochenen Eintopf, und die Nockerln lachen mich richtig an. Ich fülle meinen Teller zur Hälfte mit den Nockerln und gebe einen Schöpfer voll vom Eintopf dazu. Marina macht es ebenso. Ich schöpfe dreimal, Marina nur zweimal, aber dann ist die Pfanne mit den Nockerln auch leer.

Während dem Essen reden wir. Konversation machen, nennt Oma das. Dabei muss jeder darauf achten, dass nicht mit vollem Mund gesprochen wird. Das mag die Oma nicht. Manchmal vergesse ich es, dann kriege ich von der Oma einen Klaps. Meine Mutter isst nur sehr wenig.

»Du isst noch immer wie ein Spatz«, sagt Oma zu ihr. Das hat sie auch früher schon zu ihr gesagt.

»Ich kann jetzt nicht essen. Ich bin nervös.«

»Wieso bist du nervös?«, frage ich. »Wir machen doch die Arbeit. Wir nehmen deinen HorstArsch fest.«

»Kannst du das nicht lassen?«, gibt meine Mutter gequält zurück. »Musst du immer HorstArsch sagen?«

»Was soll ich sonst sagen? Betrüger, Verbrecher, Gangster? Such's dir aus.«

»Er heißt Horst«, zischt sie ärgerlich. »Kannst du nicht einfach nur Horst sagen?«

»Das wirst du nie erleben«, kontere ich, vielleicht etwas schärfer als notwendig.

»Es kann dir doch egal sein, wie er ihn nennt«, kommt mir Oma zu Hilfe. »Du willst dich doch von ihm trennen.«

Meine Mutter sagt nichts mehr. Sie steht vom Tisch auf und geht ins Wohnzimmer. Mir ist klar, warum sie nervös ist. Sie denkt an das Geld, das ich ihr eigentlich vorher abzweigen sollte. Aber ich habe andere Pläne.

Dann klingelt mein Handy. Der Wittner ist dran.

»Es ist so weit. Der Barsch hat den Rapp abgehängt. Er ist kreuz und quer durch Ulm gefahren. Und als er die B 10 hochfuhr, Richtung Autobahn, hat der Rapp sich an einer Ampel abhängen lassen. Jetzt können wir rätseln, fährt er Richtung München oder Richtung Stuttgart.«

»Er wird Richtung Stuttgart fahren und bei Merklingen die Autobahn verlassen. Dann kann er über Laichingen nach Münsingen fahren. Von dort kommt er dann durchs Lautertal ins Lauterdörfle. Du kommst am besten jetzt sofort hierher, damit wir vor ihm oben sind. Die Marina und ich warten auf euch vor dem Rathaus.« Ich drücke das Gespräch weg. »Es geht los«, sage ich zu Marina. »Du fährst mit dem Dienstwagen zu dir, ziehst Zivilklamotten an. Ich laufe schnell rüber zu mir und tu dasselbe.«

Ohne noch mal zu meiner Mutter reinzusehen, verlassen wir Omas Haus.

33

Rechtzeitig stehen wir in Zivilkleidung vor dem Rathaus. Wir haben Glück. Von Bruno Krauter ist weit und breit nichts zu sehen. Er ist im Grunde ein netter und auch hilfsbereiter Kerl, aber er kann einem mit seinem Geschwätz auch ganz ordentlich auf die Nerven gehen. Es hat inzwischen aufgehört zu regnen. Ein gutes Omen für unser Vorhaben.

»Was hast du denn heute für Schuhe an?«, fragt Marina.

»Wanderschuhe. Auf der Alb braucht man die.«

»Wir werden keine Zeit zum Wandern haben.«

»Macht nichts. Ich hab sie nun mal, also zieh ich sie auch an.«

Ich sehe ihr an, dass sie ahnt, warum ich diese Schuhe angezogen habe. Aber sie sagt nichts.

Und dann fährt auch schon der Wittner mit seinem Mercedes 220 TDI vor. Wir steigen beide hinten ein. Wittner ist so um die fünfzig. Er hat ein markantes Gesicht, dichtes, dunkles Haar und trägt einen Schnurrbart. Er fährt sofort los. Ich dirigiere ihn auf die Straße Richtung Grötzingen.

Kaminski dreht sich zu uns nach hinten um. Er hat ein schmales Gesicht und nach hinten gekämmtes, glattes Haar. Er muss etwa in meinem Alter sein. »Na, wie ist denn so das Polizistenleben auf dem Dorf? Langweilig, was?«

»Du hast Recht. Pure Langeweile treibt uns um. Vor drei Tagen hatten wir ein totes Kind in einer Garage, gestern gab es einen brutalen Mord auf dem Friedhof; eine Frau wurde mit zehn Messerstichen getötet. Und heute wollen wir euch einen Millionenbetrüger auf dem Tablett servieren. Also, einfach nur normaler Alltag. Und wie ist es bei euch so?«

Kaminski starrt mich mit offenem Mund an.

»Erich, du bist ein Arschloch«, sagt Wittner zu seinem Kollegen.

»Mein Gott, man wird doch noch mal fragen dürfen«, wehrt sich der Kaminski.

»Klar, man kann schon fragen«, erkläre ich ihm. »Aber muss es unbedingt in diesem arroganten Ton sein?«

»He, was soll das?«

»Halt jetzt einfach die Schnauze«, sagt Wittner. »Hast du eigentlich nicht mitgekriegt, dass eine Fahndung nach Dobermann läuft?«

»Natürlich habe ich das … Das war bei euch?«

»Langweilig, nicht wahr«, sage ich noch.

Danach war von Kaminski für eine Weile nichts mehr zu hören.

Wir schweigen auch. Als wir uns Granheim nähern, rufe ich Hausmeister Kling an. »Ist der Barsch zufällig schon angekommen? – Könnten Sie mal nachsehen?« Ich warte eine Weile, dann höre ich Kling wieder. »Nein, soweit ich sehen kann, nicht.«

»Gut, wir sind in etwa zehn Minuten oben. Übrigens, wir sind heute zu viert. Beobachten Sie bitte den oberen Parkplatz. Ich gehe davon aus, dass er dort parken wird. Wir fahren den unteren Parkplatz an. Sagen Sie, welches Haus liegt dem Haus Nr. 75 so gegenüber, dass man von dort beide Eingänge von Haus 75 im Blick hat?«

»Das müsste die Nummer 47 sein.«

»Könnten Sie dort vorbeigehen und die Terrassentür aufschließen … Einfach nur aufschließen? Geht das klar?«

»Wird das eine größere Aktion?«

»Wir werden die Sache auch heute so unauffällig wie möglich durchziehen. Keine Sorge. Falls der Barsch kommt, bevor wir bei Ihnen sind, rufen Sie mich bitte an.« Ich schalte ab.

»Ihr wisst genau, wo das Geld liegt?«, fragt Kaminski jetzt überrascht.

»Ansonsten hätten wir uns nie erlaubt, euch anzurufen«, kläre ich ihn auf.

»Wir hatten es sogar schon in der Hand«, sagt Marina mit leisem Triumph.

»Was?«

»Es ist fein säuberlich in Plastiktaschen abgepackt«, fährt Marina fort. »Fünfzehn Stück an der Zahl. Zusammen sind es geschätzte zwei Millionen Euro. Man kann die Päckchen an einer Schnur aus dem Versteck ziehen. Wie der Zauberer, der die Rasierklingen schluckt. Hast du das schon mal gesehen?«

»Wie? Was?«

»Es gibt Zauberer, die schlucken Rasierklingen. Dann schlucken sie noch einen Faden hinterher und ziehen damit die Rasierklingen wieder heraus. Eine nach der anderen hängt an dem Faden. Hast du das noch nie gesehen?«

»Nein, noch nie.«

»Übrigens, ohne meine Kollegin hätten wir das Versteck niemals gefunden«, füge ich noch hinzu.

»Jetzt werdet ihr uns aber sagen, wie ihr an die Sache rangekommen seid«, verlangt der Kaminski.

»Das erfahrt ihr hinterher«, sage ich.

»So geht das aber nicht«, protestiert Kaminski. »Das ist gegen die Vorschrift.«

»Vorschrift ist, Erfolg zu haben!«, klärt ihn Wittner auf. »Und wenn wir einen Betrüger fassen, bevor er mit zwei erschwindelten Millionen das Weite suchen kann, haben wir Erfolg gehabt. Wenn das in deinen Kopf geht, ist es gut. Wenn nicht, steigst du aus, und wir nehmen dich auf dem Rückweg wieder mit.«

»Aber wo liegt das Problem?«

»Das Problem bist du!«, fährt ihn Wittner an. »Ist dir eigentlich nicht klar, dass die beiden die Sache auch alleine hätten durchziehen können?«

»Zu zweit?«, zweifelt Kaminski.

»Locker«, sage ich. »Ich hatte mir schon einen Plan zurechtgelegt. Der Barsch wäre uns voll in die Falle gelaufen. Aber ich wusste ja, dass ihr den Fall zuerst bearbeitet habt, nachdem eine Frau ihn angezeigt hatte.«

»Du kennst die Frau, stimmt's?«, vermutet Wittner.

»Stimmt«, gebe ich zu. »Aber dabei lassen wir es jetzt bewenden. Ich erzähle euch später mehr.«

»Hat dir schon mal einer angeboten, zu uns zur Kripo zu kommen?«, fragt Wittner.

»Man hat.«

»Und?«

»Ich denke nicht daran. Mir geht es hier sehr gut. In ein paar Wochen werden die Marina und ich heiraten. Dann werden wir zusammen den Polizeiposten leiten.«

»Ihr wollt heiraten?«

»Steht irgendwo, dass eine Polizistin keinen Polizisten heiraten darf?«

»Nein, natürlich nicht. Aber ob ihr dann gemeinsam den Polizeiposten übernehmen dürft …«

»Wenn nicht, treten wir aus dem Verein aus und werden ein sehr erfolgreiches Gaunerpärchen.«

Wittner lacht und nach kurzem Zögern lacht auch der Kaminski mit.

Wir sind in Hayingen angekommen, und ich leite Wittner in die Straße, die zum Lauterdörfle führt. Wir parken auf dem unteren Parkplatz und gehen gemeinsam zum Bauhof hoch. Ich habe sieben Autos auf dem Parkplatz gezählt. Am oberen waren es vier. Es waren also zurzeit nicht sehr viele Gäste da.

Herbert Kling wartet schon auf uns. Ich stelle ihm die beiden Kollegen aus Ulm vor.

»Der Herr Barsch ist noch nicht gekommen«, sagt er.

»Sind irgendwelche Häuser um das Haus Nummer 75 heute belegt?«, frage ich ihn.

»Als ich vorher die Nummer 47 aufgeschlossen habe, sah es nicht so aus, als ob die anderen belegt wären.«

»Gut.« Ich sehe Wittner an. »Wie gehen wir vor? Nehmen wir ihn am Haus fest oder hier auf dem Parkplatz?«

»Mach einen Vorschlag. Du kennst dich hier aus.«

»Wir beide bleiben hier oben«, sage ich zu Wittner. »Dich kennt er. Mich wird er vermutlich auch erkennen. Also bleiben wir hier im Bauhof.« An Marina und Erich gewandt fahre ich fort: »Ihr beide geht ins Haus 47. Sollte er entgegen unseren Erwartungen am unteren Parkplatz aussteigen, um nicht von Herrn Kling gesehen zu werden, gebt ihr uns das kurz durch. Wir suchen uns dann dort einen Platz. Wartet, bis er wieder aus dem Haus kommt und zum Parkplatz geht. Ihr geht mit etwas Abstand hinter ihm her. Er kennt euch nicht, also wird er euch für Gäste halten. Bevor er ins Auto steigen kann, greifen wir ihn uns. Ihr schneidet ihm den Weg ab, falls er abhauen will.« Ich sehe Wittner an. »Einverstanden?«

»Ich hätte es nicht anders gemacht.«

»Falls er den anderen Parkplatz nimmt …«, wende ich mich an Kling. »Was für einen Wagen fährt er?«

»Einen silbergrauen Porsche 911.«

»Natürlich einen Sportwagen. Kerle wie der ändern ihre Vorlieben nicht.« Ich sehe auf meine Uhr. »Wenn meine Rechnung stimmt, müsste er in etwa zehn Minuten ankommen.« Ich wende mich an Kaminski: »Noch Fragen?«

»Warum nehmen wir ihn nicht im Haus fest?«

»Weil er die Ware im Koffer haben muss«, sagt Wittner. »Wir müssen ihn am Auto schnappen. Und noch was, Erich. Keine Alleingänge! Es wird so gemacht, wie es besprochen wurde. Haben wir uns verstanden?«

»Ja, schon klar.« Er wendet sich an Marina. »Gehen wir.«

»Marina, du kennst ja den Weg«, sage ich. »Wenn der Barsch hier ankommt, ruf ich dich an.«

Marina nickt. »Alles klar.«

Die beiden marschieren los. Ich wende mich an den Hausmeister. »Darf ich Sie auch kurz einspannen?«

»Wenn ich helfen kann, gerne.«

»Würden Sie mit Ihrem Elektrowägelchen zum unteren Parkplatz fahren und uns anrufen, falls er dort parken sollte? Meine Handynummer haben Sie ja. Wenn Sie da unten stehen, fällt das bestimmt nicht auf. Und wir würden Ihren Bauhof als Versteck benutzen.«

»Gut, ich fahr gleich los.«

Wir suchen uns auf dem Bauhof ein passendes Versteck. Am Zaun, der den Parkplatz vom Bauhof trennt, lehnt eine Menge Abfallholz. Hinter zwei alten Türen gehen wir in die Hocke. Zwischen den beiden Türen ist ein etwa fünf Zentimeter breiter Spalt. Von hier aus können wir den ganzen Parkplatz übersehen, ohne gesehen zu werden. Nachdem wir Stellung bezogen haben, sagt Wittner: »Darf ich dir was anvertrauen?«

»Klar.«

»Ich hatte in letzter Zeit ziemlich viel Pech. Es ist so manches schiefgelaufen.«

»Du brauchst einen Erfolg«, vermute ich.

Er nickt.

»Es ist deiner, wenn alles klappt. Ich brauch den Erfolg nicht. Ich war dabei, das reicht mir. Mit deinem Kollegen musst du aber selber klarkommen.«

»Mit dem komme ich klar.«

»Ich hab dir noch was. Eigentlich wollte ich es euch erst nachher sagen. Aber jetzt sage ich es dir allein. Das rundet deinen Erfolg noch ab.«

»Ich hab schon geahnt, dass du noch mehr in der Hinterhand hast. Sagst du mir jetzt, woher du das alles wusstest?«

Ich erzähle ihm kurz vom Besuch meiner Mutter, und dass sie es war, die den Barsch angezeigt hat. Eigentlich nur, weil sie ihn mit einer anderen im Bett erwischt hat.

»Dieser Franka Kappel gehört auch das Ferienhaus Nummer 75«, sage ich.

»Franka Kappel? Ist das die Frau, mit der deine Mutter den Barsch erwischt hat?«

»Ja. Kennst du die?«

»Ich kann mich an den Namen gut erinnern. Gegen die haben wir schon ermittelt. Ihr Mann ist vor etwa sechs Monaten bei einer Bergtour tödlich verunglückt. Da die Lebensversicherung über 250 000 Euro erst vor zwei Jahren abgeschlossen worden war, hat die Versicherung Verdacht geschöpft. Sie baten uns, den Fall zu überprüfen. Aber die Frau hatte damit nichts zu tun. Sie hatte ein bombensicheres Alibi für die Zeit, als der Unfall geschah.«

»Ich bin sicher, dass der Barsch schon seit längerer Zeit ihr Liebhaber ist.«

»Du glaubst, dass er seine Finger im Spiel hatte?«

»Überprüf mal sein Alibi«, sage ich nur. Dass ich noch immer glaube, dass er meinen Vater umgebracht hat, behalte ich für mich. Sonst hätte ich meine Mutter mit ins Spiel bringen müssen. Stattdessen frage ich: »Wenn es jetzt zur Festnahme kommt, kann ich mich da auf dich verlassen?«

»Wie meinst du das?«

»Ich hab noch eine Rechnung mit ihm offen.« Ich berichte ihm kurz von den hinterhältigen Schlägen, die ich als Elfjähriger hatte einstecken müssen.

»Ich werde sagen, dass er dich angegriffen hat«, erklärt sich Wittner sofort bereit.

»Ich denke, das wird er ohnehin tun.«

»Es ist ja nur wegen dem Kaminski«, sagt Wittner.

Während wir reden, haben wir die ganze Zeit den Parkplatz im Blick behalten. Ein Gast ist aufgetaucht, hat sich in seinen Golf gesetzt und ist weggefahren. Einer weniger, der uns bei der Festnahme stören könnte. Man weiß ja nie.

»Ich habe übrigens noch was für dich. Warst du bei der Durchsuchung von Barschs Wohnung dabei?«

»Was heißt da Durchsuchung? Wir hatten keinen Durchsuchungsbeschluss. Wir hatten eine Anzeige, die auf Betrug hinauslief. Also haben die Kollegen einfach nur den Barsch und alle seine Ordner mitgenommen.«

»Wenn ihr den Kerl dann abgeliefert habt, gehst du noch mal in seine Wohnung. Der Schrank, aus dem ihr die Ordner genommen habt, hat einen doppelten Boden. Dort wirst du die für die Verhaftung entscheidenden Unterlagen finden.«

»Was sind das für Unterlagen?«, will er wissen.

Aber in diesem Augenblick fährt ein silbergrauer Porsche auf den Parkplatz. Gespannt blicken wir durch den Spalt zwischen den zwei Türen. HorstArsch lässt sich Zeit. Als er endlich aussteigt, hat er einen Rucksack in der Hand. Obwohl er in den letzten zwanzig Jahren sichtbar gealtert ist, erkenne ich ihn auf Anhieb. Sein Haar ist zwar noch voll, aber seitlich am Kopf doch schon ziemlich ergraut. Und es war auch nicht mehr mit Haargel gestylt. Die zwei Falten links und rechts der Nase sind tiefer geworden. Ansonsten hat er sich für seine achtundvierzig Jahre gut gehalten. Er ist leger gekleidet. Jeans, Wanderschuhe, buntes Hemd und dunkelblaue Jacke.

Barsch wirft sich den nicht ganz leeren Rucksack auf den Rücken. Irgendetwas war im Rucksack. Etwa Proviant für eine längere Reise? Ohne sich weiter umzusehen, marschiert er los. Er fühlt sich hier absolut sicher.

Ich habe schon das Handy in der Hand, drücke die gespeicherte Nummer von Marina. »Er ist da. Er wird in etwa drei Minuten am Haus sein.«

Jetzt heißt es warten und hoffen. Eine Weile schweigen wir. Dann fängt Wittner an weiter zu fragen: »Was sind das für Unterlagen im doppelten Boden?«

»Kontoauszüge von mehreren Banken. Seine Kunden haben Geld auf mehrere Konten eingezahlt. Er aber hat die Zinsen immer nur von einem Konto aus überwiesen. Wenn du nachrechnest, wirst du feststellen, dass es einige gegeben haben muss, die ihm das Geld bar überreicht haben. Vermutlich Schwarzgeld.« Ich mache eine kleine Pause und überwinde mich dann: »Meine Mutter gehört auch zu denen, die ihm das Geld bar gegeben haben.«

»Und da sind zwei Millionen zusammengekommen?«, fragt Wittner ungläubig. Auf meinen letzten Satz geht er nicht ein. Mir war das sehr recht.

Mein Handy schlägt schwach an. Es ist auf leise gestellt. Marina ist dran. »Er ist jetzt im Haus.«

»Gut. Es bleibt dabei. Wenn er rauskommt, folgt ihr ihm mit etwas Abstand.«

»Okay.«

Ich breche die Verbindung ab und nehme den Faden von vorher wieder auf. »Überleg doch mal. Er hat ihnen zwischen zwölf und fünfzehn Prozent Zinsen bezahlt. Wo kriegst du das heute noch? Bei den Banken sind zurzeit maximal zwei Prozent drin. Und Schwarzgeld, das einer zu Hause gebunkert hat, bringt gar nichts.«

»Dann muss er doch von Anfang an geplant haben, mit dem Geld seiner Kunden eines Tages abzuhauen.«

»Wann er damit angefangen hat, weiß ich nicht. Auf jeden Fall hat er es zusammen mit der Franka Kappel geplant. Meine Mutter hat sie übrigens gestern den ganzen Tag beobachtet. Sie ist dabei, die Villa zu verkaufen.«

Wieder summt mein Handy. Es ist Hausmeister Kling. »Ich hab ihn schon gesehen«, sagt er gleich. »Soll ich hochkommen?«

»Nein, bleiben Sie unten. Wir wissen ja nicht, ob er bewaffnet ist.« Ich lege auf.

»Glaubst du, er ist bewaffnet?«

»Keine Ahnung. Am besten ist es, du sicherst die Aktion mit der Waffe ab. Sobald wir das Zeichen bekommen, dass er mit gefülltem Rucksack zurückkommt, verstecken wir uns hinter dem Audi Avant. Wenn er auf dem Parkplatz ist, trete ich ihm entgegen. Er wird mich vielleicht nicht gleich erkennen. Aber spätestens, wenn ich HorstArsch zu ihm sage, wird er wissen, wer ich bin, und wird, so hoffe ich, wütend auf mich losgehen. Wenn er es nicht gleich tut und reden will, wartest du. Ich werde ihn provozieren, bis er es tut.«

»Und in dem Moment schreie ich: Polizei! Hände hoch!«

»So machen wir's. Und falls er wieder umdrehen will, läuft er dem Kaminski und der Marina in die Arme.«

»Dem Erich kommt er nicht aus. Der läuft die hundert Meter immer noch in 12,4 Sekunden.«

Bange Minuten des Wartens vergehen. Ich werde von Minute zu Minute nervöser. Gleich werde ich dem Mann gegenübertreten, den ich in meiner Kindheit am meisten gehasst habe. Andererseits habe ich mir so oft vorgestellt, was ich tun würde, wenn er vor mir steht. Er, fast zwanzig Jahre älter. Ich kein Kind mehr, sondern im besten Alter und gut durchtrainiert. In meiner Fantasie kam HorstArsch dabei gar nicht gut weg.

Dann endlich geht mein Telefon. »Er hat soeben das Haus verlassen. Der Rucksack sieht gut gefüllt aus. Wir hängen uns dran.«

»Es geht los«, sage ich nur. Wir rennen aus dem Bauhof raus und ducken uns hinter den Audi. Durch die Seitenscheiben sehe ich gut zu dem Durchgang, der vom Parkplatz auf das autofreie Gelände führt.

Und dann sehe ich ihn kommen. Ich warte, bis er auf drei Meter heran ist. Dann erhebe ich mich und stelle mich ihm in den Weg.

»Hallo, HorstArsch. Kennst du mich noch?«

Er braucht einen Augenblick. Dann reißt er ungläubig die Augen auf. »Hanno?«

»Richtig geraten.«

»Was machst du hier?«

»Blöde Frage. Ich bin Polizist. Und als solcher rieche ich Betrüger schon aus großer Entfernung.«

Es dauert wieder ein paar Sekunden, bis er begriffen hat. »Deine Mutter! Sie hat dir gesagt …«

»Du übergibst mir jetzt deinen Rucksack, ich lege dir Handschellen an und dann fahren wir zusammen in deinem schnellen Porsche …«

Jetzt ist er so weit. Sein Gesicht verzieht sich zu einer geradezu hässlichen Fratze. »Du elender Drecksack! Du wirst mich nicht aufhalten. Du nicht!«

Dann stürmt er wutentbrannt auf mich zu. Fast gleichzeitig schreit Wittner: »Polizei! Hände hoch!«

Irritiert schaut Barsch zu Wittner. Ich nutze die Gelegenheit, tue so, als wäre ich beim Zurückweichen ausgerutscht und knalle ihm gleichzeitig die Schuhspitze gegen das

Schienbein. Besonders gut getroffen habe ich nicht. Das merke ich sofort. Er schreit zwar kurz auf, will sich aber erneut auf mich stürzen. Nur ist er nicht mehr schnell genug. Sein Angriff wirkt ziemlich plump. Es bereitet mir wenig Mühe, einen Schritt zur Seite zu gehen und ihm die Faust auf den Solarplexus zu rammen. Dass er mich an der Schulter erwischt hat, stört mich in dem Moment überhaupt nicht. Es ist mir einfach ein großes Vergnügen zu sehen, wie er den Mund aufreißt und nach Luft schnappt. Diesen Anblick genieße ich für ein paar Sekunden. Dann ist auch schon der Kaminski zur Stelle. Er reißt ihm die Hände auf den Rücken, und Marina legt ihm Handschellen an. Der Barsch ist zur Gegenwehr nicht mehr fähig. Er macht seinem Namen alle Ehre und schnappt wie ein Fisch nach Luft.

Marina durchsucht Barsch kurz nach Waffen. Es scheint alles in Ordnung zu sein. Da sie ihm den Rucksack wegen der Handschellen nicht abnehmen kann, klinkt sie die Träger des Rucksacks aus und öffnet ihn. »Es ist alles drin«, sagt sie. »Auch die Kontoauszüge.«

»Der Vogel wollte wohl ausfliegen, was?«, sagt Kaminski triumphierend. »Aber nicht mit uns.«

Als der Barsch endlich wieder etwas Luft bekommt, richtet sich sein erster Satz an mich: »Ich bring dich um! Ich hätte dich damals schon umbringen sollen!«

»Du wanderst jetzt erst mal für ein paar Jahre in den Knast«, sage ich. »Und wenn du rauskommst, erwarte ich dich, und wir kämpfen es aus. Danach wirst du ein paar Monate im Krankenhaus verbringen und auf Krücken wieder herauskommen. Also, ab mit ihm. Ach ja, gib mir doch mal die Schlüssel von deinem Porsche. Den nehmen meine Kollegin und ich mit. Du darfst mit den anderen beiden Kollegen im Mercedes mitfahren, damit du auch mal weißt, wie es sich in einem richtigen Auto fährt.«

Ich muss ihm die Schlüssel aus der Tasche nehmen. Er nutzt prompt meine Nähe aus und versucht, mir einen Kopfstoß zu verpassen. Aber da der Kaminski ihn noch festhält, gelingt es ihm nicht ganz. Er trifft nur meinen rechten Wangenknochen. Allerdings nicht mit voller Wucht. Schmerzhaft ist es trotzdem.

Während Kaminski den Barsch Richtung Straße führt, um zum unteren Parkplatz zu gelangen, sage ich zu Wittner: »Den Weg in seine Wohnung kannst du dir jetzt sparen. Die Kontoauszüge sind ja im Rucksack.« Marina übergibt ihm den Rucksack.

»Danke«, sagt Wittner. »Das war hervorragende Arbeit.«

»Wir telefonieren noch«, erwidere ich und gehe zum Porsche.

»Okay.« Wittner winkt kurz und geht dann hastig seinem Kollegen nach.

Ich warte, bis er weg ist. Dann nehme ich Marina in den Arm und halte sie eine Weile fest. Nachdem ich mich endlich etwas beruhigt habe, sagt Marina: »Hat es gutgetan?«

»Dich im Arm zu halten, tut immer gut.«

»Ich meine das mit dem Barsch.«

»Ja, das hat gutgetan«, grinse ich. »Es war eine Wonne, ihn nach Luft schnappen zu sehen. Was glaubst du, wie oft er mir auf den Solarplexus geschlagen hat? Einmal war es so schlimm, dass ich glaubte, sterben zu müssen. Und dieser elende Drecksack hat einfach nur gelacht.«

»Dann kannst du diese Geschichte jetzt endlich abschließen«, verlangt Marina.

»Ich denke, ich kann es abhaken.«

»Und das mit deiner Mutter …«

»Da steht noch was aus.«

Hausmeister Kling kommt mit seinem Elektrowägelchen auf den Parkplatz gefahren. Er strahlt. »Ich habe gesehen, wie sie ihn abgeführt haben.«

»Den sehen Sie vermutlich nie wieder.«

»Ich weine ihm keine Träne nach.«

Wir bedanken uns noch für seine Hilfe und versprechen, ihm beim nächsten Besuch ein kleines Geschenk mitzubringen. Dann fahren wir im Porsche los. An die gut 350 PS unterm Hintern muss ich mich erst gewöhnen. Aber dann macht es richtig Spaß, so ein Geschoss zu fahren. Während der Fahrt erkläre ich Marina, was ich mir für meine Mutter ausgedacht habe. Sie findet es gut, hat aber noch einen Verbesserungsvorschlag, den ich gerne aufgreife.

34

Es ist schon fast fünf Uhr, als wir vor Omas Haus ankommen. Oma steht in der Küche.

»Und?«, fragt sie aufgeregt. »Was ist?«

»Erfolg auf der ganzen Linie«, antwortet Marina. »Der Barsch sitzt wieder in Haft. Diesmal hoffentlich für lange Zeit.«

»Wo ist sie?«, frage ich Oma.

»Im Wohnzimmer.«

Ich gehe rüber. Sie sitzt im Sessel und sieht mir gespannt entgegen. Ich setze mich aufs Sofa. »Wir haben ihn festgenommen. In seinem Rucksack hatte er die Kontoauszüge und etwa zwei Millionen Euro.«

Sie ist keineswegs beeindruckt. Also hat auch sie erkannt, dass einige Kunden das Geld bar übergeben hatten.

»Hast du meine Fünfzigtausend gleich …«

»Du wirst mir jetzt die ganze Wahrheit sagen. Keine Lügen mehr!«

»Aber ich habe doch …«

»Du hast, wie wir auch, festgestellt, dass einige Kunden deinem HorstArsch ihr Schwarzgeld zur Vermehrung bar übergeben haben. Und deshalb dachtest du, du könntest mir weismachen, dass auch du ihm Bargeld gegeben hättest.«

»Habe ich doch auch«, behauptet sie.

»Und woher hattest du das Geld, wenn du doch ganz allein für euch beide aufgekommen bist?«

»Ich habe … Ich hatte da mal …«

»Die Wahrheit oder ich geh auf der Stelle!«

»Er hat mich ausgenutzt«, stößt sie plötzlich, den Tränen nahe, aus. »Ich hab die ganzen Jahre über für unseren Lebensunterhalt gesorgt. Von seinem Verdienst hab ich nie was gesehen. Ich bin überzeugt, dass sein Geld auch in diesen zwei Millionen enthalten ist. Ich habe Anspruch darauf.«

»Gut, hör zu. Ich habe zwei Vorschläge für dich. Erstens, der Porsche. Hat er ihn gekauft oder geleast oder …?«

»Gebraucht gekauft, vor etwa einem Jahr. Aber ich hab mich schon erkundigt. Mehr als zehn- oder zwölftausend bekomm ich dafür nicht mehr.«

Natürlich. Wie konnte ich auch annehmen, dass sich meine Mutter nicht schon längst erkundigt hatte, was sie für den Porsche bekommen könnte. Mich braucht sie nur, um noch mehr herauszuschlagen. Seufzend unterbreite ich ihr meinen zweiten Vorschlag. »Melde dich bei Kriminalhauptkommissar Wittner. Er bearbeitet den Fall. Ich habe ihm gesagt, dass du mir erzählt hast, du hättest auch Geld bei deinem Horst-Arsch angelegt. Es liegt jetzt an dir, wie du ihn davon überzeugst. Aber darin bist du schon immer gut gewesen. Mehr kann ich nicht für dich tun.«

»Aber ich dachte, dass du vielleicht …«

»Mama, mehr kann ich nicht tun!«

»Jetzt hast du zum ersten Mal wieder Mama gesagt.« Sie strahlt richtig. Sie scheint sich echt darüber zu freuen.

»Ach, habe ich das?«, sage ich so beiläufig wie irgend möglich.

»Ja, das hast du. Das hast du zuletzt gesagt, als du sechs Jahre alt warst.«

»Daran kannst du dich noch erinnern?«

»Als wäre es gestern gewesen. Es hat sehr wehgetan, als du plötzlich nicht mehr Mama, sondern allenfalls mal Mutter gesagt hast. Meistens hast du Frau Köberle gesagt.«

»Damals …« Ich breche ab. Eigentlich wollte ich ihr sagen, dass ich damals zum ersten Mal festgestellt hatte, dass sie meinen Vater betrog. Aber als ich ihr glückliches Gesicht sehe, verzichte ich darauf. Es sind immerhin schon fünfundzwanzig Jahre vergangen.

»Du glaubst gar nicht, wie sehr ich mir wünsche, dass es zwischen uns wieder …«

»Ich habe getan, was ich tun konnte«, lenke ich ab. »Mehr kann ich als Polizist nicht tun.« Ich gehe zur Tür.

»Versprichst du mir, dass du darüber nachdenkst, ob wir nicht wieder eine Familie sein könnten? Ich weiß, ich habe Fehler gemacht, fast unverzeihliche Fehler. Aber es ist auch viel Zeit vergangen.«

»Ich werde darüber nachdenken«, sage ich und gehe.

Sie tut mir jetzt fast schon leid. Ich weiß ja, wie schwer ihr es schon immer gefallen ist, um Verzeihung zu bitten. Von mir hat sie das immer verlangt. Aber ihr Eingeständnis, unverzeihliche Fehler gemacht zu haben, ist doch schon was. Ich halte es auf jeden Fall für gut, sie noch eine Weile zappeln zu lassen.

Wenig später sitzen Marina und ich im Büro. Unterwegs habe ich ihr von meinem Gespräch mit Mutter erzählt. Sie meint nur, ich solle sie nicht zu lange zappeln lassen.

Ich fahre den Computer hoch und finde eine Mail von Großmann. Das mit der Abdeckplane hat sich bestätigt. Die Leiche der Hufnagel war in eine schwarze Autoabdeckplane für den Außenbereich eingewickelt. Diese Planen haben außen eine Plastikschicht und sind innen mit einer weichen, fast samtähnlichen Schicht ausgestattet. Wie Großmann weiter berichtet, müsse diese weiche Schicht das ganze Blut aufgesaugt haben, das die Tote verloren hat. Der Tod dürfte demnach gegen einundzwanzig Uhr eingetreten sein. Auf jeden Fall eher früher als später.

Marina hat mitgelesen. »Das heißt, wir müssen die Abdeckplane finden.«

»Wenn der Dobermann unser Mörder ist, dann hat er sie auf jeden Fall mitgenommen und längst entsorgt.«

»Oder aber, er hat sie jemandem untergeschoben.«

»Untergeschoben?« Ich denke einen Moment darüber nach. »Du könntest Recht haben. Aber wem würde er sie unterschieben? Eigentlich kämen nur zwei in Frage: Max, der Ehemann, oder Richard Mager, der Erzfeind der Hufnagel. Aber woher soll der Dobermann gewusst haben, dass der Richard Mager mit ihr verfeindet war?«

»Die Carmen«, sagt Marina. »Als alles noch in Ordnung war zwischen Dobermann und ihr, haben sie doch sicher auch über die Leute aus dem Dorf geredet.«

»Wir müssen unbedingt die Carmen finden!«

»Und wie sollen wir das anstellen, wenn die Leute, die uns dabei helfen könnten, nicht reden? Wir werden wohl kaum auf einen bloßen Verdacht hin einen Durchsuchungsbeschluss fürs Pfarrhaus bekommen.«

»Das wollen wir doch auch nicht. Wir brauchen eine List. Lass mich nachdenken. Heute Abend bin ich doch mit dem Franz und dem Eduard zum Bier verabredet. Der Michel wird auch dabei sein. Du glaubst nicht, was man da alles erfährt.«

»Da wird doch meistens nur dummes Zeug geredet.«

»Na ja, meistens schon«, gebe ich zu. »Es gibt jedenfalls oft viel zu lachen. Aber wenn man genau hinhört, ist manchmal auch was Brauchbares dabei. Einmal konnte ich dadurch einen Diebstahl aufklären. Willst du mitkommen?«

»Was soll ich unter lauter Männern? Geh du nur allein hin. Ich warte auf dich bei mir zu Hause. Komm aber nicht zu spät, sonst schlafe ich schon.«

»Da gibt es ein Problem. Wenn du bei dir zu Hause wartest, müsste ich fahren, und das darf ich mit drei Bier nicht mehr. Also müsstest du mich abholen.«

»Schon gut«, lacht Marina. »Ich bleibe hier, befrage den Computer und denke auch ein bisschen nach.«

»Aber du könntest mich so um acht auf dem Handy anrufen. Dann habe ich einen Grund zu gehen.«

»Um acht schon?« Sie grinst. »Da hast du doch noch nicht mal dein zweites Pils getrunken.«

»Gut, halb neun, spätestens. Abgemacht?«

»Wie wäre das? Ich ruf dich an, wenn ich Sehnsucht nach dir habe.«

»Noch besser.«

»Gut. Aber jetzt habe ich Hunger. Wo essen wir?«

»Oma Dodel?«

»Einverstanden.«

35

Es war noch Eintopf vom Mittag übrig, und die Oma macht noch mal Nockerln dazu. Meine Mutter ist nicht mehr da. Sie ist nach Ulm gefahren, sagt Oma. Während Oma die Nockerln macht, sitzen wir am Esstisch und reden darüber, wie wir weiter vorgehen wollen. Als der Name Max fällt, kommt Oma mit der Teigschüssel an den Tisch. Ohne das Rühren zu unterbrechen, sagt sie: »Die Langer kümmert sich offensichtlich sehr um den Max, habe ich heute gehört.«

»Vielleicht ist es auch so, dass die Langer sich den Max ins Haus geholt hat, um männlichen Schutz zu haben, falls der Dobermann wieder auftauchen sollte«, sage ich. »Schließlich mussten wir schon zweimal zu ihr raus, weil der Dobermann sie belästigt hat.«

»Das mag auch stimmen. Aber Tatsache ist, dass die Niesle Helga den Max früher schon mal nachts beobachtet hat, wie er bei der Langer angeklopft hat und eingelassen wurde.« Sie geht wieder zum Herd zurück. Das Wasser kocht schon, und Oma gibt mit einem kleinen, langstieligen Löffel kleine Teigportionen ins kochende Wasser.

Oma hat noch eine Neuigkeit. Während sie weiter Nockerln formt, berichtet sie: »Der Richard Mager soll gesagt haben, er würde gerne das Grab der Hufnagel pflegen, als Wiedergutmachung.«

»Als Wiedergutmachung?«, frage ich verwundert. »Was will er gutmachen? Er hat die Hufnagel doch nie leiden können. So was hält meistens über den Tod hinaus.«

»Vielleicht ist ihm ihr schrecklicher Tod an die Nieren gegangen«, meint Marina.

»Ich werde ihn fragen«, sage ich. »Ich muss ohnehin noch mal mit ihm reden. Die Hanna Hader hat erzählt, dass der Mager der Hufnagel schon mal mit einer Holzlatte gedroht hat. Und mit so einer Holzlatte ist die Hufnagel erst niedergeschlagen worden, bevor man sie erstochen hat. Und von der Zeit her könnte er es getan haben. Er ist um diese Zeit am Friedhof gesehen worden.«

»Aber der Max war um die Zeit herum doch auch am Friedhof«, sagt Marina.

»Natürlich. Er hat es ja auch zugegeben. Kurz zuvor hat der Angerer den Dobermann gesehen, wie der zum Seiteneingang ging, während die Hufnagel auf dem Friedhof war.«

»Ich sehe schon, ich muss mich da ein wenig umhören. Ich bekomme vermutlich mehr zu hören als ihr,« meint Oma Dodel.

»Das wirst du nicht machen!«, sage ich streng. Obwohl ich weiß, dass das völlig sinnlos ist.

»Ist er nicht lieb, mein Bub«, sagt Oma grinsend zu Marina. »Macht sich Sorgen um seine Oma.«

»So ganz unrecht hat er aber nicht«, springt mir Marina bei. »Solange der Dobermann nicht gefasst ist, ist es zu gefährlich für dich.«

»Der Dobermann ist eure Sache. Falls es aber ein anderer war, dann habe ich da meine eigenen Quellen.«

»Wenn du an die Niesle denkst ...«

»Ich habe andere Quellen.« Sie schöpft die Nockerln ab, gibt sie in eine Pfanne, stellt Eintopf und Pfanne auf den Tisch. »Mahlzeit.« Damit ist klar, dass sie nicht weiter über dieses Thema reden will. Basta!

Ich bin früh dran für das Pub. Aber noch bevor ich dort ankomme, klingelt mein Handy. Da sage mir noch mal einer, das Handy wäre ein Segen. Ich sehe es als eine Plage an. Weil ich noch Zeit habe, nehme ich das Gespräch aber doch an. Es ist der Wittner.

»Ich habe deine Information, den Barsch und die Kappel betreffend, an die Kollegen von der Mordkommission weitergegeben. Du weißt schon, dass der eventuell mit dem Tod von dem Herrn Kappel was zu tun haben könnte. Die waren hellauf begeistert. Soll ich dir sagen, was sie mir darauf geantwortet haben?«

»Sie haben gesagt, ich soll sie mal am Arsch lecken.«

»Mein Gott, Köberle, du machst mir Angst. Wie bist du bloß darauf gekommen?«

»Der Großmann hat mich schon vorgewarnt. Er meinte, wenn ich ihm noch eine Leiche bringe, bekomme ich dieses Jahr kein Weihnachtsgeschenk.«

»Da siehst du, was du angestellt hast.«

»Ja, glaubst du vielleicht, für mich ist das einfach? Was meinst du, was mir hier im Dorf bevorsteht? Künftig wird für lange Zeit keiner mehr im Dorf sagen: Köberle, du schiebst hier doch eine verdammt ruhige Kugel. Das muss ich auch erst verkraften. Könntest du mir jetzt mal sagen, was du wirklich willst?«

»Da war heute schon eine Frau bei mir. Sie sagt, du hättest ihr geraten, sie soll sich an mich wenden wegen dem Geld.«

»Das ist richtig. Sie ist meine Mutter.«

»Jetzt hör aber auf! Sie kann unmöglich deine Mutter sein. Erstens ist das eine Frau, deren Schönheit immer noch mein Büro erhellt, obwohl sie schon seit gut einer Stunde wieder weg ist. Zweitens ist sie höchstens fünfunddreißig – und du bist auch fünfunddreißig. Und drittens heißt sie Renate Dodel und du heißt Köberle. Da passt überhaupt nichts zusammen.«

»Es würde jetzt zu weit führen, dir das zu erklären. Aber glaub es mir einfach, sie ist meine Mutter. Sieh zu, was du für sie tun kannst.«

»Wie kann ich dieser schönen Frau irgendetwas abschlagen, Köberle. Ich zerreiße mich für sie.«

»Gut. Halt mich auf dem Laufenden.«

Ich drücke das Gespräch weg. Abschalten kann ich das Handy ja nicht, weil ich später den Anruf von Marina erwarte. Ich bin vor dem Pub angelangt und gehe hinein. Dort bin ich nicht der Erste. Der Michel ist schon da. Vor ihm steht ein großes Pils.

»So schnell kann's ganga, dass mir zamm a Bier trinket, wenn a anderer mi einladet. Du brengsch des ja net fertig.«

Das hat man nun von seiner Gutmütigkeit. Eigentlich wollte ich ja mal mit dem Michel alleine ein Bier trinken. Aber er kann es einfach nicht erwarten.

»Jetzt hat es ja geklappt«, sage ich und schwinge mich auf einen Barhocker neben dem Michel. Claudia, die hübsche Blondine hinter der Theke, schenkt mir ein Lächeln.

»Ah, der Herr Polizeipräsident lässt sich auch mal wieder blicken«, sagt sie. »Was darf ich dir kredenzen?«

»Den Polizeipräsidenten habe ich zu Hause gelassen, nur der Hanno ist gekommen. Und wenn du mir jetzt ein Pils kredenzen würdest, mit einer wunderschönen, lang haltenden Schaumkrone, dann stehe ich ewig in deiner Schuld.«

»Mit Schulden habe ich es nicht so«, gibt Claudia trocken zurück, während sie die gelbe Flüssigkeit ins Glas strömen lässt. »Mir ist es lieber, du zahlst.«

»Er zahlt heit net«, mischt sich der Michel ein. »Dr Franz kommt no mit dr groß̈a Gelddasch.«

»Der Franz Käfer? Aber der hatte doch den Totalschaden am Auto. Und der zahlt eure Zeche?«

»Des Auto kriagt er doch von dr Vrsicherung ersetzt. So vrkehrt isch halt dia Welt. An Totalschada am Auto zahlet se, abr den Schada, den ma ama Menscha zugfügt hod, den wellet se net zahla.«

»Bist du immer noch am Kämpfen?«, fragt Claudia.

»Immer no. So lang, bis se zahlet. Ond dia zahlet no, bevor i in d' Kischt spring.«

Weiter hinten im Lokal ruft jemand: »Kapitalismus!«

Man braucht da gar nicht hinzusehen. Wenn man im Pub das Wort Kapitalismus hört, weiß man, der Emil Droste hat wieder seinen Tag. Dazu muss man sagen, dass der Emil ein armer Kerl ist. Er war mal mit der gutaussehenden, aber sehr resoluten Johanna Wanner verheiratet. Damals ging es ihm bestens. Sie verdiente recht ordentlich, und er hatte als Lastwagenfahrer auch einen Job, der ihm genug einbrachte. Bis Johanna, nach fast drei Jahren Ehe, dahinterkam, dass der Emil ein Analphabet ist. Wie viele andere Analphabeten hatte er sich im Leben eben so durchgemogelt. Er war in der Lage, seine Unterschrift schwungvoll unter ein Dokument zu setzen, wie zum Beispiel eine Heiratsurkunde. Sogar den Führerschein hatte er gemacht. Die Fahrprüfung hat er mit Bravur bestanden, die theoretische nur mit Hilfe eines Freundes. Als seine Frau dahinterkam, fühlte sie sich von ihm dermaßen betrogen und hinters Licht geführt, dass sie sofort die Scheidung einreichte. Emil hatte die Scheidung noch nicht verkraftet, da heiratete seine Johanna einen Banker, in Emils Augen einen Kapitalisten. Er begann zu trinken. Da nahm sich zum Glück die Hedwig Bantle seiner an. Sie ist gut fünf bis sechs Jahre älter als er, aber sie schaffte es, ihn vom Trinken wegzubringen, bevor ihm sein Chef kündigte.

Jetzt trinkt der Emil nur noch zweimal im Monat. Und das nach einem bestimmten Ritual. Er hört auf zu trinken, wenn er das Wort »Kapitalismus« nicht mehr vollständig über die Lippen bringt. »Kapilismus« lässt er gerade noch gelten. Das ist meistens nach dem dritten Bier der Fall. Spätestens nach dem sechsten oder siebten Bier ist er bei »Kapismus« oder »Katismus« angelangt. Dem lässt er dann ein »Aschloch« folgen, das dem »Bänker« gilt, und geht. Am nächsten Tag kommt die Hedwig und zahlt seine Zeche. Die Hedwig sorgt gut für ihn. Trotzdem ist der Emil ein gebrochener Mann. Er hat die Scheidung immer noch nicht verkraftet. Die Johanna war seine große Liebe.

Ich habe nur einmal mit ihm zu tun gehabt. Damals hatte er nachts in einem Totalrausch einen Gartenzaun eingedrückt. Zum Glück hatte er eine private Haftpflichtversicherung. Zusammen mit dem Versicherungsvertreter verfassten wir den Bericht so, dass der Emil einem Auto hatte ausweichen müssen. Der Halter des Fahrzeugs wäre jedoch nicht mehr zu ermitteln gewesen. Das hat natürlich wieder den Michel auf den Plan gerufen. Einen kaputten Zaun zahlen die Versicherungen. Für eine kaputte Hüfte zahlen sie nichts. Der Michel sammelt alle diese Fälle. Er hat es wirklich nicht leicht.

Claudia stellt mir mein Pils auf die Theke. Ich kenne sie seit zwanzig Jahren. Wir sind zusammen in die Hauptschule gegangen. Rechnen war damals nicht ihre Stärke gewesen. Heute weiß sie von jedem Gast, was er getrunken und gegessen hat, ohne es aufzuschreiben. Ich sehe Claudia an und deute mit dem Kopf zu Emil. »Das Wievielte?«

»Sein Drittes«, sagt Claudia.

In dem Moment stellt Emil sein leeres Glas auf den Tisch. Prompt kommt sein ›Kapilismus‹. Claudia hat inzwischen schon das vierte Bier eingeschenkt und bringt es ihm.

Dann kommen der Franz und der Eduard lachend zur Tür herein. Michel stößt mich an. »Jetz guck dir bloß dia zwoi Hondskrüppl a. Vor a paar Wocha hend se sich no d' Gosch vrschlaga. Jetzt sends auf oimol wiedr de beschte Freind.« Er beugt sich zu mir rüber. »Wia hosch des gmacht?«

»Nach dem Unfall hat der Franz gemeint, er hätte ja auch tot sein können. Und da kam ihm die Erkenntnis, dass ein Leben ohne Freunde kein Leben ist. Und sofort ist er zum Eduard gegangen und hat ihn angefleht: Lass uns wieder Freunde sein.«

»Derfa Polizischta ao so liaga?«

»Polizisten müssen manchmal lügen, um Frieden zu stiften«, erkläre ich.

Franz und Eduard begrüßen uns, und Claudia ist schon am Bierzapfen.

Der Emil probiert »Kapilismus«. Es geht noch.

»Das gilt nicht«, beschwert sich der Eduard. »Ihr habt schon einen Vorsprung.«

»Aber nur einen Schluck«, sage ich.

»I hab scho zwoi Schluck Vorsprung«, sagt der Michel. »Vorschlag. Wenn euer Bier kommt, nehmet ihr jeder zwoi Schluck ond i nix, dann send mir wiedr gleich.«

So machen wir es, als das Bier für die beiden kommt. Dann stoßen wir miteinander an, und der Michel sagt: »Auf da Franz, onsern Spender.«

Wir trinken und ich nutze die Gelegenheit gleich, um das Gespräch auf den Mord zu bringen. »Hab ich dir schon gesagt, dass der Fahrer des BMW, der dich von der Straße gedrängt hat, höchstwahrscheinlich der Mörder von der Hufnagel ist?«

Der Franz starrt mich an. »Du moinsch, des war der Dobermann. Isch des dei Ernscht?«

»Natürlich. Nur hundertprozentig ist es nicht. Wir ermitteln in der Sache noch.«

»Dann lauft doch hoffentlich a Fahndung noch dem?«

»Die läuft. Nur bislang ohne Erfolg. Am Tag vor dem Mord hätte ich ihn fast gehabt. Beim ersten Mal musste ich ihn leider laufen lassen. Beim zweiten Mal ist er einfach davongefahren.«

»Du hättsch auf seine Reifen schießa solla«, sagt der Franz.

»Danke, Franz. Ich merk's mir fürs nächste Mal.«

»Was hat er denn da angestellt?«, wollte der Eduard wissen.

»Er hat die Langer bedroht.«

»Um die brauchst du dir keine Sorgen zu machen. Die wird bestens beschützt«, sagt der Eduard.

»Von wem denn?«

»Na, vom Max«, sagt der Michel. »Des hab i dir doch scho gsagt.«

»Und vom Josef Haller«, wirft der Eduard ein. »Der hat doch ein paar Jahre am Haus der Langer herumgebastelt. Einbruchsicher soll es jetzt sogar sein. Er hat es ihr zum Selbstkostenpreis gemacht, und sie hat den Rest mit Liebesdiensten bezahlt.«

»Woher weißt du das?«, will ich wissen.

»Ich weiß es eben«, weicht er aus.

»Bier isch halt sehr eisenhaltig«, sagt der Franz zu mir. »Drum schwätzet Leit, dia's Bier net vrtraget, lauter Blech.«

»Ich weiß, was ich weiß«, sagt der Eduard bestimmt.

»I woiß no meh«, sagt der Michel. »Früher hab i gwisst, wia ma trinkt, heit woiß i ao no, wia ma hustet.«

»Du qualmst ja aber auch wie eine Dampflok«, bemerke ich.

Der Eduard beugt sich zu mir rüber, senkt etwas die Stimme. »Der Heinzi hat es gesagt. Der schafft doch beim Haller.«

»Dr kleine Heinzi«, grinst der Franz, der auch mitgehört hat. »Wenn ma mit dem schwätzt, moint ma emmer, der stoht ema Loch. Abr sechs Kinder hod er.«

»Drom hoißt ma den ao Fruchtzwerg«, sagt der Michel.

Wir lachen alle. Eine Weile geht das so weiter. Es wird nur Unsinn geredet.

Der Emil hat sein fünftes Bier hinter sich und versucht sich erneut an dem Wort Kapitalismus. ›Kapilismus‹ geht. Er schafft es sogar zweimal hintereinander.

Dann werfe ich in unserer Runde beiläufig ein: »Der Richard Mager soll gesagt haben, er würde gern das Grab der Hufnagel betreuen. Als Wiedergutmachung.«

»Bleedsenn, Wiederguatmachung …«, sagt der Michel verächtlich. »Der will sich höchstens an ihr rächa, weil sie's Grab von dr Martha emmer so stark gossa hod, dass älle Pflanza drauf kaputt ganga send.«

»Wenn ihr mich fragt, dann hätte der Richard schon auch genug Gründe gehabt, die Hufnagel umzubringen«, sagt der Eduard.

»Grad hot dr Hanno gsagt, dass es der Dobermann war«, erklärt der Franz.

»Ich sagte, vermutlich. Sicher ist gar nichts.«

»Und ich sage, da gibt es auch andere, die die Situation einfach ausgenutzt haben könnten.«

»Und an wen denkst du da?«, frage ich.

»Na ja, außer dem Richard und dem Max hätte auch der Jakob Grund genug gehabt, sie um die Ecke zu bringen.«

»Dr Jakob?«, mischt sich der Franz ein. »Doch net dr Jakob! Der wär zu so ebbes gar net fähig. Dazua ghört scho ao a gewisses Maß an Intelligenz. Und dr Jakob leidet scho seit langem unter bildungsresistenter Intelligenzallergie.«

»Du moinsch, dem send a paar Gehirnzella abhanda komma.«

»Was hoißt do a paar. Woisch du, wie viel Nervazella dr Mensch em Hirn hod?«

»Schon mehr als nur ein paar«, sagt der Eduard.

»Hondert Milliarda«, verkündet der Franz.

»Du meinst Millionen.«

»Nein, es stimmt schon«, sage ich. »Das menschliche Hirn besitzt ungefähr hundert Milliarden Nervenzellen.«

Eduard mustert den Michel. »Dann könntest du es doch mal versuchen. Ich meine, wegen deinem Bauch.«

»I hab koin Bauch. Des isch a Senkbruscht.«

»Gegen eine Senkbrust hilft es auch.«

»Was hilft do?«

»Ich hab mal gelesen, wenn man den Kopf eine Stunde lang gegen die Wand schlägt, verliert man hundertfünfzig Kalorien«, sagt der Eduard ernsthaft.

»Bei jedem Schlag gega da Kopf ganget Hirnzella kaputt, die nie mehr nachwachsen«, gibt der Franz zu bedenken.

»Bei hundert Milliarden? Was sind da ein paar Nervenzellen, gegen hundertfünfzig Kalorien, die einen Bauch … ich meine, eine Senkbrust verkleinern.«

Der Michel nimmt das sehr gelassen. »Was machet ihr euch Sorga um mei Senkbruscht? Mit der komm i guat klar. Em Übriga gibt's do den Spruch: A Ma ohne Bauch isch a Grüppl.«

»Also doch ein Bauch«, konstatiert der Eduard.

Jetzt nimmt das Gespräch eine Richtung, die mir gar nicht passt. Ich kenne das schon. Ich beteilige mich an diesen nicht gerade niveauvollen Gesprächen nie. Während ich überlege, wie ich wieder auf mein Thema kommen könnte, ohne dass es zu arg auffällt, merke ich, dass mein Bier langsam warm wird. Wenn ich etwas nicht mag, dann ist es warmes Bier. Um es vor dem Warmwerden zu bewahren, trinke ich es aus und bestelle gleich ein neues bei der Claudia. Die anderen tun es mir sofort nach.

Immer wenn gerade mal eine Gesprächspause entsteht, kommt der Michel mit seinem Spruch: »Ja, ja, so isch's halt. Schlecht heirata ond 's Haus vrkaufa kasch jeden Dag.«

»Do kasch du abr net mitschwätza«, meint der Franz. »Mit deiner Frau bisch guat bedient.«

»I moin halt, dr Max hod halt koi so a schöns Leba ghet. Jetzt lebt se nimmer …«

Ich ergreife die Gelegenheit, dem Thekengespräch wieder eine andere Richtung zu geben. »Du hast nicht zufällig ein totes Kind in der Garage der Hufnagel abgelegt?«, frage ich die Claudia beiläufig.

»Dazu müsste ich erst mal schwanger gewesen sein«, antwortet Claudia.

»Und das warst du nicht?«

»Ich wüsste nicht, von wem.« Claudia sieht mich an. »Du bist ja nicht mehr zu haben.«

»Wer sagt denn so was?«

»Das pfeifen doch schon die Spatzen von den Dächern, dass du mit deiner Kollegin Domino was hast.«

»Das kann kaum sein«, sage ich. »Ich habe schon ewig keine Spatzen mehr im Dorf gesehen.«

»Do drzua braucht ma ao koine Spatza. Ma braucht bloß morgens om sechse bei dir aruafa ond die Domino meldet sich«, verrät der Franz.

»Wia? Die Domino hod bei dir gschlofa?«, sagt der Michel vorwurfsvoll. »Wieso sagsch du mir des net?«

Dieser Themenwechsel ging total in die Hose. »Erstens, wenn es so wäre, ginge das niemand was an«, versuche ich mich herauszuwinden. »Und zweitens haben wir eine Kindsleiche und eine ermordete Frau Hufnagel. Da fängt man eben früh genug an, zumal die Kollegen in Ulm selber genug zu tun haben …«

»Heißt das, du ermittelst in beiden Fällen?«, hilft mir jetzt die Claudia aus der Klemme. Gleichzeitig stellt sie mir mein neues Bier auf die Theke. Die drei anderen kriegen ihres auch.

»Es bleibt mir nichts anderes übrig«, sage ich. »Aber im Moment trete ich noch auf der Stelle. Die Fahndung nach dem Dobermann läuft. Aber der scheint sich in Luft aufgelöst zu haben. Und im Dorf gibt es keine Frau, die ein totes Kind auf die Welt gebracht hat. Oder weiß jemand was?«

»So auf Anhieb wüsste ich keine«, sagt der Eduard.

Die Claudia hat dem Emil sein sechstes Bier gebracht. »Vielleicht solltest du es mal außerhalb des Dorfes versuchen. Es muss ja nicht unbedingt jemand von hier gewesen sein.«

»Es kann aber nur eine gewesen sein, die die Hufnagel hasste«, erkläre ich.

»Do hod dr Hanno Recht«, meint der Michel. »I kann mir net vorstella, dass des jemand von außerhalb war. Aber es muaß jemand gwesa sei, der gwisst hod, dass des Garagentor von de Hufnagels glemmt ond dass des net ganz zuagoht.«

»Stimmt«, sagt die Claudia. »Das hat der Max mir auch erzählt.«

»Wie meinst du das?«, frage ich sie.

»Na ja, der Max hat da kein Geheimnis daraus gemacht. Er hat gesagt, man kann das Tor nicht mehr reparieren und ein neues ist ihm zu teuer. Er schließt sein Auto eben immer ab.«

»Aber der Max hat doch auch einen Werkzeugschrank in der Garage«, wirft der Eduard ein.

»Bei ons glaut doch niemand was«, sagt der Michel. »Ond des alte Werkzeig vom Max erscht recht net.«

»Bei ons findet ma bloß Leicha«, sagt der Franz.

In dem Moment ist der Emil so weit. Mit schwerer Zunge versucht er sich wieder am Kapitalismus. Diesmal schafft er nur »Kapismus«. Auch beim dritten Versuch kommt nicht mehr dabei raus. Das »Arschloch« schafft er gerade noch. Dann stemmt er sich hoch und verlässt schwankend und wortlos das Lokal.

»Wenn's mit mir jemols so weit kommt, dann erschiaß i mi«, sagt der Franz.

Mein Handy klingelt. Es ist Marina. So früh habe ich eigentlich nicht mit dem Anruf gerechnet.

»Du musst sofort kommen«, sagt Marina. »Ich glaube, man hat den Dobermann gefunden.«

»Ich bin schon unterwegs«, sage ich, rufe dem Michel kurz zu: »Trink mein Bier. Ich muss weg. Wir haben ihn.« Und schon bin ich draußen, bevor die Fragerei losgeht.

36

Marina erwartet mich schon am Dienstwagen.

»Wo hat man ihn festgenommen?«

»Niemand hat ihn festgenommen«, berichtet Marina. »Zwei Wanderer haben ihn gefunden.«

»Was?! Soll das heißen, er ist ...«

»Tot. Vermutlich erschossen. Das sagen jedenfalls die beiden Wanderer. Sie haben in Ehingen angerufen. Und die haben bei uns angerufen, weil wir schneller vor Ort wären.«

»Und wo?« Ich sitze schon am Steuer.

»Nicht weit von der Stelle entfernt, wo der Dobermann den Franz von der Straße gedrängt hat. Genau weiß ich es nicht. Die haben nur gesagt, am Rand von Schmiechen führt ein Weg in den Wald hinauf. Nach einem knappen Kilometer gibt es dort oben eine scharfe Rechtskurve. Und in der Kurve geht ein schmaler Weg ab. Dort steht der eingebeulte schwarze BMW mit dem Toten.«

»Ich kenne die Kurve. Es ist eine richtige Haarnadelkurve. Und er ist wirklich in seinem Wagen erschossen worden?«, frage ich.

»Ich sagte vermutlich. Die beiden haben behauptet, sie hätten nichts angefasst. Nur durch die Scheibe auf der Fahrerseite ins Innere gesehen. Es gibt offensichtlich Blutspuren, und der Mann glaubt sogar, eine Pistole gesehen zu haben.«

»Und es ist der Dobermann?«

»Das wissen die beiden natürlich nicht«, sagt Marina. »Aber es sieht alles danach aus: Schwarzer BMW 550i, auf der Fahrerseite eingebeult und tiefe Lackkratzer. Und das Kennzeichen stimmt auch.«

»Also könnte er es tatsächlich sein!«

Marina lächelt nur. Die Straße ist um diese Zeit leer. Ich rase in hohem Tempo auf das Waldstück zu. »Wir müssen uns nicht mehr beeilen«, mahnt Marina. »Der Dobermann ist schon tot.«

»Wenn er es denn ist.«

»Gut, wenn er es denn ist«, sagt Marina. »Aber auch wenn er es nicht ist, müssen wir nicht so rasen.«

Wir erreichen die ersten Häuser von Schmiechen, ich nehme das Gas zurück und schalte herunter. Der Weg nach oben ist zwar breit, aber recht steinig. Ich fahre jetzt noch langsamer. Das erste Stück in den Wald geht es steil bergauf. Danach wird es etwas flacher. Und dann sehen wir die zwei schon. Eine Frau und ein Mann, beide sicherlich schon über sechzig.

Ich fahre vor der Kurve in den Seitenweg, parke direkt hinter dem BMW und wir steigen aus. Die zwei, vermutlich ein Ehepaar, kommen sofort auf uns zu. »Gott sei Dank kommen Sie endlich«, sagt der Mann aufatmend. »Es ist nicht gerade angenehm, mitten im Wald Totenwache zu halten.«

»Haben Sie irgendwas angefasst?«, frage ich.

»Nein. Ich habe mich nur am Dach abgestützt, um besser ins Innere des Wagens sehen zu können. Nachdem ich das Blut gesehen habe, hab ich sofort angerufen. Dass man hier nicht mehr helfen konnte, war ja offensichtlich. Und weil man mit Krimis heutzutage im Fernsehen regelrecht überschüttet wird, weiß man, was man in so einem Fall zu tun hat.«

»Sehr schön«, sage ich freundlich. »Das war sehr umsichtig von Ihnen. Wenn Sie jetzt noch bitte meiner Kollegin Ihre Personalien angeben, dann können Sie Ihren Weg fortsetzen.«

»Das habe ich schon vorbereitet«, erklärt er und reicht Marina seine Visitenkarte. »Die Handynummer ist auch drauf, falls Sie mich noch mal brauchen sollten.«

»Vielen Dank.« Marina nimmt die Karte entgegen. »Sie dürfen jetzt gerne weitergehen.«

Ich öffne mit einem Taschentuch die Fahrertür und werfe einen Blick hinein. Es ist tatsächlich Dobermann. Offensichtlich wurde er durch einen Schuss ins Herz getötet. Die Pistole liegt in seiner geöffneten Hand auf seinem Schoß. Es ist Blut auf seiner Hand und auf der Pistole. Sieht nach Selbstmord aus. Das Schreiben, das auf dem Beifahrersitz liegt, unterstreicht den Eindruck noch. In großen Druckbuchstaben steht da: MICH KRIEGT IHR ARSCHLÖCHER NICHT IN DEN KNAST! MICH NICHT!

Ich schließe die Tür wieder. Der Mann, der die Leiche gefunden hat, ist immer noch da. Er hat mir über die Schulter geschaut. »Selbstmord, was?«, sagt er.

»Herr …« Marina wirft einen Blick auf die Visitenkarte. »Herr Mertens, Ihre Frau möchte gehen.«

»Ja, ja, klar. Also, falls Sie mich noch mal brauchen sollten. Ich bin unter der Handynummer jederzeit zu erreichen.«

Dann geht er zu seiner Frau, die ziemlich blass in einiger Entfernung auf ihn wartet.

»Hat er wirklich Selbstmord begangen?«, fragt Marina ungläubig.

»Ich kann das auch nicht glauben«, antworte ich. »Aber es sieht zunächst alles danach aus.« Ich öffne noch mal die Tür, lasse Marina einen Blick hineinwerfen und rufe gleichzeitig den Mack von der Mordkommission an.

»Köberle hier«, sage ich, als er nach dem fünften Klingeln endlich rangeht.

»Du schon wieder«, sagt er seufzend. »Sag bloß nicht, du hast schon wieder eine Leiche.«

»Ich hab schon wieder eine Leiche«, sage ich ruhig.

»Herrgott, Köberle, das darf doch nicht wahr sein! Was ist bei euch los? Ist der Krieg ausgebrochen?«

»Die Leiche wird dir nicht gefallen«, sage ich.

»Mir hat noch nie eine gefallen«, erwidert Mack. »Es ist deprimierend. Verstehst du? Deprimierend!«

»Nein, es ist nicht deprimierend. Es ist Dobermann.«

»Was?«

»Er sitzt in seinem Auto, hat noch die Pistole in der Hand, mit der er sich offensichtlich ins Herz geschossen hat. Es sieht wirklich nach Selbstmord aus.«

»Der Dobermann soll sich selbst umgebracht haben? Niemals. Wo bist du?«

Ich erkläre ihm den Weg und füge hinzu: »Und bring auch gleich den Großmann und seine Mannschaft mit. Ich traue mich nicht, ihn anzurufen. Er hat mir schon gedroht.«

»Geh ja nicht weg«, beschwört mich der Mack. »Ich hätte dich heute sowieso noch angerufen. Ich brauche noch ein paar Auskünfte von dir, wegen dem Barsch.«

»In der Sache stehe ich dir jederzeit zur Verfügung«, sage ich grimmig.

Ich lege auf und wende mich an Marina, die noch immer in den Anblick des vermeintlichen Selbstmörders vertieft ist.

»Ich bin auch nicht überzeugt«, sage ich, weil ich ihr ansehe, dass sie zweifelt.

»Ich glaube es erst, wenn man Schmauchspuren an seiner Hand feststellt.«

»Den Zettel könnte jeder geschrieben haben«, ergänze ich.

»Es sei denn, er hätte immer so geschrieben.«

»Das werden wir rausfinden. Sobald der Großmann und der Mack da sind, fahren wir ins Dorf zurück. Wir brauchen die Carmen. Jetzt werden sie reden müssen. Alle drei. Die Carmen, ihre Mutter und die Barbara.«

»Ich rede mit der Langer«, sagt Marina. »Mit ihr komme ich eher klar. Die Barbara macht zu, wenn ich ihr Fragen stelle. Ich denke, sie redet lieber mit dir.« Sie sieht mich an. »Du hattest doch nichts mit ihr?«

»Marina, ich bitte dich. Da war nie was …«

»Schon gut, schon gut«, sagt Marina hastig. »Ich weiß auch nicht, was mit mir los ist. Plötzlich bin ich eifersüchtig.«

Ich nehme sie in den Arm, drücke sie an mich. »Das wäre ich auch. Aber das kriegen wir in den Griff, stimmt's?«

»Ja«, sagt sie nach einer Weile. »Ich denke schon.«

»Es ist seltsam. Bis vor einem halben Jahr hab ich die Barbara so alle drei bis vier Wochen mal im Eckstübchen getroffen. Ich weiß auch nicht warum, aber sie hat mir immer ihr Herz ausgeschüttet. Ich hab das mal der Oma erzählt. Oma hatte die Antwort sofort parat. Sie sagte: ›Wenn Frauen ihr Herz ausschütten wollen, fragen sie nicht, wohin.‹«

Marina denkt einen Moment darüber nach. »Da ist was dran«, sagt sie dann. »Oft ist es sogar so, dass wildfremde Menschen einem ihre ganze Lebensgeschichte erzählen.«

Wir halten uns immer noch umschlungen. Ich schaue über ihre Schulter hinweg auf den toten Dobermann. »Wie sich wohl seine Lebensgeschichte angehört hätte?«

»Daran will ich gar nicht denken.«

Wir sehen uns noch einmal die Lage des Toten von allen Seiten an. Aber von Fremdeinwirkung ist nichts zu entdecken. Jedenfalls nicht mit dem bloßen Auge. Nur eines ist ziemlich klar. Der Tod ist sicher schon in den frühen Morgenstunden eingetreten. Oder in der Nacht. Hier ist eindeutig die Spurensicherung gefragt.

Irgendwie bin ich nicht ganz bei der Sache. Da ist etwas, das mir keine Ruhe lässt. Ich lehne mich an meinen Dienstwagen und frage mich, wer wohl einen Vorteil von Dobermanns Tod hätte. Sein Kumpan Schärf? Damals, als ich in Ulm war, um zu überprüfen, ob Carmen wirklich freiwillig bei Dobermann war, hat der Kollege von der Fahndung zu mir gesagt, dass die beiden, der Dobermann und der Schärf, schon immer gemeinsame Sache gemacht hätten.

»Teilst du mir deine Gedanken mit?«, fragt Marina.

»Äh, ja, natürlich. Ich frage mich, wer wohl den größten Vorteil vom Tod Dobermanns hat. Doch in erster Linie sein Komplize. Nach der Ermordung der Hufnagel wurde sofort eine Großfahndung nach Dobermann eingeleitet. Beide, Dobermann und Schärf, stehen im Verdacht, einen Spielhallenbesitzer in Ehingen umgebracht zu haben. Jetzt haben wir erfahren, dass die Carmen wohl etwas über Dobermann gehört hat, was sie veranlasst hat, Hals über Kopf zu fliehen. Schärf muss Angst haben, dass Dobermann gefasst wird und alles ausplaudert. Tote können nichts mehr verraten, und wenn Carmen aussagt, kann Schärf alles auf Dobermann schieben.«

»Und dieser Schärf ist vermutlich der Einzige, der genau wusste, wo Dobermann sich versteckt hält«, fügt Marina hinzu.

»Genau. Aber damit sollen sich die Ulmer Kollegen befassen. Wir müssen sehen, dass wir die Carmen finden. Und ich bin sicher, diesmal reden sie. Beide. Die Frau Langer und die Barbara.«

Ich setze mich in den Wagen und starte den Motor.

»Was machst du? Wir müssen warten, bis die Kollegen …«

»Wenn die da sind, ist der Weg zugeparkt. Ich sehe zu, dass ich weiter unten eine Stelle finde, von der aus wir sofort abfahren können.«

Ich stoße zurück und fahre den Weg hinunter, den wir gekommen sind. Hundert Meter weiter unten stelle ich den Wagen zwischen zwei Bäumen ab, so dass der Weg nach oben frei bleibt. Ich kenne die lieben Kollegen. Weit zum Tatort laufen will keiner.

Nachdem ich wieder oben bin, sagt Marina: »Es klingt zwar alles logisch, was du gesagt hast, aber so richtig daran glauben kann ich nicht. Genauso wenig wie ich an den Selbstmord glauben kann.«

»Du hast Recht. Aber der Schlüssel für alles liegt bei uns im Dorf. Den müssen wir finden.«

»Du meinst die Carmen.«

»Ja. Mit ihrer Flucht aus Ulm hat alles angefangen. Es bleibt dabei. Du quetschst die Langer aus, und ich die Barbara.«

Zehn Minuten später kommen sie nacheinander an. Der Herbert Mack und der Andreas Weller vorneweg. Hinter ihnen wie üblich drei weitere Autos. Der Mack ist als Erster am schwarzen BMW und starrt durch die Windschutzscheibe. »Tatsächlich der Dobermann. Wie oft habe ich mir gewünscht, den Kerl endlich packen zu können. Ihn tot vor mir zu sehen, ist keine Befriedigung.« Er sieht mich an. »Könntest du dir vorstellen, wer …«

»Wenn ich dir sage, dass es der Schärf gewesen sein könnte, wirst du sagen …«

»Ja, ja, schon gut.«

Großmann kommt mit langen Schritten auf mich zu.

»Keine Vorwürfe«, sage ich, bevor er den Mund aufmachen kann. »Und auf mein Weihnachtsgeschenk bestehe ich.«

»Sollst du haben«, grinst Großmann. »Den Dobermann auf meinen Tisch zu bekommen, ist es wert.«

»Sag mir Bescheid, wenn du den Todeszeitpunkt festgestellt hast.« Außerdem gebe ich ihm das Foto vom Grab der Helfer. »Darauf sind die Fingerabdrücke von zwei weiteren Verdächtigen, was den Mord an der Frau betrifft.«

»Wann brauchst du die Ergebnisse?«

»Möglichst bald. Und vergleich sie auch mit allen Abdrücken, die du hier am oder im Auto findest. Wir müssen jetzt weg.«

»Alles klar.«

Ich übergebe dem Mack die Visitenkarte des Ehepaares, das den Toten entdeckt hat. Ich will los, aber er hält mich noch zurück. »Du kennst doch den Barsch näher. Erzähl mir was über ihn.«

»Muss das jetzt sein? Ich habe noch den Kindsmord zu klären. Ich muss weiter.«

»Wie gut kennst du ihn?«

»Ich hab ihn heute nach fast zwanzig Jahren zum ersten Mal wiedergesehen? Reicht das?«

»Also Kindheitserinnerungen.«

»Ja.«

»Schlechte Erinnerungen?«

»Sehr schlechte.«

Marina steht neben mir. »Könnt ihr das nicht morgen besprechen? Wir haben heute noch Einiges vor.«

»Komm einfach morgen bei uns vorbei, dann reden wir«, ergänze ich.

»Der Tipp war übrigens gut«, sagt Mack noch. »Es sieht so aus, als hätte der Barsch für die Zeit, als der Kappel in die Schlucht stürzte, kein Alibi. Außerdem sind dort mehrere Leute gesehen worden. Wir überprüfen gerade, ob er darunter ist.«

»Ich hoffe, ihr werdet fündig. Übrigens, ihr solltet den Schärf vorläufig festnehmen.«

»Hab ich schon veranlasst«, sagt Mack. »Gleich, nachdem du mir mitgeteilt hast, dass der Dobermann tot ist.«

»Sehr gut. Es könnte sein, dass wir heute noch die Zeugin finden, von der ich dir schon erzählt habe.«

»Sagt mir Bescheid, wenn ihr sie gefunden habt. Ich möchte auch mit ihr reden.«

»Klar. Aber heute nicht mehr. Also, bis morgen.« Dann gehen wir zu unserem Wagen und fahren ins Dorf. Bei der Langer lasse ich Marina raus. Ich fahre zum Pfarrhaus.

37

Der Pfarrer ist gerade im Begriff zu gehen. »Herr Köberle«, sagt er überrascht. »Sie werden fast zum Stammgast in unserem Hause. Was mich einerseits mit Freude erfüllt. Andererseits bringen sie oft schlechte Nachrichten … Oder ist es heute anders?«

»Dobermann ist tot«, sage ich unvermittelt.

»Oh Gott! Er ist doch nicht auch …«

»Das weiß man noch nicht. Es sieht nach Selbstmord aus.«

»Selbstmord? Ein Mann wie der bringt sich selbst um? Das ist nur schwer zu glauben.«

»Ich glaube es auch nicht. Kann ich noch mal mit der Barbara sprechen? Allein, wenn es möglich ist?«

»Ja, sicher. Sie ist drüben in der Wohnung.« Er geht zur anderen Tür, öffnet sie und ruft nach ihr. »Mich müssen Sie ohnehin entschuldigen, ich habe einen dringenden Termin. Aber in einer Viertelstunde bin ich wieder da.«

Er geht hinaus, und ich warte. Barbara kommt nach einigen Minuten. Als sie mich sieht, erschrickt sie. »Hanno? Was … was willst du hier? Haben wir nicht schon alles …«

»Nein, wir haben noch nicht alles besprochen. Du bist mir noch eine Antwort schuldig.«

Barbara setzt sich seufzend an den Tisch. »Bitte, Hanno, lass es gut sein. Ich kann dir nicht sagen, wo sie ist. Ich habe mein Wort gegeben.«

»Wie weit reicht dein Wort?«, frage ich. »Bist du von deinem Wort entbunden, wenn ich dir sage, dass der Dobermann tot ist?«

Sie sieht mich entsetzt an. »Dobermann ist tot? Er ist wirklich tot?«

»Ja.«

»Wie … wie ist das passiert?«

»Es sieht nach Selbstmord aus.« Ich lasse sie nicht aus den Augen. »Wie es aussieht, hat er sich in seinem Wagen selbst erschossen.«

»Er hat Selbstmord begangen? Er hat wirklich Selbstmord begangen?« Sie schien irgendwie erleichtert zu sein.

»Die Kripo prüft das gerade. Aber nun zu dir …«

»Ja, die Carmen ist hier«, platzt sie erleichtert heraus. »Aber du kannst jetzt nicht mit ihr reden. Sie schläft. Sie braucht den Schlaf. Du kannst dir nicht vorstellen, welche Ängste sie durchgestanden hat.«

»Gut, dann reden wir so lange von dir. Wie lange haben wir uns schon nicht mehr im Eckstübchen getroffen? Fünf Monate? Oder sechs?«

»Ich weiß nicht. Ich hatte in letzter Zeit viel zu tun.«

»Du bist …«

»Ja, ich war in letzter Zeit mit Arbeit eingedeckt. Und Roman erst. Er liebt seinen Beruf sehr. Und die Leute hier im Dorf und drum herum mögen und schätzen ihn. Er hat für jeden ein freundliches Wort, ist für alle da. Er ist für seine Schäfchen auch da, wenn sie krank sind, hilft ihnen, kümmert sich, spendet Trost. Doch langsam geht das alles über seine Kräfte. Ich merke es ja. Aber noch will er es sich nicht eingestehen. Ich unterstütze ihn, wo ich kann. Doch auch mir sind Grenzen gesetzt. Und von der Diözese ist keine Hilfe zu erwarten. Die bestehen nur darauf, dass man funktioniert und sich an ihre Regeln hält. Aber weder der Papst noch die Kardinäle oder die Bischöfe halten sich daran. Weißt du, dass ein Pfarrer vor seiner Weihe zum Priester ein Gelübde ablegen muss?«

»Davon habe ich gehört. Barbara, ich möchte …«

»Das Gelübde beinhaltet«, fährt sie unbeirrt fort, »Armut, Keuschheit, Gehorsam. Armut, das ist einfach lächerlich. Der Hang von Papst und Kardinälen zu Prunk und Pomp ist nicht von Gott gewollt. Würde Jesus heute wieder zur Welt kommen, würde er den Klerus mit der Peitsche aus dem Vatikan hinaustreiben. Eine Reihe von Kardinälen ist nur damit beschäftigt, den Reichtum der Kirche zu vermehren. Dabei schrecken sie nicht mal vor Geldwäsche zurück. Und da kommt jetzt die Keuschheit dazu. Alle, ob Nonne, Priester, Bischof oder Kardinal und auch der Papst, dürfen nur deshalb nicht heiraten, damit die Kirche sie beerben kann und noch reicher wird. Verheiratete Priester würden ihr Vermögen ja den Nachkommen vererben. Wohlgemerkt, es geht also beim Zölibat nur ums Heiraten. Mit der Keuschheit nimmt man es nicht so genau. Gott verlangt nicht, dass wir wider die Natur leben. Nur die Kirche will es. Des Geldes wegen. Die erschreckend hohe Zahl an Kindesmissbrauch, begangen von katholischen Priestern, die die Kirche auch noch vertuscht und somit regelrecht geduldet hat, hat die Kirche damit Lügen gestraft. Und das ist noch nicht alles. Ein Pfarrer darf mit Duldung der Kirche eine Geliebte haben. Es darf nur nicht öffentlich werden. Die Päpste und Kardinäle der früheren Jahre hatten alle ihre Mätressen, so hieß das ja früher. Der Pfarrer darf sogar Kinder zeugen. Für drei Kinder zahlt die Kirche sogar die Alimente. Aber nur unter der Voraussetzung, dass die Mutter für immer und ewig verschweigt, dass ein Pfarrer der Vater ist. Redet die Mutter, bekommt sie kein Geld mehr. Steht der Pfarrer zu seiner Vaterschaft und der Frau, wird er von der Kirche auf die Straße gesetzt. Einem lieben Kollegen von Roman ist das passiert. Kalt und herzlos hat ihn der Bischof laisiert und entlassen.«

Sie holt Luft, und ich versuche erneut mein Glück. »Das hast du mir ja schon mal erzählt. Deshalb …«

»Die Priester, die Kinder missbraucht haben«, fährt Barbara hastig fort, »wurden nicht rausgeschmissen, obwohl ihre Taten bekannt waren. Sie wurden noch nicht mal bestraft. Sie wurden nur versetzt und konnten am neuen Ort ihre grausamen Taten fortsetzen. Ich sage bewusst grausam, denn viele dieser Kinder sind für ihr Leben gezeichnet. Als immer mehr dieser Fälle bekannt wurden, hat der Roman vor Scham fast geweint. Er konnte nicht fassen, dass so was möglich ist. Wir beide lieben Kinder. Wir kümmern uns auch sehr um sie. Es ist schön, sie aufwachsen zu sehen ... auch wenn es nicht unsere eigenen sind ...«

Ich sehe, dass sie den Tränen nahe ist, und es fällt mir schwer, den Satz auszusprechen. Trotzdem mache ich es. »Barbara, hast du vor vier Tagen ein Kind zur Welt gebracht?«

»Weißt du, wie viele Kinder es in Deutschland gibt, die einen Pfarrer zum Vater haben, es aber nicht wissen?« Sie tut einfach, als hätte sie nicht gehört, was ich gesagt habe. »Man schätzt, dass es zurzeit über vierhundert sind. Vermutlich werden es sogar noch mehr sein. In der Bibel steht geschrieben, Matthäus 19, Vers 14: ›Jesus sagt: Lasset die Kinder zu mir kommen und wehret ihnen nicht.‹ Aber diese Kirche will von ihren Kindern nichts wissen. Sie verleugnet sie. Diese Kirche, deren oberste Vertreter vehement Verhütungsmittel verdammen und nicht müde werden, zu verkünden, dass Kinder ein Geschenk Gottes sind, weist selbst die Geschenke Gottes zurück. Wäre Nächstenliebe gleichbedeutend mit Reichtum, dann wäre die Kirche so arm wie die berühmte Kirchenmaus. Die Kirche aber ist reich. Fast alle Staaten in Europa, ja, fast alle der Welt sind verschuldet, zum Teil sehr hoch verschuldet. Nur ein Staat nicht: der Vatikan. Schon die Tatsache, dass die Kirche mit dem Vatikan einen eigenen Staat hat, so dass der Papst mal als Kirchenmann und mal als Staatsmann auftreten kann, wie in Deutschland geschehen, ist gegen alles, was Jesus gepredigt hat. Sogar eine eigene Armee haben sie im Vatikan. Und wenn man hört und liest, dass manchem Kardinal im Vatikan das Geschäftemachen wichtiger ist als das Beten, dann ahnt man, dass in deren Köpfen der Satz vom Medici-Papst Leo X. steckt. Er soll gesagt haben: ›Wie viel die Fabel von Jesus Christus Uns und den Unsrigen genutzt hat, ist bekannt.‹ Er nennt das Wirken von Jesus eine Fabel!«

»Das hat er wirklich gesagt?«, frage ich jetzt doch überrascht nach.

»In dem Buch ›Die sündigen Päpste‹ von Eric Lacanau und Paolo Luca kannst du es nachlesen, im vierten Kapitel, ›Das Dolce Vita der Stellvertreter Gottes, Luxus, Prunk und rauschende Feste‹. Ich habe in letzter Zeit sehr viel gelesen. Nicht nur in der Bibel. Auch das Buch ›Wir klagen an‹, das zwanzig römische Prälaten zusammen geschrieben haben. Roman hat so getan, als interessierten ihn die Bücher nicht. Aber er hat auch darin gelesen. Es steht schlimm um die Kirche, Hanno. Sehr schlimm. Der Glaube kann doch nicht so verstanden werden, dass einer vorausgeht und die anderen folgen blind und brav wie Lämmer. Es kann nur gemeinsam funktionieren. In der Gemeinschaft liegt die Kraft. Das predigt die Kirche einerseits auch, doch andererseits verlangt sie Gehorsam. Der Papst kommt doch wie wir aus dem Volk. Er wurde von etwas über hundert Kardinälen zum Papst gewählt. Wie kann er sich also anmaßen, allein zu wissen, was der Wille Gottes ist?

Und damit kommen wir noch zum Gehorsam, den der Papst will, nicht Jesus. Gehorsam gegenüber Rom wollen sie. In Österreich proben Geistliche jetzt den Ungehorsam. Sie wollen den Zwangszölibat abschaffen. Sie wollen endlich Reformen. Ich hoffe, sie halten durch und bekommen auch von deutschen Kollegen Hilfe ...«

»Barbara, das Kind in Hufnagels Garage war dein Kind«, unterbreche ich sie endlich.

»Du beschuldigst die Falsche.« Carmen steht plötzlich unter der Tür. »Ich habe das Kind dort abgelegt.«

»Hallo, Carmen«, begrüße ich sie. »Schön, dich endlich mal sprechen zu können. Nur ...«

»Lass die Barbara in Ruhe. Ich habe ein Kind zur Welt gebracht, nicht sie ...«

»Dobermann ist tot«, fällt ihr Barbara ins Wort.

Carmen sieht sie ungläubig an. »Fred ist tot?« Sie wendet sich an mich. »Ist das wahr?«

»Ja. Es hat den Anschein, als hätte er sich selbst umgebracht.«

»Der Fred soll Selbstmord begangen haben? Das kann ich mir nicht vorstellen.«

»Er hat einen Brief hinterlassen. Das heißt, es war nur ein Zettel. Darauf stand: ›Mich kriegt ihr Arschlöcher nicht in den Knast! Mich nicht!‹«

»Stand das in großen Druckbuchstaben auf dem Zettel?«, fragt Carmen.

»Ja«, sage ich überrascht.

»Dann stammt es wirklich von ihm. Er hat alles in großen Druckbuchstaben geschrieben. Solange ich ihn gekannt habe, hat er nie etwas in Schreibschrift geschrieben. Nur der Schärf und ich wussten das.«

»Jetzt, wo er tot ist, kannst du mir ja sagen, was du Schreckliches gehört hast, das dich bewogen hat, Hals über Kopf zu fliehen.«

»Was ist mit dem Schärf?«, fragt Carmen schnell, fast ängstlich. »Der ist nämlich noch schlimmer als der Fred.«

»Ich habe veranlasst, dass er vorläufig festgenommen wird.«

»Kannst du anrufen und fragen, ob sie ihn auch wirklich gefasst haben?«

Ich wähle die Nummer von Mack. »Ist der Schärf schon festgenommen worden?«

»Das weiß ich nicht. Müsste ich erst nachfragen.«

»Gut, mach das und ruf mich an.« Ich wende mich an Carmen. »Was hat er getan?«

»Er hat zwei Morde auf dem Gewissen.«

»Zwei Morde?« Barbara ist entsetzt. »Und mit so einem hast du zusammengewohnt?«

»Nicht direkt. Gewohnt hab ich bei Fred. Der Schärf ist nur sein … Geschäftspartner. So nannte er sich.«

»Die zwei Morde«, wollte ich wissen. »Hat er den Spielhallenbesitzer in Ehingen umgebracht?«

»Ja. Und dann noch eine Frau. Eine junge Rumänin. Er hat sie aus Frankfurt mitgebracht, hat ihr versprochen, sie zu heiraten. Aber zum Beweis ihrer Liebe sollte sie erst mal für ihn anschaffen gehen. Das hat sie abgelehnt. Er hat sie geschlagen. Sie hat sich gewehrt und ihm dabei das Gesicht zerkratzt. Das hat ihn so wütend gemacht, dass er ihr ein Messer ein paar Mal in den Bauch gerammt hat. Darauf hat er Fred angerufen. Sie haben die Tote dann in eine Plastikplane gepackt, ins Auto geschleppt und irgendwo an der Donau vergraben.«

»Und wie kam es, dass du das mitgekriegt hast?«

»Sie dachten, ich wäre einkaufen gegangen, aber ich war noch im Schlafzimmer. Da hat der Schärf dem Fred vorgeworfen, dass er ihm einen Riesenhaufen Geld kaputt gemacht hätte, weil er einen gestohlenen Mercedes der SL-Klasse zu Schrott gefahren hätte. Der Schärf wollte ihn gerade nach Polen fahren und dort verkaufen. Darauf hat der Fred dem Schärf vorgehalten, dass er mit der Rumänin absoluten Mist gebaut hätte, und ohne ihn säße er jetzt im Gefängnis. Und bei dem Spielhallenbesitzer hätte er auch schlechte Arbeit abgeliefert. Ich war wie gelähmt. Als sie weg waren, habe ich nur meine Papiere und ein wenig Geld eingesteckt und habe die Wohnung verlassen. Aber sie waren noch nicht ganz weg und haben mich gesehen. Ich konnte ihnen gerade noch entkommen.«

»Diese Plastikplane, die sie benutzt haben, um die Leiche wegzuschaffen, war das eine Abdeckplane für ein Auto?«

»Ja. Der Fred hat sich ja auch noch geärgert, dass er einen halben Tag gebraucht hat, um seine Abdeckplane sauber zu kriegen.«

»In so eine Plane war auch die Leiche der Hufnagel eingewickelt«, berichte ich den beiden. »Das hat der Gerichtsmediziner eindeutig festgestellt.«

»Dann war es doch der Fred! Oh Gott, mein Kind hat einen Mörder zum Vater.«

»Und dein Kind schläft jetzt gerade?«, frage ich ruhig.

»Ja. Ich habe sie vorher …« Sie hält sich entsetzt die Hand vor den Mund, sieht Barbara an, fährt mit tränenerstickter Stimme fort: »Tut mir leid, ich wollte doch nur …«

Barbara nimmt sie in den Arm. »Macht nichts. Er hat es auch so gewusst, nicht wahr, Hanno?«

»Geahnt habe ich es schon seit meinem letzten Besuch bei dir. Sicher gewusst hätte ich es, wenn ich eine Blutprobe von dir oder eine Speichelprobe des Pfarrers dem Gerichtsmediziner gebracht hätte.«

»Das darfst du auf keinen Fall von ihm verlangen!«

»Dann gibst du also zu, dass du das Kind in die Garage von den Hufnagels gelegt hast?«

»Ja!« Sie schreit es fast. »Ich habe es getan!« Sie wird etwas ruhiger. »Ich bin damals zusammen mit Roman hierhergekommen. Niemanden hat es groß gestört, dass der Pfarrer seine Haushälterin mitbringt. Nur sie. Sie hat sehr schnell gemerkt, dass ich nicht nur seine Haushälterin bin. Und von diesem Tag an hat sie mich gepiesackt, wann immer sie eine Möglichkeit sah. Sie hat mir immer wieder zu verstehen gegeben, dass ich die Sünde in Person bin, die Eva, die den Adam verführt hat. Ich habe ja hier im Haus mein eigenes Zimmer, mein eigenes kleines Reich. Und so hat der Roman nichts mitbekommen, als bei mir mitten in der Nacht die Wehen einsetzten. Es ging alles sehr schnell, und als ich dann das tote Kind im Arm hatte, hatte ich nur einen Gedanken: Sie ist schuld!«

Mein Handy klingelt. Es ist der Mack. »Die Kollegen von der Fahndung haben den Schärf mit Vergnügen vorläufig festgenommen, mit der Begründung: Es bestehe der Verdacht, dass er den Dobermann umgebracht hat.«

»Zumindest hat er zwei Morde auf dem Gewissen. Die Carmen hat gerade ausgesagt. Wenn du dort fertig bist, kommst du her, dann kannst du sie selbst befragen.«

»Ich bin hier schon fertig.«

»Gut. Wir warten auf dich im Pfarrhaus.«

Ich schalte ab und wende mich an Carmen. »Du hast es gehört. Die Kollegen von der Kripo kommen her. Der Schärf sitzt hinter Gittern.«

Carmen atmet auf. »Zum ersten Mal seit Tagen werde ich wieder ruhig schlafen können.«

»Du musst mir das glauben, Hanno«, fleht Barbara jetzt. »Es war eine Totgeburt. Mein Kind kam tot zur Welt …«

»Ich weiß«, beruhige ich sie. »Unser Gerichtsmediziner hat ganze Arbeit geleistet. Er hat nicht nur festgestellt, dass der Dobermann nicht der Vater des Kindes sein konnte. Er hat auch eindeutig sagen können, dass das Kind nie gelebt hat.«

»Gott sei Dank«, stöhnt Barbara. »Du glaubst nicht, was ich für Ängste ausgestanden habe. Ich hatte Angst, man könnte mir nicht glauben, dass es tot zur Welt kam. Jetzt habe ich nur noch eine Bitte …«

»Der Pfarrer soll nichts erfahren«, komme ich ihr zuvor. »Ist es das?«

»Ja. Er wäre imstande, zu dem Kind zu stehen und das wäre das Ende seiner Berufung. Pfarrer zu sein ist sein Leben.« Und dann fährt sie zornig fort: »Wie viel Leid haben diese starren, unmenschlichen Strukturen der katholischen Kirche schon über die Menschen gebracht? Statt der Liebe, die Jesus gepredigt hat, sind sie nur an Geld und Macht interessiert. Der vorhergehende Papst, Johannes II., geht in einem Buch hart mit den Männern ins Gericht, die nicht zu ihrer Vaterschaft stehen. Nur Pfarrer dürfen das nicht, weil sie sonst vom Papst, auch wenn es jetzt ein anderer ist, gnadenlos des Amtes enthoben und auf die Straße gesetzt werden. Eine Kindergärtnerin eines katholischen Kindergartens wurde entlassen, weil sie sich von ihrem Mann hat scheiden lassen. Ihr wurde Ehebruch vorgeworfen. Für die Kirche ist der Bund der Ehe heilig. Aber ausgerechnet die, die ständig von der Heiligkeit der Ehe predigen, dürfen diese Heiligkeit nicht in Anspruch nehmen. Kann man denn zu so einer Kirche noch stehen, die sich für sich selbst alles herausnimmt, aber andere dafür geißelt? Du darfst aber bitte dem Roman von all dem nichts sagen.«

»Ich weiß nicht, ob das möglich ist«, gebe ich zu bedenken. »Es ist inzwischen ein Fall für die Polizei. Dafür hast du ja selbst gesorgt, indem du das Kind in der Garage abgelegt hast. Meine Aufgabe war es, die Mutter des toten Kindes zu finden. Die habe ich gefunden und den Vater gleich dazu. Nun muss ich meine Ermittlungsergebnisse weitergeben. Danach habe ich keinen Einfluss mehr auf die Dinge.«

38

Pfarrer Roman Gottwald kommt zur Tür herein. »Tun Sie Ihre Pflicht, Herr Köberle. Ich weiß, Sie müssen das. Und ich muss mich jetzt erst mal entschuldigen, dass ich gelauscht habe. Ich schäme mich fast dafür. Trotzdem war es richtig, dass ich es getan habe. So weiß ich jetzt, dass ich fast Vater geworden wäre, und ich muss zu meiner Schande gestehen, dass ich es nicht mitbekommen habe. Deshalb hast du dich in letzter Zeit so von mir zurückgezogen«, wendet er sich direkt an Barbara.

»Keiner hat es mitgekriegt. Ich habe selbst erst ganz spät festgestellt, dass ich schwanger bin. Und von diesem Moment an habe ich versucht, es einfach zu ignorieren. Ich habe es verdrängt, bis sich die Wehen einstellten.«

»Verzeihst du mir, dass ich es nicht bemerkt habe, und sagst du trotzdem ja, wenn ich dich jetzt bitte, meine Frau zu werden?«

Das kommt so überraschend, dass ich unwillkürlich den Atem anhalte und Barbara anstarre.

»Du … du willst mich heiraten?«, fragt Barbara fassungslos.

»Ja.«

»Aber dein Beruf … Du kannst dann nicht mehr Pfarrer sein.«

»Doch, ich kann. Ich habe schon öfter mit dem Gedanken gespielt. Wenn ich als katholischer Pfarrer nicht zu meiner Liebe zu dir stehen kann, dann eben als evangelischer Pfarrer.«

»Carmen«, sage ich. »Hol dein Kind. Wir stören hier nur.« Während Carmen hastig in den Wohnbereich des Pfarrhauses rübergeht, wende ich mich an den Pfarrer. »Ich kann Ihnen zu diesem Entschluss nur gratulieren. Ich hoffe, Sie finden viele Nachahmer, dann wird die katholische Kirche bald nicht mehr anders können, als endlich die reformwilligen Kräfte zum Zuge kommen zu lassen. Die Entscheidung für die Liebe ist auf jeden Fall immer die richtige. Übrigens, Marina und ich heiraten demnächst auch.« Ich bekomme darauf keine Antwort. Die beiden sind noch zu aufgewühlt.

Carmen kommt mit einem Kissen, auf dem das Baby liegt, herein.

»Eine Frage habe ich noch«, wende ich mich an Barbara. »Was hättest du gemacht, wenn das Kind gelebt hätte? Dann hättest du es doch nicht mehr verheimlichen können.«

»Es war seltsam – obwohl ich nicht wahrhaben wollte, dass ich ein Kind bekomme, hatte ich dann doch vorgesorgt. Ich habe mit einer Frau in Ulm gesprochen, die Verbindung zu einer dieser Babyklappen hat. Da gibt es in Deutschland mehrere unter so schönen Namen wie »Moses-Projekt« oder »Haus Sonnenblume«. Sie hätte es dort abgegeben, mit der Einschränkung, dass ich ein halbes Jahr Zeit gehabt hätte, es mir zu überlegen. Auch hatte ich schon mal daran gedacht, es als Findelkind vor unserer Haustür abzulegen.«

Ich nicke nur, und Carmen und ich gehen zum Ausgang. Barbara und der Pfarrer sehen uns stumm nach. Sie werden jetzt viel zu bereden haben.

39

Es ist schon dunkel, als wir ins Freie treten. Wir bleiben noch im Pfarrgarten unter der Lampe stehen und warten auf Mack.

»Habe ich da richtig gehört? Du willst deine Kollegin heiraten?«, fragt Carmen.

Ich sehe mir das Baby an. Hübsch, süß und unschuldig. Sind das nicht alle Babys?

»Gibt es daran was auszusetzen?«, frage ich zurück, während ich weiter das liebliche Gesicht des schlafenden Kindes betrachte.

»Nein, natürlich nicht«, beeilt sich Carmen zu sagen. »Sie ist die schönste Polizistin, die ich je gesehen habe.«

»Hast du in letzter Zeit viele Polizistinnen gesehen?«

»Ja, etliche.«

»Hast du denn nie bemerkt, dass der Dobermann krumme Dinger dreht?«

»Am Anfang schon. Ich wollte dann auch weg von ihm. Aber er hat mir geschworen, damit aufzuhören.«

»Kerle wie den kann man jahrelang einsperren. Wenn sie aus dem Knast rauskommen, machen sie dort weiter, wo sie aufgehört haben.«

»Jetzt weiß ich das auch.« Sie streicht sanft über die Nase des Kindes. »Ich weiß, ich habe einen großen Fehler gemacht.« Sie betrachtet ihr Kind. »Aber sie wird mich dafür entschädigen.«

»Es ist also ein Mädchen.« Ich drücke auf meinem Handy die Nummer von Marina. Sie ist sofort dran. »Wo bist du?«

»Noch bei der Frau Langer.«

»Gut, bleib dort. Die Carmen, das Baby und ich kommen gleich zu euch. Wir warten nur noch auf Mack und den Weller.« Ich beende das Gespräch und deute auf das Kind: »Wie heißt sie?«

»Laura. Den Namen habe ich ausgesucht. Er wollte eine Jenny.« Wir schweigen eine Weile. »Wie ist dieser Mack?«, will sie dann wissen.

»Er ist in Ordnung. Aber du wirst nachher dein Kind deiner Mutter übergeben, damit du Zeit für die beiden hast. Sie werden dich ausquetschen wollen.«

»Muss das sein?«

»Ja, das muss sein. Und zu gegebener Zeit wirst du auch vor Gericht aussagen müssen. Wenn man alles nachweisen kann, wird der Schärf nie mehr aus dem Knast herauskommen.«

»Das hoffe ich doch.«

»Und der Dobermann ist ja tot.« Ich versuche in ihr Gesicht zu sehen. Aber sie blickt nicht hoch. Ihre Augen sind auf das Kind gerichtet.

»Ich weine ihm keine Träne nach.«

»Hast du mir auch alles gesagt?«, erkundige ich mich.

»Warum fragst du?«

»Weil ich den Eindruck habe, dass da noch mehr war. Willst du es mir nicht sagen?«

Sie schweigt. Einen Moment zu lange. »Da war nichts weiter. Nichts.«

»Wo warst du letzte Nacht?«

»Wird das jetzt ein Verhör?«

»Würdest du bitte meine Frage beantworten?«

»Bei meiner Mutter.«

»Wann bist du zu Barbara gegangen?«

»Sie hat mich heute Morgen abgeholt.«

»Du warst die ganze Nacht bei deiner Mutter?«

»Ja.«

»Wann und wo hast du entbunden?«

»Gleich in der ersten Nacht, bei meiner Mutter. Sie ist mit einer Hebamme befreundet. Die war sofort da. Und zum Glück hatte ich eine schnelle Geburt.«

»Und du bist auch bei deiner Mutter geblieben?«

»Dort war ich am sichersten. Der Dobermann kam gleich am nächsten Tag. Du hast ihn ja gesehen.«

»Ja. Ich habe ja geahnt, dass mir deine Mutter nicht die Wahrheit gesagt hat.«

»Das wusste meine Mutter.«

»Und deine Mutter war nicht mal weg, während du bei ihr warst?«

»Nein. Sie war immer für mich da.«

»Und der Max hat euch beschützt?«

»Ja.« Sie hält erschrocken inne. »Woher weißt du das?«

»Wir leben in einem Dorf. Hast du das vergessen?«

»Ja, ja, das Dorf.«

»Das Dorf hat dich vor den Zugriffen von Dobermann geschützt. Was hat Dobermann noch gesagt, das dich veranlasste, Hals über Kopf zu fliehen?«

»Bitte, Hanno, hör auf zu fragen.« Es klang, als wäre sie den Tränen nahe. »Ich hab dir alles gesagt.«

Dann fahren Mack und Weller vor. Ich schiebe Carmen zu meinem Dienstwagen, lasse sie einsteigen und sage zu Mack, er solle mir folgen.

Marina erwartet uns vor der Tür. Carmen hastet mit ihrem Kind auf dem Arm schnell ins Haus. Mack und Weller kommen auf uns zu. Ich deute zum Haus. »Sie ist eure Zeugin. Sie übergibt das Kind ihrer Mutter. Dann steht sie euch zur Verfügung. Sie weiß, dass ihr sie ausquetschen werdet. Aber sie hat erst vor ein paar Tagen entbunden. Also, nehmt ein wenig Rücksicht.«

»Ja, schon klar. Übrigens, der Barsch ist damals in der Nähe des Tatortes gesehen worden. Der Kollege Greiner hat mich vorher angerufen. Er hat sich den Fall noch mal gründlich vorgenommen. Er ging die Aussage der Leute durch, die dort gesehen wurden. Ein Horst Barsch war auch dabei, allerdings hat der eine Adresse in Berlin angegeben.«

»Na also, dann habt ihr ihn ja«, sage ich. »Der Barsch hat bis vor drei Jahren in Berlin gewohnt. Vermutlich hat er nur seinen Ausweis noch nicht ändern lassen.«

»Okay, wir nehmen ihn uns morgen vor.« Mack geht zwei Schritte weg. Dann dreht er sich grinsend um. »Habt ihr zwei eigentlich nicht was Besseres zu tun? Mit Leichen und Mördern sind wir für die nächsten Monate eingedeckt. Also, bereitet mal schön eure Hochzeit vor, sonst stoßt ihr vielleicht auf noch einen Mörder.«

»He, woher weißt du das mit der Hochzeit?«, frage ich ihn überflüssigerweise, denn woher sollte er es schon wissen. Natürlich vom Wittner oder vom Kaminski. Oder von beiden.

»Ihr zwei habt es tatsächlich geschafft, dass man über euch redet. Bei uns im Neuen Bau gibt es wohl keinen, der von euch noch nicht gehört hat.«

»Klar«, sage ich. »Dass zwei Polizisten heiraten, ist schließlich nicht alltäglich.«

»Du kriegst noch einen Anruf vom Chef.« Er will schon weitergehen, da fällt ihm noch was ein. »Und dass das klar ist: Zur Hochzeit bin ich eingeladen.«

Damit geht er endgültig zur Haustür. Der Weller wartet dort schon. Er hat kein Wort gesagt, der Weller. Na ja, ich werde mich damit abfinden müssen, dass er mich nicht mag. Aber vermutlich spielt ja auch ein bisschen Neid mit. Er kann es vermutlich nicht fassen, dass einer aus der Trachtentruppe so einen Erfolg hat. Mir ist das ja selber ein bisschen unheimlich. Aber ich werde damit fertig. Der Weller offensichtlich nicht.

Wir setzen uns in den Dienstwagen. Es ist inzwischen spät geworden. Fast schon Mitternacht.

»Was machen wir mit dem angebrochenen Abend?«, frage ich Marina.

»Ich würde gern schlafen. Ich bin müde.«

»Es war ein aufregender Tag. Solange ich zurückdenken kann, hatte ich so was noch nicht.«

»Ich erst recht nicht.«

»Wohin? Zu dir oder zu mir?«

»Bei mir wären wir sicherer, dass wir nicht morgens um sechs geweckt werden.«

»Stimmt. Also zu dir.« Ich fahre los.

»Aber nur schlafen«, sagt Marina mit Nachdruck. »Ich bin wirklich todmüde.«

»Klar. Nur schlafen. Ich bin doch kein Italiener.«

»Hör auf damit. Sonst erzähle ich dir keine Geschichten mehr über meine Landsleute.«

»Gibt es noch mehr davon?«, frage ich grinsend.

»Bestimmt.«

Wir fahren eine Weile schweigend. Dann frage ich: »War der Max bei der Langer?«

»Ja. Das wollte ich dir gerade sagen. Aber als ich ankam, sagte er gleich zur Langer: ›Dann kann ich ja jetzt gehen. Nun hast du die Polizei als Beschützer.‹ Und weg war er.«

»Du hast ihn nicht befragt?«

»Konnte ich nicht. Er war einfach zu schnell weg.«

»Macht nichts. Wir reden morgen mit ihm. Ich habe es sehr bedauert, dass du nicht dabei warst, als ich die Carmen vernommen hab.«

»Warum?«

»Weil du oft ein Gespür dafür hast, ob jemand die ganze Wahrheit sagt oder nicht.«

»Hast du denn das Gefühl, dass sie dir nicht alles gesagt hat, was sie weiß?«

Ich berichte ihr von dem Gespräch mit Carmen.

»Und was gefällt dir da nicht?

»Sie hat Hals über Kopf das Haus verlassen. Auch auf die Gefahr hin, dass die beiden es bemerken. Also muss noch etwas gesagt worden sein, das ihr noch mehr Angst einflößte als das, was sie mir erzählt hat. Und es gibt noch was, was mich ein wenig stutzig gemacht hat. Sie hat sofort auf Schärf als Mörder von Dobermann getippt, nachdem ich ihr gesagt habe, dass er einen Brief hinterlassen hat, der komplett aus großen Druckbuchstaben besteht. Sie sagte, nur zwei Leute wüssten, dass er gar nicht anders schreiben kann. Der Schärf und sie.«

»Na ja, das wäre ja durchaus denkbar.«

»Ja, schon. Wie gesagt, es ist nur so ein Gefühl.«

»Lass uns morgen noch mal darüber reden.«

»Ja. Aber eines muss ich dir noch sagen. Die Mutter des toten Kindes ist auch gefunden.«

»Carmen kann es nicht sein. Die hat ja ihr Kind.«

»Barbara hatte die Totgeburt.«

»Barbara?« Marina ist fassungslos. »Barbara, die Haushälterin des Pfarrers, hat ein Kind geboren? Dann … dann kann ja nur der Pfarrer …«

Sie spricht es nicht aus.

»Dass die beiden nicht nur ein Arbeitsverhältnis verband, war nicht gerade ein Geheimnis.«

»Ja, schon … Aber ein Pfarrer als Vater eines Kindes …«

»Das muss gottgewollt sein«, ergänze ich.

Wir gehen dann gleich zu Bett. Marina vor mir. Sie schläft schon fest, als ich mich neben sie lege. Ich sehe noch eine Weile in ihr anmutiges Gesicht und denke, welches Glück ich doch habe, dass diese Frau mich liebt.

40

Um halb acht am nächsten Morgen wache ich auf. Marina ist nicht mehr im Bett, aber die Tür steht offen und das Klappern von Schranktüren und Kaffeegeruch dringen herein. Ich stehe auf und tapse in die kleine Küche. Marina steht mit ihrem süßen, kurzen Hemd neben dem Toaster. Der Kaffee ist noch nicht ganz durchgelaufen. »Guten Morgen«, sage ich, nehme sie in den Arm und küsse sie.

»Na, ausgeschlafen?«

»Es ist schön, aufzustehen und jemanden in der Küche hantieren zu sehen«, gebe ich zurück.

»Ich liebe es auch, wenn mir jemand das Frühstück macht«, antwortet Marina lächelnd.

»Gut, abgemacht. Wir wechseln uns ab.«

Während wir frühstücken, besprechen wir unser weiteres Vorgehen. Ich teile ihr die Gedanken mit, die ich mir in letzter Zeit gemacht habe. Der Tod Dobermanns wirft genauso viele Fragen auf wie der Mord an der Hufnagel. Ich bin immer noch nicht zu hundert Prozent überzeugt, dass Dobermann der Täter war. Obwohl eigentlich alles gegen ihn spricht. Nach seinem Tod erst recht. Es will mir einfach nicht in den Kopf, dass ein Mann wie Dobermann sich umgebracht haben soll, nur weil nach ihm gefahndet wurde.

»An den Selbstmord glaube ich auch nicht. Aber der Schärf hätte durchaus ein Motiv. Und bei der Hufnagel ...«

»Wir müssten die Abdeckplane finden«, erkläre ich Marina. »Die Carmen hat erzählt, dass darin schon mal eine Leiche eingewickelt war.«

»Du meinst die Rumänin, die der Schärf umgebracht hat?«

»Genau die. Der Dobermann soll die Plane zwar hinterher gereinigt haben, aber du weißt ja, es bleiben immer winzige Spuren zurück. Und der Großmann findet alles. Ich ruf ihn an.«

Es dauert eine Weile, bis Großmann rangeht. Und wie üblich ist er nicht gerade begeistert, mich am Apparat zu haben. Aber das bin ich bei ihm schon gewohnt.

»Hanno Köberle«, stöhnt er. »Du schon wieder! Und das auch noch am frühen Morgen. Wenn du jetzt sagst, du hast noch eine Leiche …«

»Nein!«, falle ich ihm ins Wort. »Ich hab keine. Aber die von der Mordkommission werden früher oder später noch eine finden. Eine junge Rumänin, die von Dobermanns Kumpan erstochen worden ist.«

»Und du hast das rausgefunden«, vermutet er.

»Nein, ich habe ihnen nur die Zeugin gebracht, die es ihnen berichtet hat. Aber das ist nicht der Grund meines Anrufs …«

»Mir reicht das«, erklärt Großmann.

»Du bist mir ein paar Antworten schuldig.«

»Antworten gibt es nur auf Fragen.«

»Die kommen sofort. Hast du in dem Auto gestern Abend eine Abdeckplane gefunden?«

»Nein.«

»Nein. Aha. Hast du ein Handy gefunden?«

»Nein.«

»Nein. Aha.«

»Wäre es möglich, dass du meine Antworten nicht ständig wiederholst?«

»Die sind so kurz, dass man sie problemlos wiederholen kann. Nächste Frage: Hatte der Dobermann Schmauchspuren an der rechten Hand?«

»Ja.«

»Ja?« Ich sehe Marina an. »Also doch Selbstmord?«

»Nein.«

»Nein?«

»Ist dir klar, dass du gerade meine vierte Antwort wiederholt hast?«

»Währst du mal so freundlich, dir nicht alles aus der Nase ziehen zu lassen?«

»Was folgerst du aus meiner vierten Antwort?«, kam er diesmal mit einer Gegenfrage.

Ich überlege kurz, sehe Marina an. »Schmauchspuren an der Hand und du tippst nicht auf Selbstmord … Zwei Schüsse?«

Marina nickt und Großmann krakeelt am anderen Ende der Leitung: »Guter Bulle. Du kannst tatsächlich noch mehr als nur Leichen finden.«

»Ein Lob von dir hört sich immer besonders schön an«, frotzle ich. »Darf ich weiterfragen?«

»Keine Wiederholungen mehr. Meine Zeit ist begrenzt.«

»Ist er im Auto erschossen worden?«

»Eindeutig. Die Kugel hat auch die Rückenlehne durchschlagen. Wir haben sie im Polster der Rückbank gefunden.«

»Passen die Fingerabdrücke auf dem Foto zu denen auf der Holzlatte?«

»Sie passen beide. Am Auto haben wir auch noch etliche Abdrücke gefunden. Die konnte ich aber noch nicht auswerten.«

»Sagst du mir Bescheid, wenn du so weit bist?«

»Mach ich. Sag mal, warum stellen mir die beiden Kollegen vom Mord nicht diese Fragen?«

»Ganz einfach. Sie sehen in Schärf den Mörder von Dobermann. Es deutet ja auch alles darauf hin. Aber sie kennen das Dorf nicht.«

»Willst du damit sagen, dass du noch jemand andern in Verdacht hast? Also nicht nur den Kumpan von Dobermann? Und bei der Frauenleiche denkst du eventuell an einen Dorfbewohner?«

»Möglich ist alles. Der Dobermann wäre mir am liebsten, weil praktisch. Damit wäre die Mordsache Hufnagel abgeschlossen. Dummerweise wirft aber nun ausgerechnet sein Tod ein anderes Licht auf beide Fälle.«

»Lass das doch die vom Mord machen. Sieh du zu, dass du die Sache mit der Kindsleiche geklärt kriegst.«

»Schon passiert.«

»Du hast die Frau gefunden?«

Ich erzähle ihm kurz, wie es war und um wen es sich handelt.

»Wow«, macht Großmann beeindruckt. »Das ist ein Ding. Der Pfarrer macht seiner Haushälterin ein Kind und die legt die Totgeburt der verhassten Dorfratschen in die Garage. Kein Wunder reden sie hier alle von dir, deiner Marina und dem Dorf.«

»Der Pfarrer hat seiner Haushälterin noch in meinem Beisein einen Heiratsantrag gemacht.«

»Was? Das wird ja immer besser. Ein katholischer Pfarrer macht seiner Haushälterin nicht nur ein Kind, sondern auch noch einen Heiratsantrag! Na, der hat Mut!«

»Nicht nur das. Er ist ein Pfarrer, wie Gott ihn wollte. Jetzt wird die katholische Kirche ihren besten Pfarrer verlieren. Und das nur, weil der Vatikan so geldgierig ist. Meine Oma hat mal gesagt: ›Der Herrgott hat mal eine Schablone für Pfarrer gemacht, wie unser Pfarrer Gottwald einer ist. Aber die Schablone ist immer weniger benutzt worden. Nach unserem Pfarrer hat der Herrgott die Schablone weggeschmissen. Er hat es aufgegeben, weil die Päpste früher und auch der Papst heute am Zölibat festhalten, das der Herrgott nie so gewollt hat. Denn wo sollen die guten Pfarrer herkommen, wenn die besten Pfarrer nicht Vater werden dürfen?‹«

»Du hast eine sehr gescheite Oma.«

»Ich werd's ihr ausrichten. Und du richtest mir möglichst bald aus, was du noch an Spuren gefunden hast.«

»Ich stürze mich in die Arbeit. Bring mir die Abdeckplane, und ich sage dir …«

»Gut, wir stürzen uns auch.« Ich beende das Gespräch.

Während wir zu Oma Dodel fahren, berichte ich Marina kurz von dem Gespräch mit Großmann. Aber sie hat sich ohnehin das meiste denken können.

Die Oma empfängt uns gleich mit einer Riesenneuigkeit: »Sie haben den Pfarrer und die Barbara verhaftet! Das ganze Dorf ist in Aufruhr. Habt ihr das denn nicht mitbekommen?«

»Nein, wir waren wieder in Marinas Wohnung.«

»Dann hat man dir auch nichts gesagt?«

»Nein.« Ich habe schon das Telefon in der Hand und wähle die Nummer von Mack. »He, was ist los?«, falle ich sofort über ihn her, nachdem er sich gemeldet hat. »Warum habt ihr den Pfarrer und die Barbara verhaftet? Das wäre nun wirklich nicht nötig gewesen.«

»Reg dich nicht auf. Es war nötig. Die beiden wollten das.«

»Was? Die wollten das?«

»Ja. Sie wollen damit auf sich aufmerksam machen. Außerdem wollte ich dir Bescheid geben. Aber bei dir war ja niemand zu Hause.«

»Ja, ja, schon gut. Kann ich mit den beiden reden?«

»Klar. In ein paar Stunden sind sie wieder im Pfarrhaus. Dort erwartet sie der Dekan zum Rapport.«

»Okay. Hast du alle Informationen von Carmen Langer bekommen?«

»Wenn sie uns jetzt noch sagen kann, wo der Schärf die Leiche der Rumänin vergraben hat, ist sie ganz aus dem Schneider.«

»Sie sagt, irgendwo an der Donau.«

»Die Donau ist circa 2880 Kilometer lang. Wenn wir an beiden Ufern suchen, sind das 5760 Kilometer. Allein durch Rumänien legt die Donau eine Strecke von 1075 Kilometern zurück. Das ist fast ein Drittel der gesamten Länge. Beide Uferseiten zusammengenommen kommen wir auf 2150 Kilometer …«

»Mein Gott, Mack, ich bin dermaßen beeindruckt. Was du alles weißt.«

»Ich bin die ganze Strecke hin- und zurückgeschwommen«, sagt Mack trocken.

»Gut, ich werde ihr das weitergeben, dann wird sie sich anstrengen und nachdenken. Wir müssen ohnehin noch mal mit ihr reden.«

»Tu das und sag mir bald Bescheid. Inzwischen nehmen wir uns den Schärf vor. Das ist ein richtiger Kotzbrocken. Da macht es sogar Spaß, den in die Mangel zu nehmen.«

»Dann viel Vergnügen«, wünsche ich und lege auf.

»Die beiden kommen in ein paar Stunden zurück.« Ich wende mich an Oma. »Oma, sie brauchen deine Hilfe. Wie viele Leute kannst du auftreiben, die sich für den Pfarrer und die Barbara einsetzen?«

»Um was geht es?«

»Der Dekan will kommen und die beiden ins Gebet nehmen. Was dabei herauskommen wird, kannst du dir denken. Der Pfarrer wird gehen müssen. Er wird laisiert und auf die Straße gesetzt. Die Barbara hat mir erzählt, dass sie es mit einem Kollegen so gemacht haben. Was der Pfarrer hier alles geleistet hat und wie beliebt er bei allen ist, das interessiert die Kirche nicht. Die interessiert nur, dass er den heiligen Bund der Ehe eingehen möchte, und das verbietet ihm ausgerechnet der Heilige Vater.«

»Ich lass mir was einfallen«, sagt Oma.

»Lade doch den Pfarrer und die Barbara heute Mittag zum Essen ein«, schlägt Marina vor. »Dann soll der Dekan hierherkommen.«

Oma sagt nichts und schiebt uns einfach zur Tür hinaus.

»Wo ist meine Mutter?«, frage ich unter der Tür.

»Keine Ahnung. Sie hat sich nicht bei mir gemeldet.« Dann schließt sie die Tür hinter uns.

»Aha«, konstatiert Marina. »Hat sie wieder was vor, wobei sie uns nicht brauchen kann.«

»Lass sie machen. Sie macht bestimmt das Richtige. Aber was machen wir? Wo setzen wir an? Wir müssen unbedingt die Abdeckplane finden. Doch wo sollen wir suchen? Wer hat sie wirklich versteckt? Der Dobermann? Hat der die Hufnagel überhaupt umgebracht oder war es ein anderer?«

Wir setzen uns in unseren Dienstjaguar. Ich starte den Motor noch nicht. »Eine Menge Fragen. Ich glaube zu wissen, was für Gedanken in deinem Kopf herumschwirren. Und wenn ich richtig liege, dann sind es katastrophale Gedanken«, vermutet Marina.

»Stimmt, es wäre schrecklich, wenn ich Recht hätte. Der Schlüssel zu allem liegt bei der Carmen. Was hat sie Schlimmes gehört, das sie veranlasst hat, das Haus sofort zu verlassen? Wenn wir das herausbekommen, können wir vielleicht auch die beiden Morde besser zuordnen.«

»Im Moment sieht es so aus: Dobermann hat die Hufnagel umgebracht. Sein Kumpan Schärf hat es mit der Angst zu tun bekommen. Er befürchtet, Dobermann könnte gefasst werden und dann alles ausplaudern, auch dass er, Schärf, die Rumänin ermordet hat. Also muss er Dobermann aus dem Weg räumen. Er lässt es wie Selbstmord aussehen, und wenn er keine Spuren hinterlassen hat, wird man ihm das nicht anhängen können. Für die Tatzeit hat er bestimmt ein Alibi. Und das, was Carmen ausgesagt hat, wird er abstreiten und als Hirngespinst darstellen. Nur wenn wir die Leiche der Rumänin finden …«

»Lass uns zur Carmen fahren«, entscheide ich. »Wir können es drehen und wenden, wie wir wollen. Sie ist der Schlüssel.«

41

Britta Langer lässt uns ein, als hätte sie uns erwartet.

»Ihr wollt sicher die Carmen sprechen«, sagt sie. »Sie stillt gerade die Laura. Wenn das Kind schläft, wird sie euch Rede und Antwort stehen.«

»Gut, wir warten.«

»Aber eigentlich ist doch schon alles gesagt«, meint Frau Langer.

»Alles nicht. Uns fehlt noch die Leiche der Rumänin, die der Schärf getötet hat. Solange wir die Leiche nicht haben, werden wir dem Schärf nichts nachweisen können. Und vor Gericht brauchen wir Beweise.«

»Aber sie hat doch schon gesagt, dass sie nicht weiß, wo die Kerle die Frau begraben haben. An der Donau, mehr weiß sie nicht.«

»Wir wollen es einfach noch mal versuchen. Wissen Sie, wenn die zwei gesagt haben, sie haben sie an der Donau vergraben, dann ganz sicher an einem Platz, den sie kennen. Und vielleicht war ja die Carmen mit dem Dobermann schon mal an der Donau. Eine winzig kleine Chance ist es.«

Sie nickt. »Stimmt, da ist was dran. Sie wird bestimmt gleich kommen.«

Wir schweigen eine Weile. Dann fragt Marina: »Der Max Hufnagel, ist der eigentlich für Sie mehr als nur ein guter Beschützer?«

Britta Langer zieht sichtlich überrascht die Augenbrauen hoch. »Ist das wichtig für die Polizei?«

»In so einem komplexen Fall ist es schon wichtig, alle Fakten zu kennen.«

»Wenn mich ein Mann beschützt, zählt das zu den Fakten?«, erkundigt sie sich spitz.

»So ist es«, kam ich Marina zu Hilfe. »Schließlich geht es auch um den Mord an der Frau von Max.«

»Ach so, das meinen Sie.« Das klang fast ein wenig erleichtert. »Solange der wahre Mörder der Frau Hufnagel nicht feststeht, zählt auch der Max zu den Verdächtigen.«

»Er und noch zwei andere«, verrate ich ihr.

»Na ja, da kann ich Sie beruhigen. Der Max kann es nicht gewesen sein. Ich habe ihn an dem Tag angerufen und gebeten, unseren Schutz zu übernehmen. Das war Viertel nach neun Uhr abends. Ich habe nämlich befürchtet, dass der Kerl noch mal auftaucht. Und so war es dann auch. Er kam gleich zweimal. Aber das habe ich Ihnen ja schon erzählt.«

»Und er war die ganze Nacht hier?«, will Marina wissen.

»Die ganze Nacht. Er hat hier auf dem Sofa geschlafen.«

»Sehen Sie, deshalb meine Frage«, bleibt Marina hartnäckig. »Ist er für Sie mehr als nur ein Beschützer?«

»Der Max ist ein netter, liebenswerter Mann. Immer höflich und hilfsbereit. Und stellen Sie sich vor, seit er die kleine Laura gesehen hat, will er unbedingt ihr Opa sein. Er sagte, Vater durfte er nicht sein, aber für diese süße Kleine würde er gerne Großvater sein. Ist das nicht lieb?«

»Vielen Dank für die verklausulierte Antwort auf meine Frage«, sagt Marina ruhig.

»Oh, gern geschehen.«

Eines ist mir sofort klar. Marina mag die Frau Langer nicht. Das heißt, dass sie der Langer nicht traut. Und auf ihr Gespür für Frauen kann man sich verlassen. Ich hatte mich vermutlich von ihrem Aussehen und ihrer netten Art blenden lassen. Aber der Marina kann die Langer nichts vormachen. Ich nehme mir vor, bei ihr künftig vorsichtiger zu sein und besser hinzuhören.

Carmen kommt herein. »Sie schläft … Oh, wir haben Besuch.«

»Hallo, Carmen, hättest du noch ein paar Minuten Zeit für uns?«, frage ich.

»Ich habe eigentlich schon alles gesagt, was zu sagen war«, weicht Carmen aus.

»Um sicherzustellen, dass der Schärf für lange Zeit hinter Gefängnismauern verschwindet, wäre es gut, wenn wir einen handfesten Beweis für den Mord an der Rumänin hätten …«

»Aber ich habe es doch gehört, wie sie davon gesprochen haben!«, erregt sich Carmen.

»Natürlich. Aber vor Gericht steht Aussage gegen Aussage, und ein cleverer Anwalt wird deine Aussage zerpflücken. Er könnte zum Beispiel sagen, dass deine Schwangerschaft …«

»Aber ich weiß doch nicht, wo sie die Leiche vergraben haben!«

»Denk nach«, bohre ich weiter. »Es ist wichtig, für dich und das Kind.«

»Aber sie haben wirklich nur davon geredet, dass sie … Ich meine, der Fred hat gesagt, wenn er ihm nicht die Stelle gezeigt hätte, wo man gefahrlos eine Leiche vergraben kann, dann wäre der Schärf sicher aufgeflogen.«

»Da haben wir es doch!«, sage ich eindringlich. »Denk mal nach. Hat der Dobermann dir gegenüber von einer Stelle an der Donau gesprochen, wo er gern mit dir hinwill? Oder warst du mit ihm schon mal irgendwo an der Donau?«

»Wart mal, wart mal, da war was. Er hat mal davon gesprochen, dass er als Kind ein paar Jahre in Thalfingen gelebt hat. Dort fließt die Donau durch ein Waldstück. Man muss eine Brücke überqueren, danach geht es links … äh, nein, rechts. Rechts hat er gesagt, dann wieder rechts und man kommt im Wald an die Donau. Da hätten sie immer gefischt.«

»Gut, das ist doch was. Und sonst hast du mir nichts mehr zu sagen?«

Sie schüttelt den Kopf. »Nein, mehr weiß ich nicht.«

»Als du die beiden belauscht hast, da wurde doch noch über mehr gesprochen als darüber, wovon du uns bisher erzählt hast.«

»Ich weiß nicht, was du meinst.«

»Mit der Rumänin wollte der Schärf doch ins Prostitutionsgewerbe einsteigen. Sehe ich das richtig?«

»Das habe ich dir doch schon gesagt. Um ihre Liebe zu ihm zu beweisen, sollte sie erst mal anschaffen gehen.«

»Und in dem Gespräch ging es dann auch darum, dass sie dich mit einbeziehen wollten?«, frage ich direkt.

Von einer Sekunde zur anderen schießen ihr die Tränen in die Augen. »Ich weiß nicht, was du von mir willst«, heult sie los. »Ich hab dir alles gesagt, was ich weiß. Mehr kann ich dir nicht sagen.« Sie rennt einfach weg.

»Ich möchte, dass Sie jetzt gehen«, fordert Britta Langer.

»Aber wir müssen doch wissen, was die beiden mit der Carmen vorhatten …«

»Sie wollten sie umbringen, weil sie zu viel wusste. Das hatten sie vor. Und jetzt gehen Sie, bitte! Sie sehen doch, dass sie mit den Nerven am Ende ist. Sie braucht jetzt Ruhe und Kraft für ihr Kind.«

»Lass uns gehen«, sagt Marina und geht zur Tür. Ich zögere noch einen Moment. Aber dann lasse ich mich doch von Marina zur Tür hinausschieben.

»Da ist noch mehr«, sage ich, als wir im Wagen sitzen. »Viel mehr.«

»Natürlich ist da mehr«, pflichtet mir Marina bei. »Das sieht doch ein Blinder, dass die Carmen noch was umtreibt. Aber ich wundere mich schon darüber, dass sie es uns nicht sagen will.«

»Es muss einen Grund dafür geben. Einen sehr gewichtigen Grund.«

Ich parke den Wagen vor dem Dienstgebäude. Kaum sind wir drin, klingelt das Telefon. Ich hebe ab.

»Na endlich!«, schallt eine laute Stimme an mein Ohr. »Da ist es ja einfacher, den Bundespräsidenten zu erreichen, als dich. Nach meinem zehnten Versuch habe ich eine Strichliste angelegt. Das ist jetzt der dreiundzwanzigste!«

»Mit wem habe ich denn das Vergnügen?« Ich will erst mal herausfinden, wer mich so dringend sprechen will.

»Na, sag mal, du wirst doch noch die Stimme deiner Schulkameradin erkennen. Wer hatte denn die lauteste Stimme in unserer Klasse?«

»Christine! Natürlich, Christine Himmelstoß. Was kann ich denn für dich tun?«

»Ich denke eher, dass ich was für dich tun kann.«

»Und das wäre?«

»Ich habe zu dem Mord an der Hufnagel was zu sagen. Eigentlich dachte ich, dass bei Ermittlungen zu einem Mord immer alle Anwohner, die um den Tatort herum wohnen, befragt werden. Aber mich hast du wohl vergessen.«

»Und du hättest was dazu zu sagen?«

»Natürlich. Sonst hätte ich nicht dreiundzwanzig Mal versucht, dich anzurufen.«

»Und warum hast du nicht schon früher angerufen?«

»Weil ich dachte, dass du von selbst zu mir kommst. Beim Angerer warst du doch auch!«

»Okay, wir sind in wenigen Minuten bei dir.« Ich lege auf und sehe Marina an. »Puh, da ist mir doch tatsächlich ein Fehler unterlaufen.«

»Was für ein Fehler?«

»Weil die Hufnagel auf dem Friedhof ermordet worden ist, hätte ein guter Ermittler alle befragen müssen, die etwas gesehen haben könnten. Jedenfalls alle, die in unmittelbarer Umgebung des Friedhofs wohnen. Ich war nur beim Angerer. Das Tinchen, wie wir früher zu ihr sagten, und zwei andere habe ich nicht befragt.«

»Das wäre auch nicht deine, beziehungsweise unsere, Aufgabe gewesen, sondern die der Kripo. Aber der Mack hat sich doch gleich auf den Dobermann festgelegt.«

»Ja, schon. Aber ich hätte auch dran denken müssen.«

42

Das Tinchen wohnt im Birkenweg. Ich habe sie mindestens schon seit über einem Jahr nicht mehr gesehen. Selbst in einem Dorf kann das passieren. Sie hat sich nicht verändert. Immer noch schlank und rank wie eine Bohnenstange. Nachdem die anderen Mädchen mit sechzehn Jahren ansehnliche Figuren bekommen hatten, mit den entsprechenden Rundungen an den richtigen Stellen, war beim Tinchen immer noch nichts. Flach wie ein Brett. Die Jungs ärgerten sie, indem sie sagten: »Koin A, koin B, des duat weh.« Jürgen Wollmann, der Klassenprimus und auch Klassen-Don-Juan, brachte mal einen Spruch, über den sich das Tinchen am meisten geärgert hat, zumal sie damals total in ihn verknallt war: »Henda nix ond vorna eba, wo soll sich do dr Jürgen heba?«

Aber auch das Tinchen hat schließlich einen Mann bekommen, und einen netten noch dazu. Sie erwartet uns schon unter der Haustür.

Mit »Mein lieber Schwan«, empfängt sie uns. »Wenn ich jetzt nicht angerufen hätte, hätte dir eine wichtige Aussage gefehlt. Ich gehe mal davon aus, dass der Mörder noch nicht überführt ist?«

»Die Ermittlungen sind noch im Gange«, weiche ich aus. »Also, Tinchen, was hast du in der Nacht gesehen?«

»Wollt ihr nicht erst mal reinkommen?«

Wir kommen der Aufforderung nach, und Tinchen sieht Marina an. »Sie sind also die Auserwählte von unserm Hanno?«

»Wo hast du denn das wieder her?«, frage ich.

»Gerade du solltest das doch wissen. So was bleibt im Dorf nicht geheim.«

»Ja, ja, das Dorf.«

»Passen Sie auf ihn auf«, sagt Tinchen zu Marina. »Das war in der Schule immer unser Allerbrävster.«

»Ach, wirklich?« Marina grinst. »Davon ist mir nichts bekannt.«

»Wenn die Damen jetzt fertig sind, könnten wir vielleicht zur Sache kommen«, versuche ich hastig das Thema zu wechseln. »Was hast du gesehen?«

»Kommt mal mit.« Sie führt uns nach oben zu einem Fenster. Von dort sieht man sehr schön zum Seiteneingang des Friedhofs, sowie bis vor zur ersten Laterne. »Ich hab jemand da aus dem Seiteneingang kommen sehen. Es muss so kurz nach ein Uhr nachts gewesen sein. An dem Abend kam ziemlich spät noch ein Film, den ich unbedingt sehen wollte. Bevor ich ins Bett krieche, stehe ich immer noch eine Weile hier und hoffe, dass der Frieder zu schnarchen aufhört. Leider hört er immer erst auf, wenn ich ihm die Nase zuhalte. Am Seiteneingang hab ich den Mann bei dem schwachen Mondlicht nur ganz schemenhaft gesehen. Als er aber unter der Straßenlampe vorbeikam, konnte ich eine Lederjacke erkennen, einen schwarzen Hut und ein Ohrring glitzerte im Licht. Aber das Wichtigste kommt noch: Er trug etwas unter dem Arm. So was wie eine Rolle, das heißt, es sah aus wie eine zusammengerollte Decke. Aber die Decke muss aus Plastik gewesen sein, denn sie glänzte im Licht. Stoff glänzt nicht.«

»Wie ist er gegangen?«

»Nicht gegangen. Er ist gerannt, fast fluchtartig.«

»Tinchen, das war bis jetzt die aufschlussreichste Beobachtung von allen«, lobe ich.

»Siehst du, siehst du«, triumphiert sie. »Und du kommst nicht mal vorbei und fragst mich …«

»Das war ein fast unverzeihlicher Fehler«, gebe ich zu. »Ich hoffe, ich kann das wieder gutmachen.«

»Ich bin zu eurer Hochzeit eingeladen«, platzt sie raus.

»Einverstanden«, sagt Marina.

»Gut, dann wäre das geklärt.« Ich hatte es eilig. »Vielen Dank, Tinchen. Das vergesse ich dir nie.«

»Das hoffe ich doch.« Sie wendet sich an Marina, geht wie selbstverständlich zum »Du« über. »Ich werde dir mal ein paar Geschichten über ihn aus unserer Schulzeit erzählen …«

»Aber nicht jetzt«, würge ich ihre Mitteilsamkeit ab. »Was du uns gesagt hast, müssen wir jetzt erst mal verarbeiten.«

Auf dem Weg ins Büro machen wir noch einen kleinen Umweg und gehen am Pfarrhaus vorbei. Der ganze Pfarrgarten ist voll mit Leuten. Fünfzig sind es sicher schon. Und es kommen immer noch welche dazu. Die Niesle Helga eilt auch auf das Pfarrhaus zu.

»Was ist los?«, frage ich die Niesle.

»Das solltest du doch wissen. Deine Oma hat das halbe Dorf rebellisch gemacht. Die wollen uns unseren Pfarrer wegnehmen. Das lassen wir auf keinen Fall zu.«

»Recht so«, pflichte ich ihr bei. »Macht dem Dekan klar, dass ihr nicht gewillt seid, auf euren Pfarrer zu verzichten.«

»Darauf kannst du dich verlassen. Können wir auch auf polizeiliche Hilfe hoffen?«

»Eher nicht. Mit unseren Gesetzen können wir da wenig ausrichten. Die Kirche hat ihre eigenen Gesetze. Die Macht des Volkes könnte da eher helfen.«

Und schon rennt die Niesle weiter. Sie gehört eindeutig zu den Verehrerinnen des Pfarrers.

Wir gehen ins Büro zurück. Erst dort fange ich an zu reden. »Was hältst du von dem, was uns das Tinchen gerade erzählt hat?«

»Es sieht jetzt tatsächlich so aus, als hätte der Dobermann die Hufnagel umgebracht.«

»Stimmt, es sieht so aus, und der Mack und der Weller werden es auch so zu den Akten nehmen. Der Mord an der Hufnagel ist für sie geklärt. Jetzt hör dir mal die Version an, die mir schon eine Weile im Kopf herumspukt: Mehrere Leute haben gehört, dass der Dobermann der Hufnagel gedroht hat. Unter anderem auch ich. Sie erzählt es ihrem Mann. Der sieht die einmalige Chance, sie endgültig loszuwerden. Er geht um halb neun zum Friedhof, angeblich um nach ihr zu sehen. Was er bisher, laut der Frau Hader, noch nie gemacht hat. Er trifft sie noch am Grab der Helfer, schlägt sie mit der Holzlatte bewusstlos, fesselt und knebelt sie und geht nach Hause. Von dort ruft er die Hanna Hader an, zu der die Hufnagel offensichtlich noch wollte. Die Frau Hader hat mir erzählt, dass auch das bisher noch nie vorgekommen war. Außerdem hat ihr die Hufnagel anvertraut, dass der Max sich schon vor Jahren bei einem Rechtsanwalt erkundigt hat, wie er bei einer Scheidung wegkommen würde. Die Aussage des Anwalts hat ihn bewogen, von einer Scheidung abzusehen. Nach einer Scheidung wäre er ruiniert gewesen. Seine Frau hat das Geld in die Ehe gebracht, war aber so schlau, den Max einen Ehevertrag unterschreiben zu lassen. Bei einer Scheidung hätte er das Haus verloren und hätte auch noch Unterhalt an seine Frau zahlen müssen. Nach ihrem Tod erbt er alles. Zur Hader soll sie mal gesagt haben. ›Ich habe Mitgift gebracht, besser hätte ich Gift mitgebracht.‹ Es ist durchaus möglich, dass ihm dies auch mal zu Ohren gekommen ist.«

»Du lieber Himmel, was war das für eine Ehe?« Marina schüttelt sich. »Da rinnt es einem eiskalt den Rücken runter. Wenn beide an Mord denken … Trotzdem, deine Theorie ist schon ein wenig gewagt, obwohl ich zugeben muss, dass ich auch schon daran gedacht habe, dass der Max …«

»Es geht noch weiter«, fahre ich fort. »Jetzt kommt der Joker Carmen ins Spiel. Einigen Aussagen zufolge hat der Max schon seit längerer Zeit ein Verhältnis mit der Langer. Das wusste auch seine Frau. Als Carmen die Flucht gelingt und sie zu ihrer Mutter flieht, erfährt auch Max die volle Wahrheit, die die Carmen uns vorenthält.«

»Und die wäre?«, erkundigt sich Marina gespannt.

»Carmen erfährt, dass Schärf nicht nur den Spielhallenbesitzer in Ehingen umgebracht hat, sondern auch die Rumänin, die er zur Prostitution zwingen wollte. Sie hört auch, dass die beiden vorhaben, Carmen mit ins Prostitutionsgewerbe einzubeziehen. Bis hierher bin ich sicher, dass es so war. Das kriege ich auch noch aus ihr heraus. Aber das allein war es auch nicht, was sie veranlasste, fluchtartig das Haus zu verlassen. Was könnte die hochschwangere Carmen gehört haben, das sie so kopflos handeln ließ? Sie lief doch Gefahr, von den beiden erwischt zu werden.«

»Du glaubst, dieser Schärf hatte die Absicht, Carmens Kind pädophilen Schweinen anzubieten?«, fragt Marina entsetzt.

»Ich vermute es zumindest. Und jetzt kommen wir zu dem Trio. Ich nenne es mal MCB. Max, Carmen, Britta. Britta Langer und der Max hören die Geschichte von der Carmen. Sie sind der einhelligen Meinung: Der Dobermann muss sterben. Wer das als Erster ausgesprochen hat, wissen wir nicht.«

»Wenn schon, dann tippe ich auf die Britta Langer«, meint Marina überzeugt.

»Du hast also auch schon mit dem Gedanken gespielt?«

»Ja. Aber mir ist nicht klar, wie sie das alles geschafft haben sollen.«

»Ich hätte da eine Theorie.«

»Dann spann mich nicht lange auf die Folter«, sagt Marina. »Raus damit!«

»Also, nehmen wir an, die drei haben beschlossen, dass Dobermann sterben muss. Max hatte schon beschlossen, dass gleichzeitig seine Frau wegmuss. Es läuft so ab, wie ich es dir vorher geschildert habe. Die Carmen weiß, dass der Dobermann seine Abdeckplane immer im Kofferraum hat. Er kommt nachts um halb zehn und schleicht um das Haus der Langer, was die Langer uns ja schon bestätigt hat. Das nutzt der Max aus. Er klaut dem Dobermann die Abdeckplane aus dem Auto, klettert damit von hinten über die Friedhofsmauer. Er legt seine Frau auf die Plane, ersticht sie, befreit sie von den Fesseln, wickelt sie richtig in die Plane ein und bindet sie an den Grabstein der Helfer.

Warum der Dobermann spät nachts noch einmal zum Friedhof kommt, kann ich mir nur so erklären: Er war, nachdem der Max seine Frau gefesselt und geknebelt in den Schuppen gelegt hatte, ein weiteres Mal auf dem Friedhof. Er findet sie im Schuppen, lässt sie aber liegen. Spät in der Nacht geht er noch mal hin, um zu sehen, was aus ihr geworden ist. Er findet sie in seine eigene Plane gewickelt tot an dem Grabstein. Hastig nimmt er die Plane an sich, verlässt panikartig den Friedhof und baut auch noch einen Unfall.

Das Trio beschließt, dass nun Dobermann an der Reihe ist. Hier hat Carmen den Trumpf: das Kind. Ich gehe mal davon aus, dass Dobermann verlangt hat, sein Kind wenigstens mal sehen zu dürfen. Tagsüber kann sich Dobermann nicht mehr auf die Straße trauen. Also lockt sie ihn nachts ins Haus, was ihren Plänen ja sehr entgegenkommt. Dobermann glaubt, es nur mit zwei Frauen zu tun zu haben. Von Max weiß er nichts. Wie sie es schaffen, ihn zu überwältigen, weiß ich nicht. Ich gehe davon aus, sie betäuben ihn mit K.o.-Tropfen, fahren ihn in den Wald und setzen ihn hinter das Steuer. Ich denke mal, dass es Carmen ist, die ihm ins Herz schießt und auch den Abschiedsbrief schreibt. Aber der Max ist mit dem zweiten Wagen dabei. Sie fahren zurück und alles ist geregelt.«

»Und wo ist die Plane, die vielleicht die ganze Wahrheit aufdecken könnte?«

»Ich vermute mal, der Dobermann hat sie irgendwo vergraben.«

»Und was willst du mit dieser Vermutung jetzt anfangen?«, fragt Marina.

»Ich gehe davon aus, dass das Trio MCB eine verschworene Gemeinschaft ist, die sich gegenseitig ein Alibi geben wird. Und wenn die Mordkommission die Leiche der Rumänin findet, wird dem Schärf kaum noch einer glauben, dass er den Dobermann nicht umgebracht hat. Egal was Großmann bei der Obduktion an Dobermann noch finden wird, alles, was die drei mit ihm gemacht haben, könnte genauso gut auch der Schärf gemacht haben. Der Schärf kriegt lebenslänglich, und die drei sind ganz aus dem Schneider. Wenn wir nicht doch noch die Plane finden.«

Das Telefon klingelt. Der Mack ist dran.

»Sag mal, Hanno, ich hab gehört, du kennst den Barsch schon seit deiner Kindheit.«

Aha, der Wittner hat geplaudert. »Ja.«

»Traust du ihm einen Mord zu?«

»Ja«, sage ich prompt.

»Das mit dem Kappel ist ihm aber schlecht nachzuweisen. Er behauptet, die Frau erst seit sechs Wochen zu kennen.«

»Ich denke, da kannst du ihn packen. Es gibt einen Zeugen, der die beiden, also Frau Kappel und den Barsch, schon knapp sechs Wochen nach dem Tod von Kappel zusammen gesehen hat. Und es gibt ... eine Frau, die behauptet, Barsch hätte schon seit einem Jahr ein Verhältnis mit der Kappel«

»Was? Und das sagst du mir erst jetzt?«

»Es ist doch nicht mein Fall. Ich hab hier genug am Hals.«

»Du hast nichts mehr am Hals«, macht der Mack mir klar. »Der Fall Dobermann ist geklärt. Der Dobermann hat die Frau umgebracht und der Schärf den Dobermann. Wenn wir erst mal die Leiche der Rumänin haben ...«

Dachte ich es mir doch. Ich erzähle ihm vom Lauterdörfle, dem Hausmeister und von meiner Mutter und hoffe, dass man HorstArsch damit endlich festnageln kann. Mack ist zufrieden.

Ich lege auf. Im selben Moment klingelt das Telefon erneut. Diesmal ist es meine Mutter. »Du, das mit dem Wittner, das war ein Volltreffer. Das ist ein ausgesprochen lieber Mensch. Ich glaube, ich habe mich sogar ein bisschen in ihn verliebt. Stell dir vor, er will mir helfen, dass ich zu meinem Geld komme. Ich bin ganz glücklich.«

»Ja«, sage ich. »Das hört man.«

»Und wenn wir jetzt wieder zu einer richtigen Familie werden könnten, wäre mein Glück komplett.«

»Ich bin noch dabei, darüber nachzudenken«, erkläre ich.

»Sprich mit der Marina darüber. Sie wird es wollen, da bin ich mir ganz sicher.«

»Werde ich machen … Mama.«

Ich lege sofort auf.

»Oh, ›Mama‹?« Marina grinst. »Hast du es dir schon überlegt? Wer vergeben kann, zeigt Größe.«

»Ich soll mit dir darüber reden.«

»Das tust du doch gerade.«

»Ja, das tu ich gerade.«

Ich nehme sie in den Arm und küsse sie.

Nachwort und Dank

Dies ist ein Roman. Alle darin vorkommenden Personen sind frei erfunden. Für den Ort der Handlung wollte ich keinen fiktiven Ort erfinden. Deshalb nannte ich den Ort einfach Dorf. Ich habe das Dorf zwischen Ehingen und Blaubeuren angesiedelt, weil ich seit fast vierzig Jahren in dieser Gegend wohne. Fälle von Kindstod gab es in der Vergangenheit viele in Deutschland. Auch dort, wo ich das Dorf angesiedelt habe, gab es einen solchen Fall. Er diente mir allerdings nur als Anregung für diesen Roman. Sollte sich irgendjemand in meinem Roman wiederfinden, wäre das wirklich nur reiner Zufall.

Danken möchte ich meinen Freunden Uli Gebhard und Peter Nardon sowie meinem Schulkameraden Hans Musch, die mir meine Fragen immer geduldig beantwortet haben. Mein Dank gilt auch Kerstin Jaworski vom Silberburg-Verlag, die mir aufgrund meiner eingesandten Textprobe gleich Mut gemacht hat, den Roman fertig zu schreiben. Ebenso danke ich meiner Lektorin Gertrud Menczel für ihr Fingerspitzengefühl, mit dem sie meinen Roman lektoriert hat. Mein besonderer Dank gilt meiner Frau. Sie ist nicht nur die erste Kritikerin all meiner Werke. Sie nimmt mir oft Arbeiten ab und sorgt so dafür, dass ich in Ruhe schreiben kann. Und wenn es sein muss, ist sie auch, ohne zu murren, meine Sekretärin.